दस प्रतिनिधि कहानियाँ

संजीव

किताबघर प्रकाशन
नयी दिल्ली

दस प्रतिनिधि कहानियाँ सीरीज़

10 प्रतिनिधि कहानियाँ

संजीव

ISBN—81-7016-624-1

प्रकाशक
किताबघर प्रकाशन
4855-56/24, अंसारी रोड, दरियागंज
नयी दिल्ली-110002

संस्करण
2012

आवरण
रवि शर्मा

मूल्य
दो सौ रुपये

मुद्रक
बी०के० ऑफसेट
नवीन शाहदरा, दिल्ली-110032

DUS PRATINIDHI KAHANIYAN (Hindi)
by Sanjeev
Price : Rs. 200.00

दस प्रतिनिधि कहानियाँ : चयन का आधार

अपने समग्र लेखन से दस प्रतिनिधि कहानियों को चुन पाना एक दुःसाध्य कर्म है और अपनी कहानियों के बारे में आप ही कुछ कहना तो और भी अटपटी बात ! पृष्ठ-सीमा को देखते हुए कुछ लंबी कहानियों को छोड़ना पड़ रहा है। ऐसे में दस की संख्या में प्रतिनिधित्व कितना सिमट पाएगा, कितना नहीं, कह नहीं सकता।

हिंदी कहानी में अपने पूर्ववर्ती दिग्गजों और समर्थ समकालीन कथाकारों द्वारा एक समृद्ध परंपरा का विकास हुआ है, लेकिन पिछले वर्षों यथार्थ इतना जटिल और बहुआयामी होता गया है कि हिंदी की पारंपरिक कथाभूमि का अतिक्रमण या विस्तार ज़रूरी हो गया था। लीक से अलग, कुछ नया, नए-नए अभियान, नई-नई परख, नई-नई भाषा-शैली। औरों की नहीं जानता, मगर मेरे लिए हर रचना एक शोध है।

पहला चयन 'अपराध' का। कई वर्षों तक सींझते रहने के बाद सन् 1980 में प्रकाशित नक्सलवादी आंदोलन की पृष्ठभूमि पर लिखी गई शोषण और उसके प्रतिकार की यह कहानी उस कालखंड की ही नहीं, उसके आगे और पीछे के द्वंद्व की चेतना को ज़ुबान देती है। जिन कहानियों से मुझे पहचान मिली, उनमें 'अपराध' पहले नंबर पर आती है। अपराध ने अपने समय में पत्रों और प्रतिक्रियाओं का नया कीर्तिमान बनाया था। बहुत शोर था उन दिनों, उस शोर की अनुगूँज आज भी सुनी जा सकती है।

सँपेरों के जीवन पर लिखी गई 'टीस' का अपने समय में अलग ही मिज़ाज था। आदिवासी शुरू से ही मुझे संवेदित करते रहे हैं। स्वभावतः मेरे लेखन के केंद्र रहे। डॉ० धर्मवीर भारती जब भी मुझसे कहानी भेजने का अनुरोध करते, 'टीस' का हवाला ज़रूर देते–" 'टीस' जैसी कहानी भेजिए।" 'प्रेत-मुक्ति' भी उनकी खास पसंद थी। क्षय हो रही प्रजातियों और क्षयमान शौर्य की संधानगाथा है 'प्रेत-मुक्ति'। हमारे सामने फिल्म के बढ़ते प्रभाव के बीच कहानी की अस्मिता को बचाए रखने की चुनौती थी। 'प्रेत-मुक्ति' एक विनम्र कोशिश थी। 'पुन्नी माटी' के चयन के पीछे ढहते सामंतवाद की करुण त्रासदी थी। जो सामंतवाद औरों से खुद को श्रेष्ठ मानने के हठ में कभी बर्बरता की हद तक जा पहुँचा था, उसकी नियति क्या है ? अनजाने ही नारी-विमर्श कथा के अनुषंग में आ जुड़ता है और एक उदास धुन का अमूर्त पार्श्व संगीत कहानी की संवेदना को उद्दीप्त किए रहता है। तब बहुतों की नज़र में यह मेरी सर्वश्रेष्ठ कहानी बताई गई थी। 'धावक' पढ़कर मेरे लेखक ने कई बार संजीवनी संश्लेषित की है तो 'माँ' और 'ऑपरेशन जोनाकी' पढ़कर मैं उदास होता रहा हूँ। 'ऑपरेशन जोनाकी' में अपना ही अंश पुत्र बार-बार जन्म लेता है और सत्ता और व्यवस्था पिता से बार-बार उसकी

हत्या करवाती है। नक्सलवादी आंदोलन की पृष्ठभूमि में लिखी गई इस कथा ने मुझे गहरे आंदोलित किया था। 'अपराध' की तरह ही 'ऑपरेशन जोनाकी' के छपने के बाद पुलिस मेरे पीछे पड़ गई थी। यद्यपि कभी थाने में नहीं बुलाया गया मुझे। बाद में इसके बीसियों मंचन होते रहे।

'प्रेरणास्रोत' की कथा, कहानी में मेरा अभिनव प्रयास था—पात्र लेखक को जन्म देता है या लेखक पात्र को—इस पहेली पर खड़ी कहानी मेरे व्यक्तिगत जीवनानुभवों में उलझी विशिष्ट सच्चाई है। कहानी में किसी नए सत्य का संधान करने की दिशा में यह मेरे रचना-संसार का मील का पत्थर है।

'सागर सीमांत' नदी-सागर संगम की पृष्ठभूमि पर बुनी गई प्रेमकथा के दुनियावी विरूपण की गाथा है—रचाव और रसाव दोनों ही दृष्टियों से ! 'सागर सीमांत' में सागर है तो 'आरोहण' में पहाड़। पहले में नदी जैसी नसीबन है तो दूसरे में पहाड़ जैसे भूपसिंह। 'आरोहण' धसकती आस्थाओं और मरते संबंधों की समरभूमि में अपने और अपनों को बचा लेने की ज़िद है। इस ज़िद के बिना जी पाना मुश्किल है।

बाज़ारवाद का दानव हमारे घर-परिवार में घुसकर हमें अपने मायावी फाँस में लेकर किस तरह हमारे बच्चों तक को हमसे छीन रहा है—मुझे यह तथ्य बार-बार सालता रहता है। 'ब्लैक होल' और 'नस्ल' जैसी कुछ कहानियाँ इसी यथार्थ पर हैं। 'नस्ल' में यह यथार्थ कहीं ज़्यादा सक्षम ढंग से बिंबित है और व्यंजित है।

दसवीं कहानी 'मानपत्र'। 'अपराध' के बाद जिस कहानी पर मुझे सर्वाधिक पॉज़िटिव प्रतिक्रिया मिली, वह 'मानपत्र' ही है। सुपनहार ने कहा था कि हर कला की इंतहा होती है संगीत बन जाना। यह कथा न सिर्फ संगीत की पृष्ठभूमि पर है, बल्कि खुद एक पछाड़ खाती टेर है।

—संजीव

बी०डी०ओ० पाड़ा
कुलटी-713343

क्रम

अपराध

रात के खौफनाक अँधेरे को चीरते हुए मेरी ट्रेन भागी जा रही है। एक अँधेरी सुरंग है कि मेरे समूचे अस्तित्व को निगलती जा रही है। यूँ मैंने सारी खिड़कियाँ बंद कर ली हैं, फिर भी एक शोर है कि जिस्म के पुर्ज़े-पुर्ज़े धमक रहे हैं, यादों का एक काफिला है कि मेरे मरुमन का ज़र्रा-ज़र्रा कुनमुनाकर ताकने लगता है।

ज़ेहन में धीरे-धीरे आकार ले रही है एक हवेली···कस्बे में व्यवस्था और सत्ता की प्रतीक मेरी हवेली—कंचनजंघा। धीरे-धीरे कई चेहरे उभर रहे हैं, प्रभुसत्ता रोबीले सेशन जज—पापा, एस०पी०—बड़े भैया, जिलाधीश—छोटे भैया, गृह विभाग के सचिव—जीजा, उनके प्रभाव का अहसास कराती हुई गर्वीली बहन, सबके अपने-अपने पोस्टेड ज़िलों में चले जाने पर उदास राजमाता की तरह मम्मी, न जाने कितने मंत्रियों, अफसरों और ऊँचे ओहदे वालों के गड्डमड्ड चेहरे ! एक अजीब-सा खिंचाव, एक अजीब-सा खौफ समाया रहता है यहाँ के लोगों में कंचनजंघा के प्रति। मैंने बचपन से ही इस खिंचाव का अनुभव किया है। कपड़े का बॉल और पीढ़े का बल्ला बनाकर खेले जा रहे क्रिकेट या काँच की गोलियों जैसे खेल, गवर्नेस, खानसामा, दाइयाँ, ट्यूटर्स, सेंट-विसेंट और सेंट पैट्रिक्स स्कूलों में पलते मेरे वजूद को देखकर थम जाते और वे मुझे टुकुर-टुकुर ताकने लगते। ऐसा लगता, मुझे मेरी इच्छा के विरुद्ध कुछ इतर, कुछ विशिष्ट बनाने का षड्यंत्र चल रहा है और एक अस्वीकार समाता रहा अवचेतन में। पापा कहते, "जाने किस धातु का बना है ?" पूरे परिवार में 'सिद्धार्थ' की उपाधि से मैं आभूषित था।

"खैर, एक लड़का ऐसा ही सही !" और माँ सबकी चिंताओं पर स्टॉप लगा दिया करतीं।

प्रेसिडेंसी कॉलेज में दाखिले के बाद पहली बार परिवार की तमाम बंदिशों से मिली आज़ादी, जगह-जगह दीवारों पर लिखे—पॉलिटिकल पावर फ्लोज़ फ्रॉम द बैरेल ऑफ द गन !···नक्सल बाड़ीर पोथ आमादेर पोथ !···जैसे नारे। माओ की लाल किताब, कॉलेज स्ट्रीट के फुटपाथों तथा कॉलेज स्क्वायर पार्क के 'गोलदीघी' के होने वाले हेतमपुर, विद्यासागर, यादवपुर, शिवपुर इंजीनियरिंग कॉलेज के छात्रों के बीच के घुमंतू चर्चे !···ऐसे गर्म परिवेश में पकने लगा था मेरा झिझक-भरा शांत व्यक्तित्व। कुछ ही दिनों में मन के अवचेतन में दबा अस्वीकार सर उठाने लगा। क्लास तो हम नाममात्र को करते। हाँ, इस बीच बहुत-सा बाहरी साहित्य पढ़ने को मिला। मार्क्स, ऐंगेल्स, हेगेल, लेनिन और माओ पर विस्तृत चर्चाओं में शामिल होने का मौका मिला और बुर्ज़ुआ, पेटी बुर्ज़ुआ, रिवीजनिस्ट, प्रतिक्रियावादी, होमोसेपीयंस, लाल सलाम आदि नए-नए शब्द आ जुड़े मेरे शब्दकोश में और इन्हीं के साथ-साथ परिचय के फलते दायरे में आ

जुड़ा शचिन संघमित्रा का परिवार, जहाँ अकसर ही मेरी शामें गुज़रने लगीं। उनके पिता 'कल्याणी सेनिटोरियम' में क्षय का उपचार करा रहे थे और उनकी अनुपस्थिति हमारे लिए वरदान साबित हो रही थी। कभी-कभी हमारे वाद-विवाद अतिरेक में इतने तीव्र हो उठते कि बगल के कक्ष में पढ़ती हुई संघमित्रा गुस्से से उफनती हुई, भड़भड़ाकर किवाड़ खोलकर, धम-धम पाँव पटकती हुई हमारे बीच आ खड़ी होती, "आई से स्टॉप दिस नॉनसेंस ! अपने कैरियर के साथ-साथ मेरा कैरियर भी ले डूबेगा बुलबुल।" शचिन को वह उसके बुलाने वाले नाम 'बुलबुल' से ही बुलाया करती थी...और हम सन्नाटे खींच लिया करते। वार्तालाप की चिंदियाँ बिखर जातीं।

वह मेडिकल की एक मेधावी छात्रा थी, शचिन से एक साल बड़ी होने का लाभ उठाकर गार्जियन की तरह डाँटा करती। इम्तिहान वगैरह के चक्कर न होते तो वह दरवाज़े पर खड़ी-खड़ी हमारी बातें सुनती और मूड में आने पर हमारी पूरी बटालियन पर अकेले ही तिलमिला देने वाला सधा वार करती, "जो अपना कैरियर नहीं बना सका, वह सोसाइटी और देश का क्या बनाएगा ?"

"दीदी, तूमी बूझबेना। एइजे पूँजीवादी, सोमोन्तोवादी शिक्षा-व्योवस्था...!"

"चुप कोर ! प्रेतिभा थाकले जे कोने जाएगा थेके स्कोप कोरे नेवा जाय आर ना थाकले..."

"थाक ! थाक !"

और दोनों भाई-बहन मुँह फुला लिया करते।

उन दिनों संघमित्रा को मैं कनखियों से देख लिया करता और यदाकदा वह इसे मार्क कर लिया करती। मगर किसी बेतकल्लुफी के अभाव में उसका अस्तित्व मेरे मन में अँखुआ नहीं पाया था। आखिर वह झिझक भी टूट गई 'डीघा' की पिकनिक पर। वहाँ पहली बार मैं उसके व्यक्तित्व के सौंदर्य के धटक पर अभिभूत हुआ।

मैं पानी के अंदर जाने से डर रहा था और वह ताने दे बैठी थी, "यह हिम्मत है और चले हो बगावत करने !" मैंने बताया, "मेरी मम्मी को किसी साधु ने बताया था कि मेरी मौत पानी में होगी। इसीलिए वहाँ पास ही गंगा और यहाँ गोलदीघी के पास रहकर भी तैरना सीख नहीं सका आज तक।" वह हँसते-हँसते गिर पड़ी थी मेरे बदन पर, "...ओह !...ओह !!...डोंट माइंड !" फिर शचिन को इशारा करते हुए बोली, "एई जे तुमार 'जोद्धारा'...की बोलो तोमार ...लाल सिपाई !" शचिन अपनी शिकस्त से उबरने के लिए बोला, "दीदी कितनी बड़ी 'जोद्धा' है...जानते हो ? पहली बार लैब में मुर्दे की चीर-फाड़ देखकर बेहोश हो गई थी।" "सच !" मैंने चिढ़ाया तो वह छिछले पानी में मुझे ढकेलती हुई मारने दौड़ पड़ी।

"सत्ता पा जाने पर तुम भी वैसे ही ढल जाओगे...जे जाय लोंका, सेइ होय रावोन!" आँचल निचोड़ते हुए वह कहने लगी, "देखती हूँ, बड़े आए हो खूनी क्रांति करने वाले, समाज और व्यवस्था बदलने वाले, डिस्पैरिटी मिटाने वाले ! अरे, मैं कहती हूँ, चूल्हे में डालो मार्क्स, लेनिन, माओ, चाओ को ! आदमी अपनी प्रवृत्ति से ही हिंसक होता है, अपराधवृत्ति खत्म करनी है तो जींस बदल डालो...जींस !"

पूजा की छुट्टियों में घर आया तो पापा सारा कुछ सूँघ बैठे थे। आते वक्त उन्होंने साफतौर पर मुझे बता दिया कि पढ़ना है तो ढंग से पढ़ो, वरना छोड़कर चले आओ। मम्मी ने तो मुझसे आश्वासन ही ले लिया कि मैं अपने पाँव डगमगाने नहीं दूँगा। लेकिन कलकत्ता आने पर 'फिर बेताल डाल पर' वाली बात हो जाया करती। मैं न भी जाता तो संघमित्रा मुझे हॉस्टल में ही बुलाने चली आती। मैं जब कहता, "विरोक्तो कोरो न रानी !" (उसका पुकारने का नाम रानी था) तो वह ठिठोली कर बैठती, "एसो आमार राजकुमार, एसो ना !" और मेरी मोर्चाबंदी भरभराकर गिर जाती।

मेरे साहित्यिक रुझान पर दोनों ही कुढ़ा करते। शचिन बिगड़कर बोलता, "भावुकता, चेतना का अपव्यय है, डिस्ट्रैक्शन है। ये लफ्फाज़, कामचोर, माटी के शेर, क्रांति का साहित्य लिखने वाले—इन लोगों को फील्ड में ले जाया जाए तो पेशाब कर दें। इन सबों को खेतों और फैक्टरियों में लगा देना चाहिए !" फिर वह वियतनाम, कंबोडिया, लाओस, कोरिया, चिली, क्यूबा, रूस, चीन आदि की बातें ले बैठता। संघमित्रा तो अकसर इससे भी बुरी खिंचाई पर उतर आती, "तुम्हारे जैसे नाइंटी परसेंट साहित्यकार, घोर कामी, सुविधावादी और भ्रष्ट होते हैं। तुम तो विभीषण हो…इस दल में बन सकोगे मुकुंद दास…छेड़े दाउ बोंगो नारी, आर पोड़ो ना रेशमी चूड़ी…यू आर ए पेटी बुर्ज़ुआ !"

"देखते जाओ…मेरा पहला वार होगा मेरी हवेली पर…!" मैं कॉलर हिला दिया करता और इस पर दोनों हँस पड़ते।

धीरे-धीरे शचिन की गतिविधियाँ बढ़ती गईं। इस बीच 'खत्म करो' अभियान भी चल निकला। दो-एक बार वह मुझे भी उत्तरी बंगाल के गरीब किसानों के बीच व्यवस्था से मोहभंग कराने के उद्देश्य से ले गया। हड्डियों पर मढ़े हुए चाम। धँसी पनीली आखें, मैले-चिथड़े, शोषण की जड़ तक देखती हुई मेरी दृष्टि पारदर्शी हो उठी। अगर मैं नक्सल नहीं हुआ तो संघमित्रा की वजह से, जो वहाँ से लौटने पर मेरी नज़र उतारने के लिए नेशनल म्यूज़ियम, ट्रॉपिकल मेडिसन, ऑल इंडिया इंस्टीट्यूट ऑफ फिजिकल हाइजिन एंड मेडिकल साइंसेज़ या और नहीं तो गंगा के किनारे पड़े बैंचों पर बैठाकर मुझे जीवों और सभ्यता का विकास समझाया करती। बातों ही बातों में उसने एक दिन बताया था कि वह सचमुच खोज करना चाहती है जींस पर और एक उत्साही निरपेक्ष अध्यापक की तरह बिना लज्जा के जेनेटिक्स और मनुष्य के अंग…प्रत्यंग की बहुत सारी बातें बता डाली थीं।

शचिन ने बाद में क्लासें करना छोड़ ही दिया था। मैंने संघमित्रा से शिकायत की तो उसके आते ही वह फट पड़ी, "क्यों रुलाते हो बुलबुल ? जानते हो, बाबा टी०बी० के पेशेंट हैं, मैं उन्हें यह सब बता नहीं सकती। इसीलिए न…!" लेकिन शचिन को न रानी के आँसू रोक पाए, न परिवार की ज़िम्मेदारी। थ्योरेटिकल परीक्षाओं में भी वह अनुपस्थित रहा तो आखिरी पर्चा देते ही पता करने उनके घर जा पहुँचा। शाम की मरकरी नियोन की शोख बत्तियाँ जल उठी थीं सड़कों पर। मगर उस मकान में मात्र धुँधली रोशनी मातम-सी बरस रही थी।

"दीदी तोमाके जेतेड़ होवे !" शचिन रानी से अनुनय कर रहा था, "और हात टा एक बारेकइ उड़े गेछे। होय तो ब्लीडिंग होयेई मारा जाबे।"

"आर काउ के पाओ नी ?" रानी बोली।

"काउ के नीये गेले सोबी फास होये जाबे जे···"

फिर मेरे कंधे पर हाथ रखकर, "वेट टिल आई रिटर्न-!" कहकर रानी जो गई तो आज तक इंतज़ार कराती रही।

बाद के चंद साल संक्रमण के साल रहे। टेररिस्ट शचिन पर तरह-तरह के मुकदमों के फंदे लटक गए थे और संघमित्रा का नाम पार्टी के प्रवर संगठनकर्ताओं में गिना जाने लगा था। उसके विषय में तरह-तरह के मिथ प्रचलित हो चले थे···कि खून करने में उसे कैसी खुशी होती है !···अब फलाँ-फलाँ पूँजीपति, राजनेता, अफसर और पार्टी के विश्वासघातक उसकी सूची में हैं !···फलाँ-फलाँ घूसखोर अफसर और ऊँची फीस लेने वाले डॉक्टर और वकील को तो धमकी का खत भी आ चुका है !···एक मुर्दे को चीरते देखकर बेहोश हो जाने वाली संघमित्रा कहाँ से कहाँ पहुँच गई थी।

मेरी स्थिति कुछ विचित्र थी। पापा ने ज़बरदस्ती प्रेसिडेंसी छुड़वा दिया था। साइंस छोड़कर आर्ट्स लेकर सोशोलॉजी में मैं एम०ए० कर चुका था और कई तरह के संकर संस्कार मुझे आधा तीतर आधा बटेर बनाकर छोड़ गए थे। घर की समृद्ध परंपरा छोड़कर मैं यूनियनी लीडरी, समाज-सेवा और प्राध्यापकी—तीनों को ही अपने प्रयोग का क्षेत्र बनाए हुए था। संघमित्रा से मिलने के लिए मैंने टाटा के जादूगोड़ा के जंगल, आंध्र के जंगल और धान के खेत, मध्य प्रदेश के बीहड़···कहाँ के चक्कर नहीं लगाए। मगर तब तक शायद वह भावनाओं, आवेगों से ऊपर उठ चुकी थी। शायद मेरी यूनियन, सोशल-सर्विस और लेक्चररशिप हताशा के ज़ख्म को ढकने के साधन-मात्र थे। माँ ने साफतौर पर ऐलान कर दिया था कि मुझे हर हालत में उनके पास रहना है। इतनी बड़ी हवेली अकेले भाँय-भाँय करती है और मैं हर हालत में वहाँ बना हुआ था। पिताजी कूड़े से भी काम लायक चीज़ें निकाल लिया करते थे। यह उनकी बणिक-बुद्धि कहूँ या विलक्षण बुद्धिमत्ता, वह हर चीज़ को कैश कराना जानते थे। अपने स्वभाव के विपरीत मुझे उन्होंने आड़े-उलटे प्रोत्साहन देना शुरू किया। उनकी कृपा से प्रारंभिक चरणों में ही सफलताएँ मिलती गईं और अब मैं कई यूनियनों का अध्यक्ष बन बैठा था। लेकिन पापा के लिए ये मात्र मील के पत्थर थे—मंज़िल नहीं। उनका इरादा था कि आगामी चुनावों में मुझे कहीं से खड़ा करवा देंगे। शायद प्रांतीय या केंद्रीय नेतृत्व के सामने की पंक्ति में आने की जो रिक्तता मेरे अक्षय-वट परिवार में रह गई थी, वह मुझसे पूरी की जानी थी। लेकिन इन सबसे उदासीन रहकर जब मुझे अपनी लेक्चररशिप और यूनियन वगैरह में ज़्यादा व्यस्त पाने लगे तो एक दिन ब्रेनवॉश के लिए मेरे सोशोलॉजी विभाग के हेड के हाथों एक नए पर्चे के रूप में उनकी नई योजना सामने थी।

"इस पर साइन कर दो।" बे बोले।

"यह क्या है ?"

"तुम्हें शोध करने की अनुमति देने के लिए दर्खास्त...मेरे गाइडेंस में।"

"लेकिन...!" मैं उलझन में पड़ गया।

"बिलावजह माथापच्ची कर रहे हो। विषय तुम्हारे परिवार के लोग रोज़ ही मथा करते हैं। तुम्हें बस इतना करना है कि पुरानी थीसिसें देख-सुनकर कुछ नए डॉट्ज जोड़कर लिख डालना है।"

"कौन-सा विषय है ?" मैं उत्सुक हुआ।

"क्राइम !"

न जाने क्यों अंग्रेज़ी का यह शब्द सुनते ही बहेलिए द्वारा मिथुन-युगल क्रोंच को मारने की दर्दनाक और दहशत-भरी आवाज़ कानों में घुल उठती है...जैसे परिंदों के शोर से जंगल गूँज उठा हो और टप-टप ताज़ा रक्त टपक रहा हो।

मैंने अतिरेक में उनका हाथ पकड़ लिया, "मैं करूँगा, ज़रूर करूँगा मगर एक शर्त...थीसिसें देख-सुनकर नहीं, स्वयं स्वतंत्र सर्वेक्षण और अध्ययन करके।"

"ठीक है।" इस बार सामने बैठे पापा स्वयं बोल उठे। सामयिक रूप से मेरा ध्यान हटा पाने में सफल होकर वे राहत की निःश्वास फेंक बैठे थे।

अपराध और अपराधी की प्रकृति और प्रकार, व्यक्तिगत और परिवेशगत संस्कार और उद्दीपनाएँ, मनोवैज्ञानिक तथा समाजशास्त्रीय विवेचन और विश्लेषण करने हेतु मैं एक थाने से दूसरे थाने की फाइलों में बिखरी आँकड़ों की सांख्यिकी में भटक रहा था कि एक दिन एक थाने के बाहर शचिन के पिता राखाल बाबू ने पकड़ लिया। वे काफी बदहवास लग रहे थे। उन्होंने बताया कि...अभी-अभी शचिन को पकड़कर इसी थाने में ले आया गया है। बहुत मारा है, पुलिस ने...कहते हुए आँखों से आँसू गिरने लगे उनके। मैंने दारोगा को अपना परिचय देते हुए इस मामले में सहानुभूति बरतने का अनुरोध किया। दारोगा मुझे लिए-लिए अंदर आए। शचिन को उनके कमरे में ले आया गया। उन्होंने नीचे पाँव हिलाते हुए नेतानुमा आदर्शवादिता वाले अंदाज़े-बयाँ में कहा, "तुम लोग कल के भविष्य हो। मुझे युवा शक्ति का इस प्रकार अपव्यय होना बिलकुल पसंद नहीं। ये बिलावजह का खून-खराबा और अपराधकर्म छोड़कर आदर्श नागरिक क्यों नहीं बनते ?"

शचिन, जिसके चेहरे पर पीटे जाने की स्पष्ट छाप थी, चुपचाप सीलिंग फैन का नाचना देखता रहा। फिर नाक का खून बाँहों से पोंछकर तिरस्कार-भरे स्वर में बोल पड़ा, "आपको यह बात समझ में नहीं आएगी दारोगाजी, आप अपने लड़के को भेज दीजिए, उसे समझा दूँगा।"

दरोगाजी एकबारगी अप्रतिहत हो उठे। उन्होंने थूक निगला और कंधे उचकाकर झेंप झाड़ते-से बोले, "दैन आ'म हेल्पलेस !"

वह थाना भैया के अधिकार-क्षेत्र में आता था। मैंने राखाल बाबू को यह आश्वासन देकर विदा किया कि भैया से कहकर शचिन के लिए कोई कोर-कसर उठा नहीं रखूँगा। भैया के पास

पहुँचा तो उन्हें बात करने भर की फुरसत नहीं थी। कोई पार्टी चल रही थी वहाँ, किसी मंत्री के दौरे के बाद। संभवतः आमंत्रित मेहमान पुलिस विभाग के ही लोग थे। मेरा परिचय और रिसर्च का उद्देश्य जानते ही चर्चा उतर पड़ी पुलिस पर···कि विदेशों में पुलिस को कितना वेतन, अत्याधुनिक उपकरण और सुविधाएँ तथा सम्मान प्राप्त है।

"मगर यहाँ की तरह वहाँ के पुलिस स्टेशन अपराध के ब्रीडिंग स्टेशन तो नहीं हैं !" मैंने हस्तक्षेप किया। मेरी बात को एक वरिष्ठ अधिकारी ने 'हो-हो-हो-हो' हँसकर उड़ाते हुए कहा, "अमाँ यार, हमीं पर सारी तोहमतें क्यों ? हम तो नाचने वाले हैं, नचाने वाला कोई और है।"

"कुछ इसी से मिलती-जुलती बात वे अपराधी भी कह रहे थे, जिनसे शोध के दौरान मैं मिला।"

"क्या ?" मेरी बात पर तकरीबन सारे लोग मेरे आसपास जमा हो गए थे।

"कहते थे···हम तो वेश्या हैं। सब छुप-छुपकर मिलते हैं और अपना उल्लू सीधा करते हैं। मगर बाहर शान दिखाने के लिए हमें गाली देते हैं।"

"राइट ! अब हमारा ही देखा जाए। एक ओर तो हमारी अक्षमता के लिए हमें कोसा जाता है, दूसरी ओर हमारे काम में टाँग अड़ाई जाती है। एक उदाहरण लीजिए—हमने किसी गुंडे को पकड़ा। अब हर गुंडा किसी न किसी एम०एल०ए०, एम०पी०, सेक्रेटरी या मिनिस्टर वगैरह का आदमी, या आदमी का आदमी निकल आता है। फोन पर फोन ! आखिर वह बेदाग छूट जाता है···फिर क्या रह गई हमारी इज़्ज़त ! कभी-कभी तो ईमानदारी की कीमत हमें सस्पेंशन में चुकानी पड़ जाती है।"

"एक तरफ कहेंगे, पुलिस को अपना आचरण बदलना चाहिए, दूसरी तरफ गंदे से गंदे काम के लिए हमें इस्तेमाल करेंगे।" दूसरे कद्दावर अधिकारी ने कहा।

"यानी पुलिस अपने गलत कामों के लिए स्वयं दोषी नहीं है···यही न ?"

इस पर एक सन्नाटा खिंच गया। शराब के नशे में एक इंस्पेक्टर बहकने लगा, "अरे साब ! सत्ता के इस थोड़े-से सुख में हमने अपना क्या-क्या नहीं गँवाया···जाति, धर्म, ईमान, सभ्यता, संस्कृति !···कहने को तो अपने थाने के सामने हमने भी लिखकर टँगवा दिया है—'हम आपके सेवक हैं, हमारे योग्य कोई सेवा ?' मगर सेवक की विनम्रता से काम करें तो हो गई छुट्टी। हमें ऑड, ट्यूड, क्रूड बनकर स्लैंग लैंग्वेजेज़ इस्तेमाल करनी पड़ती हैं, जल्लाद की तरह पेश आना पड़ता है, इसलिए एक अलग ही डिक्शनरी होती है हमारी, एक अलग ही आचार-संहिता होती है और एक अलग ही चरित्र होता है हमारा। सब कुछ अलिखित, पर व्यावहारिक !"

काफी रात गए भीड़ छँटी तो भाभी ने टोका, "कब तक छुटुवा घूमते रहोगे सिद्धार्थ ! तुम्हारी यशोधरा रानी कब आएँगी ?"

"रानी !" ज़ेहन में नाच उठी 'रानी'—ऐसो आमार राजकुमार, ऐसो ना···! एक मदिरिल सपना अँगड़ाई लेता हुआ पानी में रुपहले बिंब-सा थरथराया। सोचा, शचिन की बात भैया से शुरू कर दूँ, मगर इस बीच फोन घनघना उठा और ऐसी बेवकूफी करने से बच गया। भैया

फोन अटेंड करके आए तो कपड़े बदलने लगे, बोले, "तुम आए, कोई बात भी न हो सकी और उधर बुलावा आ गया···कोई खून हो गया है···फौरन पहुँचना है···कहाँ यह सोने की रात···ढीले कपड़े पहने वे मंत्री लोग सो रहे होंगे, जिनकी सुरक्षा-व्यवस्था के लिए सात दिनों से मुझे तथा डी०एम० को चैन नहीं था···और कहाँ ये पंप-शू नुमा भारी बूट, क्रीज़दार चुभती पैंट और शर्ट, स्टार्स, बेल्ट, रिवॉल्वर वगैरह लेकर खूनी डाकुओं, खतरनाक नक्सलियों के पीछे मारा-मारा फिरूँ···तुम्हें कैसे बताऊँ !"

भाभी का मज़ाकिया मूड उखड़ चुका था। वे बोलीं, "देखो, अपने को बचाना। बाहर तुलसी-चौरा पर मत्था टेकते जाना !" और भैया, भाभी की आज्ञा का पालन करते हुए चले गए। एक मातमी तनाव तन उठा। भाभी बड़ी देर तक रुआँसी, उनकी खैर मनाती हुई, जिस-तिस को कोसती रहीं···ये आठ-नौ सौ की तनखा पर रात-रात-भर खतरनाक अपराधियों का पीछा करना···लानत है ऐसी नौकरी पर ! ब्लैक करने वाले सेठ, महीने-भर में लखपति बनने वाले इनकम टैक्स, सेल टैक्स, व्हीकल्स लाइसेंस वाले आराम से सो रहे होंगे। वे नेता तक किसी खरीदी हुई कनीज़ को चिपटाए, नरम बिछौने पर सो रहे होंगे, जिनके लिए सारे प्रोग्राम साइडट्रैक करके उनकी सुरक्षा के लिए बैंड बजाने वालों की तरह गुलाम बनकर आगे-पीछे चलना पड़ा। और वे···ऐसे में कहीं कुछ हो गया तो···? देवर जी, तुम चाहे कुछ भी बनना, पुलिस अफसर कतई मत बनना।"

शुकर था कि भैया सुबह तक सही-सलामत आ गए। थकावट के बावजूद मूड अच्छा देखकर जाते-जाते मैंने शचिन की बात छेड़ ही दी। मैंने उनके निर्दोष और ईमानदार होने की बात कहकर शचिन की रिहाई की बात की तो उनका मूड उखड़ गया।

"कल से ही देख रहा हूँ, मेरी नौकरी खाने पर तुले हो। इन चोर-डकैतों के लिए मैं हस्तक्षेप करूँ, तुम्हें हो क्या गया है ?" वे घुड़क उठे।

मन में तो आया कि पूछूँ, अगर किसी मिनिस्टर ने किसी गुंडे के लिए यही बात कही होती तो वे क्या करते। मगर चुप रह गया। बाद में सुना, एक पूरे के पूरे नक्सल गाँव को आग लगा देने के पुरस्कारस्वरूप उनकी तरक्की हो गई थी।

याद आते हैं न्यायालयों के आँकड़े बटोरते वे भटकते हुए दिन। ग्राम पंचायतों के बने-बनाए फार्मूलाबद्ध न्याय प्रहसन, दीवानी और फौजदारी की रबर से भी लचीली और खिंचती हुई कार्रवाइयाँ। ऊँची कुर्सी पर बैठे अपनी तमाम तामझाम के बावजूद श्रीहीन जज, सरकारी और मुद्दई पक्ष के वकीलों के बहसने और विहँसने की कलाएँ। न्यायमंदिरों के कितने ही मंज़र किसी डॉक्यूमेंटरी फिल्म की तरह यादों के पर्दे पर उभरने लगते हैं···न्याय की प्रत्याशा में आगत···ऊबती, मुरझाती भीड़, मिठाइयों की दुकानों पर डकराती और ललकारती हुई नकली गवाहों की टोलियाँ, पुराने परचे और कागज़ातों के बंडल सँभाले अहलमद और मुनीम, रंडियों के दलालों की तरह आसामी फँसाते हुए वकीलों के दलाल, काले कोट पहने हुए वकीलों की चहलकदमी, बीच-बीच में 'आसामी हाज़िर हो' की आवाज़ लगाता कोर्ट अर्दली, ड्रायर खोलकर

दो-दो रुपयों पर फर्जी मुकद्दमों की तारीख बढ़ाते पेशकार।

वे सर्दियों के दिन थे। कटखनी शीतलहर चल रही थी। मैं कचहरी के बाहर धूप में पापा के एक मित्र से बात कर रहा था कि एक रिक्शा रुका आकर मेरे पास। देखा तो जर्जर-क्लांत राखाल बाबू उतर रहे थे। काँपते हुए उन्होंने एक नज़र चारों तरफ का मुआयना किया, फिर एक कोने में मुझे ले आए।

"बड़ी मुश्किल से मिले···कहाँ-कहाँ नहीं पता लगाया मैंने !"

"कोई नई बात···?"

"हाँ, शचिन का मुकद्दमा तुम्हारे बाबा (पापा) के पास आए, ऐसी व्यवस्था मैंने कर ली है।"

"अच्छा !"

"बाकी तुम्हें देखना है। मैं मरने के पहले उसे निर्दोष देखना चाहता हूँ। मेरा बेटा, मेरी बेटी निर्दोष हैं।"

"आपको सेनिटोरियम छोड़कर इस तरह नहीं आना चाहिए था, उनके लिए भी आपको ज़िंदा रहना है।" उन्हें रिक्शा पर बैठाकर मैं उसी दिन पापा के पास चला आया।

पापा मुझे आया देखकर खुश हुए। शोध के विषय में मेरी प्रगति पर संतोष ज़ाहिर करते हुए, 'न्याय' के प्रति मेरे दृष्टिकोण का समर्थन करते हुए बोले, "देश-भर में जाने कितना अन्याय होता है और उसमें से जाने कितने आ पाते हैं हमारे पास और जाने कितनों का सही फैसला कर पाते हैं हम ! अब देखो, वकील न्याय के देवदूत हैं और इनका चरित्र···! जो जितने भयंकर अपराधी को, जितनी जल्दी निरपराध सिद्ध कर दे, वह उतना ही सफल वकील है। फिर जज का दिल और दिमाग, न्याय की व्यवस्था भी कम करामाती नहीं है। एक कोर्ट से जो हार जाए, दूसरी कोर्ट से जीत जाता है। पेनलकोड की कई धाराएँ तक त्रुटिपूर्ण हैं।"

"यानी न्याय वह तरल पदार्थ है जिसे जिस पात्र में ढाल दें, वैसा ही ढल जाएगा।"

"साहित्य में तुम्हें ज़ोर आज़माना चाहिए।" पापा हँस पड़े थे।

"और सोने और चाँदी के पात्रों में यह ज़्यादा शोभता है।" पापा की हँसी मुरझाने लगी। वे चौकन्ने हो गए, "कुछ कहना चाहते हो ?"

"पच्चीस तारीख को, जिसका मुकद्दमा आपकी अदालत में पेश होने वाला है, वह अपराधी नहीं है। मानवता के प्रति पूरी तरह निष्ठावान युवक है।"

"यू मीन दैट नक्सलाइट ?"

"जी, चूँकि आप एक पिता हैं, अतः पिता के दिल का दर्द समझते हैं। टी०बी० के मरणासन्न पिता की एक ही ख्वाहिश है कि वह अपने निर्दोष बेटे को निर्दोष बरी देखकर मरे।"

पापा ने सिगार जला लिया। कुछ देर तक खाली-खाली आँखों से दीवारों पर देखते रहे, फिर एक सधी हुई आवाज़ में बोले, "बेटे, हम जिसे न्याय कहते हैं, वह तथ्य-सापेक्ष है, सत्य सापेक्ष नहीं है। तथ्य का प्रमाण स्वयं में सामर्थ्य-सापेक्ष है, अतः निर्णय लचीला होता है। हमारा

तो यूँ जान लो, बस, एक दायरा होता है···पुलिस एफ०आई०आर० प्रस्तुत करती है, चार्जशीट पेश करती है, गवाह होते हैं, अपराध के सबूत, अभियुक्त की सफाई का दौर आता है, वकील होते हैं, कानून की किताबें होती हैं। इन सबमें से पर्त दर पर्त जो निष्कर्ष छन-छनकर आता है, हम वही निर्णय तो दे सकते हैं···और फिर तुम जिसकी सिफारिश करने आए हो, उसका तो मुकाबला ही सत्ता से है, जो हमेशा न्यायपालिका पर हावी रहती है !"

"यानी आपके सिद्धांत बाँझ हैं ?"

पापा गंभीर हो गए। बोले, "देखो, खून मेरी रगों में भी बहता है, पर मैं तुम्हारी तरह मूर्ख और भावनाजीवी नहीं। तुम्हें मालूम नहीं होगा, सी०बी०आई० वाले कब के तुम्हारे विरुद्ध कदम उठा चुके होते···बचते आए हो तो अपने जीजाजी के चलते। लेकिन यही रवैया रहा तो ···आई फाइनली वार्न यू टु मेंड योरसेल्फ !" बुझा सिगार फेंककर वह उठकर बेचैनी में टहलने लगे और मैं सर पकड़कर बैठ गया।

मुकद्दमे का निर्णायक दिन भी आ गया। वकील के लाख समझाने के बावजूद शचिन ने एक शब्द तक न कहा अपनी सफाई में, सिवाय उस बयान के, जो जब भी यादों को कुरेदता है तो हर्फ दर हर्फ विस्फोट करता शोलों के अंबार भर देता है ज़ेहन में, "मुझे इस पूँजीवादी, प्रतिक्रियावादी, न्याय-व्यवस्था में विश्वास नहीं है। आम जनता भी जिसे न्याय का मंदिर कहती है, वह लुटेरों, पंडों और जूता-चोरों से भरा पड़ा है। यहाँ आते ही चपरासी, अहलमद, नाज़िर, पेशकार, कानूनगो से लेकर काला लबादा ओढ़े वकील और गीता तथा गंगाजल की कसमें खाकर झूठी गवाहियाँ देने वाले गवाह, ये तमाम कुत्ते नोचने-खसोटने लगते हैं उसे। ये लाल थाने, लाल जेलखाने और लाल कचहरियाँ···इन पर कितने बेकसूरों का खून पुता है। वकीलों और जजों का काला गाउन न जाने कितने खून के धब्बों को छुपाए हुए है ! परिवर्तन के महान् रास्ते में एक मुकाम ऐसा भी आएगा, जिस दिन इन्हें अपना चरित्र बदलना होगा, वरना इनकी रोबीली बुलंदियाँ धूल चाटती नज़र आएँगी !"

वकील ज़ोरों से चीख पड़ा, "योर ऑनर, दिस इज़ किल्यरली द कंटेप्ट ऑफ कोर्ट !"

बाहर शोर मच गया। जज की कुर्सी पर बैठे पापा चीख पड़े, "ऑर्डर ! ऑर्डर !!" और मुद्दई पक्ष का वकील शचिन को पागल साबित करने में लग गया, ताकि उसे बचा सके।

शचिन को अपराधी करार देते हुए सज़ा हो गई। फैसला सुनते ही मेरे पास ही बैठे राखाल बाबू फफक-फफककर रो पड़े। मुझे याद है, मैंने उन्हें सहारा देकर रिक्शा पर बैठाया था। बाद में हमने सुना कि जेल से जाते समय, रास्ते में ही पेशाब करने के बहाने, जंगलों में शचिन ऐसा गायब हुआ कि पुलिस ढूँढ़ती रह गई। रोग और चिंता से जर्जर राखाल बाबू यह सदमा बरदाश्त न कर पाए और 'रानी' और 'बुलबुल' को निर्दोष देखने का सपना लिए ही दुनिया से चले गए। पुलिस उनकी मृत्यु के दो दिन बाद तक सेनिटोरियम के चारों ओर सादे लिबास में घूमती रही, मगर न रानी आई, न बुलबुल ! लाश जब सड़ने लगी तो पुलिस की मदद से सेनिटोनियम वालों ने ही उसकी अंत्येष्टि की।

और अब नारी-निकेतन, बाल अपराध सुधार-गृह, रिफॉर्मेटरीज़ होते हुए कारागृह ! ऊँची-ऊँची दीवारें, सलाखोंदार मज़बूत फाटक, अपराधी-कैदियों का समुद्र ! कोने-कोने पर ऊँचे मचानों पर बंदूक साधे ऊँघते सिपाही ! विभिन्न सूत्रों से पता लगा था कि शचिन नाम का एक बंगाली युवक और संघमित्रा नाम की एक औरत, कुछ दिन हुए ट्रांसफर होकर, सेंट्रल जेल में आए हैं। जल्द ही मैंने शोध के निमित्त सेंट्रल जेल जाने की अनुमति प्राप्त कर ली।

विशाल रकबे में बिखरी दुर्भेद्य बदसूरत दीवारों से घिरी केंद्रीय कारा ! कारा अधीक्षक, जो मेरे मजिस्ट्रेट भैया के मित्र थे, मुझे बताते चल रहे थे, "यह जेल भारत की सबसे बड़ी जेलों में से एक सेल्यूलर जेल है। साइकिल स्पोक्स की आकृति में फैले हुए सेल धुरी पर केंद्रीभूत हो उठते हैं, जहाँ से कंट्रोल टावर इन सब पर निगरानी रख सकता है। ये रहे कारखाने···कपड़े, दरियाँ, काठ और लोहे के छिटपुट सामान बनाते हुए, ये रही लायब्रेरी, वह रहा मेडिकल, यह रहा पागलों का दड़बा, यह विशाल भीड़, जो देख रहे हो···ये रहे हाजती। उधर उन अलग-अलग कतारों में रहते हैं स्टेट प्रिंजनर्स···बड़े-बड़े नेता, विद्वान्, लेखक रह चुके हैं यहाँ !" एक नज़र मेरे ऊपर पड़े प्रभाव का मुआयना करके वे फिर शुरू हो गए, "ये पार्टीशन ज़नाना सेल के लिए है। कोई पसंद आए तो बोलना।" अपने ही मज़ाक पर वे 'खी-खी' करते हुए हँस पड़े और दीवार के पास मेरी कल्पना में संघमित्रा उभरने लगी···मगर तत्क्षण ही स्वराघात से टूट गई।

"यह रहा 'टी-सेल'···सबसे खतरनाक अपराधी यहाँ रखे जाते हैं। किस प्रकार के कितने कैदी हैं, उनकी संख्या तुम्हें इस सूची से मिल जाएगी।" उन्होंने दीवार पर टँगी सूची की ओर इशारा किया, "ये जगह-जगह टँगी हुई हैं। मुझे अफसोस है, तुम्हें हम फाँसी के किसी कैदी से नहीं मिलवा सकेंगे।" हँसते हुए उन्होंने सूची में मृत्युदंड दंडित कैदियों के आगे इशारा किया, वहाँ क्रॉस लगा हुआ है। कंट्रोलिंग टावर पर से उन्होंने मुझे दूर स्थित फाँसी के मंच और वीरान कंडेम्ड सेल भी दिखाए।

"कहाँ-कहाँ जाना है, क्या-क्या सवाल कर सकते हो, इसकी शर्तें तुम्हें दी जा चुकी हैं, फिर भी एहतियात के तौर पर बता दूँ, सेल नंबर 15, 16, 17 में मत जाना···नक्सली सेल हैं।"

कुछ ही दिनों में उन सबसे ऊब गया। सफेद धोती, हाफ कमीज़, टखनों तक का पाजामा···मेरी पारदर्शिनी नज़र इनमें अपराध के चिह्न ढूँढ़ने में असफल रही। यह सवाल बराबर कोंचता रहा कि आखिर कौन-सी मजबूरी है कि लोग अपराध में प्रवृत्त हो जाते हैं··· और वह कौन-सी विभाजन-रेखा है, जिसके तहत ये शिनाख्त किए जा सकते हैं। सारा मामला सरसों में भूत जैसा विरोधाभासों से ग्रस्त था। नारी निकेतन, बाल अपराध सुधार-गृह और रिफॉर्मेटरीज़ के सिद्धांतों और आचरणों में गहरी खाई थी। कैदियों के नाम पर मिलने वाला राशन खाते हुए जेल के कर्मचारी, 'मेट' बन-बनकर राज करते हुए धाकड़ दादा कैदी, उनके तथा जेल के कर्मचारियों के ज़रखरीद गुलाम बने रिसते और पिसते हुए पिद्दी कैदी, वही वर्ग-विभाजन, वही वर्ण-विभाजन, जेल की बदसूरत ऊँची प्राचीरों में घुटकर रह जाने वाली यातनाओं की चीखें और अलमारियों में करीने से सजी, पर जाले की ज़ंजीरों में बँधी जेल

मैनुअल्स की पोथियाँ ! वह सेल्यूलर जेल मुझे मकड़ी के जाले जैसा लगा। रेशे-रेशे में आ बिंधे थे इंसान और बीच में मकड़ी के स्थान पर खड़ा था कंट्रोलिंग टावर !

जज़्बातों की तरह जलते हुए दिन कैदियों के समुद्र में डूबते-उतराते, संतरण करते हुए बुझ रहे थे और दुःस्वप्नों जैसी नाउम्मीद लंबी रातें पुलिस मैनुअल्स, जेल मैनुअल्स, सोशोलॉजी, साइकोलॉजी, आँकड़ों, ग्राफों में तिरोहित हो रही थीं। मेरी एक खोज पूरी हो रही थी और एक का कूल-किनारा भी नज़र नहीं आ रहा था। डिस्पैरेट होकर एक दिन जेल सुपरिंटेंडेंट के दफ्तर में जा पहुँचा। वे उस समय एक नवागत नक्सली कैदी से जाने क्या उगलवाने के चक्कर में परेशान हो रहे थे। मेरे सामने एक ही ज़ोरों का मुक्का उसके जबड़ों पर पड़ा और उसका चश्मा दूर जा छिटका। वे फिर से बड़ी निर्दयतापूर्वक उसके बालों को पकड़कर नचाने लगे। मुझे देखा तो वापस ले जाने का हुक्म देकर बैठ गए। नक्सली युवक अपना खून पोंछने की बजाय अपना चश्मा टटोलने लगा। चश्मे के अभाव में उसकी स्थिति अंधे जैसी हो रही थी। मुझसे रहा न गया। मैंने स्वयं चश्मा उठाकर उसे दिया, तो पता चला, उसके काँच दरक चुके थे।

"साले ने मूड ऑफ कर दिया। हाँ, तुम कहो अपनी···" जेल अधीक्षक प्रकृतिस्थ होने की कोशिश में मुस्कराए।

"मुझे संघमित्रा और शचिन से मिलना है···ज़रूरी तफतीश के लिए।"

"शचिन से तो नहीं मिल सकते, ऊपर से बिना अनुमति प्राप्त किए। हाँ, संघमित्रा को बुलवाए देता हूँ।" उनके हुक्म पर थोड़ी देर में एक मेट एक युवती को लेकर उपस्थित हुआ।

"लो, आ गई !" वे भद्दे अंदाज़ में मुस्कराए।

"इसे वापस पहुँचाने को कह दीजिए।" मैं झुंझला पड़ा, "मुझे जिस संघमित्रा की तलाश थी, वह यह नहीं।"

"बड़ा संगीन अपराध किया है उसने तुम्हारे साथ···ऐसा लगता है। मगर तुम उसे जेल में क्यों ढूँढ़ते फिर रहे हो ?"

"फिर बताऊँगा कभी।" निराशा में मेरे होंठ जड़ हो रहे थे। संघमित्रा मेरे लिए अब भी मरीचिका ही थी।

आखिर वे क्षण आ गए, जबकि प्रतिबंधित सेलों का तिलस्म सैलाब बनकर जेल की दीवारों के बाहर बहने लगा। दीवाली की रात थी वह। क्रेकर और आतिशबाज़ियाँ छूट रही थीं। मगर जेल के अंदर भला क्यों···? और वह दहशत-भरी पगली घंटी पर पगलाता हुआ पुलिस दस्ता ! अंदर के कई फाटक तोड़कर नक्सली अब सदर फाटक पर बम बरसा रहे थे। पुलिस के सिपाहियों ने कई एक को ज़मीन पर सुला दिया, मगर वे सामूहिक रूप से पुलिस दस्ते से भिड़ गए और थोड़ी ही देर में बंदूकें उनके हाथों में थीं। लगा कि अब फाटक टूटा कि तब। तभी हमने देखा, कैदियों की विशाल भीड़, जो बंदूकों और अन्य शस्त्रों से लैस थी, नक्सली कैदियों पर टूट पड़ी। सदर दरवाज़े के ऊपर के दोमंज़िले की खिड़की से मैंने वह रोंगटे खड़े कर देने

वाले कैदियों की लड़ाई देखी। थोड़ी ही देर में फूलों और सब्ज़ियों की क्यारियाँ, बजरी की सड़कें, लाशों और घायलों से पट गईं। माइक से जब यह ऐलान किया गया कि बाकी कैदी नक्सल कैदियों को उनके सेलों में पहुँचाकर, अपने-अपने वार्डनों के पास गिनती के लिए चले जाएँ तो घायल और बचे नक्सली कैदियों को ढोर-डंगरों की तरह मारते और हाँफते हुए कैदी लौट पड़े।

थोड़ी देर बाद अधीक्षक महोदय के दफ्तर में प्रतिबंधित नक्सली सेलों का एक वार्डन पूरी कहानी बताने लगा, "गश्त का सिपाही जमुनालाल जब एक नक्सल कैदी नं० सात सौ पचहत्तर···" मैं चौंका, "शचिन !" "जो भी हो" उसने बात आगे बढ़ाई, "उसके कमरे को संदिग्ध जान खोलकर देखना चाहा तो उसने ज़ंजीर बँधे हाथों का फंदा लगाकर उसके गले को कस दिया। फिर उसकी जेब से चाबी निकालकर सेल नं० सत्रह को आज़ाद कर दिया। इसी तरह शायद और सेल भी···दीवाली की रात होने के नाते थोड़ी गलतफहमी भी हुई। साब, अगर मेट ने चालाकी करके बिना पूछे ही तमाम खतरनाक अपराधियों को नहीं छोड़ दिया होता, उन्हें ठंडा करने को, तो नाक कट ही गई होती।"

"स्टील टर्निंग्स तो लेथ और ड्रिल मशीनों से उन्होंने बरामद किया होगा, मगर पिक्रिक एसिड, पोटाश वगैरह···??" बम के एक खोल को देखते हुए अधीक्षक गुस्से से पागल हो गए। डर के मारे लोग सन्नाटे में आ गए। वे दहाड़ने लगे, "पुलिस की जात साली ठीक ही घूस के लिए बदनाम है। ज़रा-से पैसों के लिए साले बिक गए, वरना जहाँ परिंदा तक पर नहीं मार सकता, वहाँ बम आ जाए !" धीरे-धीरे लोग खिसक गए। मृत और घायलों को शहर भेज दिया गया और दीवाली की रात मातम की काली रात बनकर डसने लगी हमें। बचपन में यदा-कदा दूर से काली मंदिर की पाठशालाओं को देखा करता था, जहाँ गुरुजी लड़कों से ही लड़कों को दंड दिलवाते थे, मगर वहाँ दंड देने वाले, दंड पाने वाले लड़कों से श्रेष्ठ हुआ करते थे और यहाँ चोर, डाकू, व्यभिचारी, सज़ायाफ्ता कैदी, बुद्धिजीवी नक्सलियों को पीट रहे थे। मुझे अपराध और अपराधी का वृत्त फैलता-सा लगा। मन रुआँसा हो चला, न खाना गले से नीचे उतरा, न किसी से बात ही करने को जी चाहा। तन और मन की हरारत टायफायड में तब्दील हो गई और मैं एक लंबे अरसे तक बीमारी से निबटने और स्वास्थ्यलाभ करने में लगा रहा। इस बीच मेरे गाइड 'हेड साहब', शोध को देखकर 'यूनीक' करार दे गए थे। जेल अधीक्षक मेरे पापा के प्रभाव के कारण मुअत्तल होने से बच गए थे। उनकी कृपा से प्रांत की सारी जेलों की महिला कैदियों की सूची मैंने देख ली थी। संघमित्रा का पता नहीं चल सका था। शोध का काम समेटने की गरज से, जिस दिन पुनः केंद्रीय कारा पहुँचा, तो पापा की जल्दी वापस आ जाने की हिदायती चिट्ठी और नक्सली सेलों में एक बार जाने का अनुमति-पत्र साथ ही मिला।

मेरे प्रतीक्षित दिवस का एक-एक दृश्य टँगा है आँखों के सामने। मेरे साथ-साथ पुलिस का एक सिपाही, सेल नं० सत्रह का वार्डन और मेट भी चल रहे थे। मेरे हाथों में शोध की फाइल थी। सारे के सारे कैदी जवान थे और निचुड़े चेहरों के बावजूद मस्त थे। वे हमें देखकर अजीब ढंग

से सीटियाँ बजा रहे थे। कुछ पूछने पर कहते, “कहाँ का पिल्ला टहल रहा है ? बहनोई खोजने चला है शायद !''यह चलेगा''?”

मेट बताने लगा, “एन्क्वायरी कमीशन के सामने भी इनकी यही गंदी हरकतें रहीं। आप सोच सकते हैं, उसमें क्या हुआ होगा।” एक कमरे के सामने रुक गया वार्डन। सलाखोंदार फाटक के अंदर से झाँकते शचिन को मैं सहसा पहचान न पाता, अगर वार्डन ने बताया न होता। उसके हाथ-पाँव ज़ंजीरों से बँधे थे। बढ़े हुए रूखे बाल, बढ़ी हुई दाढ़ी, कोटरों में धँसी जलती आँखें और बढ़े हुए नाखून''कुल मिलाकर कोढ़ियों की शक्ल दे गए थे। आत्मीयता में डूबते-उतराते मैं बोल पड़ा, “शचिन, मुझे पहचानते हो, मैं''!”

“हाँ-हाँ, पहचानूँगा क्यों नहीं''खूनी जज का बेटा, लुटेरे और मक्कार एस०पी० और मजिस्ट्रेट का भाई, बदलते भ्रष्ट मंत्रियों के शाश्वत गुलाम सेक्रेटरी का साला !”

मैं किंचित् अप्रतिभ हुआ, पर उसकी बात हँसकर उड़ा दी, “बुलबुल, सच मानो, मेरा कोई बुरा इरादा नहीं है, क्राइम पर शोध कर रहा हूँ। तुम्हारा एक इंटरव्यू''!!”

“पूछो।”

फाइल खोल कलम निकालकर पूरी गंभीरता से मैंने सवाल किया, “लोग व्यक्तिगत स्वार्थ के लिए या अत्याचार के खिलाफ अस्त्र उठाते हैं, तुम लोग सामूहिक स्वार्थ और एक्सप्लायटेशन के खिलाफ''मगर करते हो तुम भी अपराध ही। क्या हिंसा से हिंसा को और नफरत से नफरत को दबाया जा सकता है ?” सवाल के शेष होते न होते उसने अभद्रता से पाद दिया। मैं भिन्ना उठा। मुझे नफासत सिखाने वाला शचिन क्या यही था ! मैं बिफर पड़ा, “मेरा अपमान करने से सवाल नहीं टल जाएगा बुलबुल, तुम लोग किसी पर तो विश्वास करोगे''! यह संशय का महाभारत कब तक ?”

“माफ करना यार, इतना गरिष्ठ सवाल सुनकर पेट में ज़रा गैस हो गई थी। इतनी भारी बातें पच नहीं पातीं ?” फिर उसने लहज़ा बदलते हुए पूछा, “तो तुम पी-एच०डी० पाओगे न ?”

“हाँ !” मैं उसके तेवर को तौलने लगा।

“फिर कोई ऊँचा ओहदा''?”

“शायद !”

“ज़रा फाइल देख सकता हूँ ?”

मैं पहले हिचका। मगर उसकी पुरानी अंतरंगता का खयाल करके फाइल उसे दे दी, फिर मन की लालसा ज़बान पर आई, “बुलबुल, प्लीज़ बताओगे, रानी कहाँ है ?” मेरी बात जैसे उसने सुनी ही नहीं। फाइल के पन्ने पलटते हुए बोल पड़ा, “तो तुमने इतने विभिन्न प्रकार के अपराधियों और कैदियों का अध्ययन किया है ?''वाह !''और यह दार्शनिक पक्ष''टैपेन, रेकबेस, मारिस, टैफ्ट, कोल्डराइन, प्लेटो''कमाल है ! इत्ते सारे आँकड़े, ग्राफ्स, कांपेरेटिव एंड रिलेटिव एनलिसिस''सर्वे''जेल में मिले इन लोगों से ?”

“हाँ !” मैं फूल गया अपनी प्रशंसा पर। मगर एकाएक उसे जैसे सन्निपात हो गया, “तो तुमने इतने कैदियों का अपमान किया है !''और इस अपमान को भुनाकर तुम सम्मानित होना

चाहते हो ?…इसीलिए यह दलाली और सवालों के चोंचले ! तुम्हारी नीयत अपराध मिटाने की नहीं, उस पर फलने-फूलने की है ! मैं पूछता हूँ, किसने तुम्हें आने दिया अंदर ? इसे चिड़ियाखाना समझ रखा है क्या ? इजंट टोटली इन्ह्यूमेन टू एंज्वाय एंड कैश ए प्रिजनर्स ट्रेजेडी ? इजंट मोस्ट हीनियस क्राइम…आई आस्क ! आई वोंट एलाउ यू !"…उसने फाइल उठा ली। हाथ की ज़ंजीरें झनक उठीं…मेरे दिल की धड़कनें बढ़ गईं।

"रुको-रुको !" पीछे से कारा अधीक्षक आते हुए बोले, "मुझे मालूम नहीं था कि तुम इनके दोस्त हो। देखो, डोंट बी इंपेशेंट। अफसोस है, इतने संगीन अपराध तुमने किए हैं कि कोर्ट से कभी भी फाँसी का परवाना आ सकता है। तुम्हारे सामने तुम्हारे मित्र एक आदर्श हैं। तुम अपराध में प्रवृत्त हो और वह उससे निवृत्ति के उपायों पर शोध कर रहा है। अगर तुम अभी से भी रिपेंट करते हुए अपने आपको सुधारो तो राष्ट्रपति के पास मर्सी पिटीशन के तहत तुम्हें बचा लेने में हम कुछ उठा नहीं रखेंगे।" उनका इतना कहना था कि शचिन के मुँह का बलगम उनके मुख पर ताले-सा जा चिपका और फाइल मेरे मुँह पर। पन्ने-पन्ने छितरा गए और मैं पागलों की तरह जल्दी-जल्दी बटोरने लगा, अपनी अमूल्य निधि को।

वार्डन दौड़कर पानी लाने चला गया और मेट और सिपाही, कहीं से दो छड़ लाकर लगे कोंचने और पीटने बेरहमी से उसे…जैसे सर्कस के किसी खूँखार पशु के अचानक हिंसक हो उठने पर सर्कस के नौकर किया करते हैं। वह 'घों-घों' करके चीत्कार कर रहा था। कारा अधीक्षक ने ही न छुड़वाया होता तो शायद उसकी जान लेकर छोड़ते।

सामान जीप में रखा जा चुका था। बस, कारा अधीक्षक की राह देख रहा था। जेलर को कुछ हिदायतें देकर उन्हें लौट आना था। यूँ और दिन होता तो जेल के अंदर ही उनसे मिल आता, पर उस घटना के बाद से मन कैसा-कैसा हो गया था और बीच के तीन दिन, शोध के बिखरे कामों को तरतीब देने के उद्देश्य से, मैं अपने मँझले भैया के यहाँ गुज़ारकर आया था। कारा अधीक्षक उदास-सा चेहरा लिए आकर रुके मेरे पास, "जब तुम पहले-पहल आए थे तो मैंने मज़ाक किया था कि मुझे अफसोस है, फाँसी के कैदी से नहीं मिलवा सकूँगा तुम्हें…मगर तब नहीं जानता था कि जाते समय मज़ाक क्रूर सत्य बनकर सामने आएगा।"

मैं चुपचाप ताकने लगा उन्हें।

"शचिन को कंडेम्ड में ले जाया गया है। फाँसी तक वहीं रहेगा वह। मिलोगे नहीं उससे जाते समय ?" उनकी आवाज़ भीगी हुई थी।

मेरे होंठ थरथराए, पर आवाज़ नहीं फूटी। यंत्रचलित-सा उनके पीछे-पीछे चल पड़ा। मैंने गौर किया, मुख्यद्वार से कंट्रोलिंग टावर तक की सभी सूचियों में परिवर्तन कर दिया गया था—मृत्युदंड दंडित कैदी, कुल संख्या—एक।

शचिन मुझे देखते ही सींखचों के पास आ गया, "आज शायद जा रहे हो ?" पहल उसी ने की।

"……"

"मेरी फाँसी तक नहीं रुकोगे ? व्यवस्था की पीठिका पर टँगे मेरे वजूद के सवालिए निशान से कतराने लगा है तुम्हारा शोध !" उसकी व्यंग्य-भरी हँसी निरुत्तर कर गई मुझे। मैं निर्वाक् निर्निमेष ताकता रहा उसे।

"रानी को पूछ रहे थे न उस दिन ?"

"हाँ !" मेरी सारी चेतना सिमट आई उसके सवाल पर।

"शी हेड बीन ब्रूटली बूचर्ड लांग एगो।"

"कैसे ?" मैं चीख पड़ा।

"उसके गुप्तांग में रूल घुसाकर···मथकर मारा गया।"

"ओह ! ओह !!" कराहते हुए आवेग में मैंने सींखचों को पकड़कर झकझोर देना चाहा, मगर वे सर्द और सख्त थे। आँखों के आगे अँधेरा छा गया। मेडिकल की मेधावी छात्रा, जेनेटिक्स पर रिसर्च करने का दम भरने वाली रानी, एक सामान्य पुलिस के हाथों···क्राइम ! लगा, अभी-अभी क्रोंचवध हुआ है। फिज़ा में दूर-दूर तक दहशत-भरी दर्दनाक चीखें भर उठी हैं।

इसके बाद न कुछ वह बोल पाया, न मैं। उसने मेरा कंधा थपथपाया···और पथराई आँखों से हम जुदा हो गए।

जेल से अपनी एक पूरी दुनिया गँवाकर लौट रहा हूँ। पता नहीं पापा मेरे शोधकार्य को कैसे भुनाएँगे ! मगर शोध अभी हुआ कहाँ पूरा ! हाइड्रोजन बम के न्यूक्लियर फीज़न की शृंखला की तरह अपराध का रक्तबीज फैलता ही जा रहा है···ठहराव ? ट्रेन चली जा रही है और शोध के पन्ने फड़फड़ा रहे हैं मेरे दिमाग में···अनाक्सिमेंडर, काल्डरान के अनुसार क्या यही मान लेना होगा कि मनुष्य का सबसे बड़ा अपराध यही है कि जन्मा होने मात्र से वह दूसरे के अस्तित्व में बाधक है ? प्लेटो ने यहाँ तक कहा है कि अपराध भी प्रतिभासंपन्न व्यक्ति ही कर सकते हैं। डारविन की 'थ्योरी ऑफ इवोल्यूशन' में ज़िंदा रहने के लिए सबलों, समर्थों का निर्बलों, असमर्थों पर यही अपराध-भरा संघर्ष नहीं है ? हेगेल ने भी क्या संक्रमण और संघात के इसी नायकत्व को नहीं स्वीकारा? मार्क्स की वस्तु और क्रियाओं के घात-प्रतिघात की बात में इसी संघर्ष का दूसरा रूप नहीं है। आगे बढ़ने की अंधी दौड़ में कौन देखने जाता है कि कौन कुचला गया। शायद रानी ही ठीक कहती थी, अपराध खत्म करना है तो नस्ल ही बदल डालो।

दिमाग नाना प्रकार के गड्डमड्ड विचारों से बजबजा उठा है। नाना प्रकार के दृश्यों के बुलबुले उठ-उठकर फूट रहे हैं। आँखों में पूरा का पूरा गाँव धू-धू करके जल रहा है, कंकालनुमा चेहरे किन्हीं अज्ञात पंजों से बचने के लिए बेतहाशा भागे जा रहे हैं, सहमी हुई, कोसती और मनोतियाँ करती भाभी, बड़े और बड़े होते हुए भैया तथा पापा के चेहरे, ऐंठते हुए पुलिस और गुंडे, डकारते हुए नकली गवाह, बाल पकड़ झटके जा रहे···पेट पकड़े नक्सलाइट युवक का दरका चश्मा ! ठीक आँखों के सामने रानी तड़प-तड़पकर···ऐंठ-ऐंठकर मर रही है, शचिन को कोंच-कोंचकर मारा जा रहा है। शर्मिंदगी और संत्रास और मातम ! इसके ऊपर

धीरे-धीरे एक सवालिया निशान की तरह झूल रही है···फाँसी के फंदे में शचिन की लाश !

मैं पसीना-पसीना हो उठता हूँ। स्वस्थ होने के लिए खिड़की खोलकर बाहर झाँकता हूँ तो लगता है, अँधेरे की सुरंग किसी रक्तस्नात प्रांतर में आकर विलीन हो चली है। गाड़ी धीमे-धीमे गंगा के पुल पर रेंग रही है। यानी चंद मिनटों में मेरे स्टेशन में दाखिल हो जाएगी। सुबह की लाली से लाल हुई गंगा देखकर लगता है, आदिम पाषाण युग से खून ही बहता रहा है इसमें ! क्या है मेरी और मेरे शोध की सामर्थ्य और सीमा ? अपराध की लपलपाती बर्बर लपटों में···उन्हीं लपटों में, जिनमें आहुति बनकर लाखों-करोड़ों निरपराध, निष्ठावान तेजस्वी आत्माएँ, मेरा मित्र, मेरी रानी तक समा चुकी है ! अपने हाथ सेंकने के सिवा यह है क्या ? इससे बढ़कर गर्हित अपराध और क्या हो सकता है ? कर सकूँगा मैं सत्ता, व्यवस्था और समाज के तमाम अपराधी पुर्ज़ों को जेल में ? शायद नहीं, क्योंकि मैं पैरासाइट हूँ उनका, क्योंकि वे मेरे अपने पिता, भाई, स्वजन, मित्र और औज़ार हैं। फिर यह शोध···? कितना गंदा मज़ाक है यह शोध ! मेरे हाथ लहराते हैं और शोध की पूरी फाइल छपाक से गंगा में जा गिरती है। लगता है, सीने पर पड़ा हुआ अपराध का पहाड़ फिसलकर जा गिरा है गंगा में।

स्टेशन पर उतरते ही अगवानी के लिए आए विभागाध्यक्ष के साथ माँ को देखकर याद आता है···साधु ने शायद ठीक ही कहा था···कि मेरी मौत पानी में होगी !···पूरा भविष्य डुबा दिया है मैंने पानी में और विद्रूप में मेरे होंठ टेढ़े हो उठे हैं।

टीस

रह-रहकर सुगबुगा उठता है शिबू काका का कंकाल। बस, मिनट-दो मिनट या घंटे-दो घंटे और बात खत्म हो जानी है। बीन की तरंगों पर शाम की मटमैली उजास उनकी पलकों में रीते धूसर दिनों की तरह थरथरा रही है...सहिजन के हिलते पत्तों के साए की तरह मौत के साए में झिलमिलाते जाने कितने क्षण, दर्द के जाने कितने पड़ाव, स्मृति की जाने कितनी टूटती-जुड़ती मेखलाएँ...पहाड़ी की तलहटी में उजड़ता हुआ कांकड़डीहा गाँव, दिनोंदिन अकेली पड़ती हुई पुआल के छप्पर की कुटी, शाल, अर्जुन, महुआ, करम की तरह अनचाहे उगे और काटकर फेंक दिए आदिवासी कुटुंबी, 'जोगिनी' नदी की तरह शीतल, चंचल, छरहरी मताई और इन सबों से भरी ऊबड़-खाबड़ प्रांतर की तरह ज़िंदगी के जाने कितने लम्हे और एक-एक कर सबके सब गड्डमड्ड होते और ओझल होते हुए...!

बड़े से बड़े विषैले साँपों को अवश कर मिट्टी की हाँडी में रस्सी की तरह बटोरकर रख लेने वाला, तरह-तरह की जड़ी-बूटियों, हड्डियों, जंतरों-तावीज़ों से लैस आबनूस की तरह चमकता वजूद लकड़ी-सा सूख गया है। बीन बजाते समय फूल-फूलकर डरावने हो उठने वाले गाल के गुब्बारे पिचक चुके हैं।

काका को इस प्रकार मरना नहीं चाहिए था। उनकी मौत एक अजीब-सा विस्फोट होगा मेरे पुलिस-जीवन का, जिसे कोई सुन नहीं पाएगा, कोई देख नहीं पाएगा, मगर जिसकी किरचें चुभती रहेंगी ज़िंदगी-भर। काका मेरे छद्म शौर्य का बराबर उपहास किया करते। नए-नए साँपों को पूँछ से पकड़कर छड़ी से खेलते हुए, हाँडी में छोड़ते हुए या उनके विष के दाँत तोड़ते हुए या ज़हर की थैली निकालते देखकर मेरी हृष्ट-पुष्ट काया काँप जाती तो कह बैठते, "क्या बहादुरी करेगा आप लोग, जब मामूली साँप से डर के भागता ! यह आदमी से ज़्यादा खतरनाक होता है क्या ?" इस बात को याद करते ही लगता है, ठठाकर हँस पड़ेगा यह कंकाल, "देख ली तुम्हारी बहादुरी !"

कांकड़डीहा कोलियरी के वेलफेयर अफसर का पुत्र होकर भी मैं काका की ज़िंदगी के रेशे-रेशे से परिचित हूँ। कहीं कोई छल या दुराव नहीं था। साँपों से भरे उस अंचल में दो-दो बार साँप ने मुझे डँसा था और दोनों ही बार काका की जड़ी-बूटियों ने मुझे चंगा किया था। बस, यहीं से आ जुड़े थे काका मेरी ज़िंदगी में। बाहर से अकिंचन और अनगढ़ दीखने वाली उनकी झोंपड़ी, अंदर से साफ-सुथरी और रंग-बिरंगी मिट्टी से रँगी थी। एकाध जगह सुनहले छोटे-छोटे चित्र चिपके थे। पूछने पर पता चला, मताई की नई साड़ी से लिए गए थे। नीचे कुछ हाँड़ियाँ

थीं और कुछ पिटारियाँ, जिनमें पालतू या गैरपालतू साँप रखे होते थे। जोगिनी नदी से मछलियाँ पकड़ते तो मुझे चुपके से इशारे से बुला लेते। मुझे शाल के पत्तों में भुनी या तली मछलियाँ देकर मताई मिट्टी की हाँडी से सीझा पसावन युक्त भात अल्युमीनियम की पिचकी थाली में निकाल लेती। काका तब तक प्याज, अदरक और मिर्च ले आते। पत्थर की रकाबी में गोगुला (केकड़ा) और मकड़ी परसी जाती और पति-पत्नी एक ही थाली में खाने बैठ जाते। अपनी चीज़ मुझे खिलाते हुए प्रसन्नता में उनका चेहरा और भी बीभत्स हो उठता और वे मुझे साक्षात् दैत्य-से लगते।

धीरे-धीरे आदिवासियों की ज़िंदगी में मेरी रुचि बढ़ने लगी थी। काका मुझे झूमर या विवाह के समय होने वाले सामूहिक नृत्यों में ले जाने लगे थे। अकसर जब कोई साँप कहीं अच्छे दाम पर बेच आते, तो ये आयोजन उनके घर पर ही होते। कभी-कभी तो काका मस्ती में बीन बजा रहे होते और मताई नागिन-सी झूम रही होती। दो ही दिनों में सारा पैसा माड़ी में बह जाता, और फिर वही ढाक के तीन पात की ज़िंदगी ! ज़िंदगी का हिसाब काका को न तब आता था, न अब। पूछने पर कहते, "क्या हिसाब करेगा पांडेय बाबू, हिसाब करने से हिसाब नहीं मिलता···" ऐसे क्षणों में काका कभी-कभी अपने निःसंतान होने की रिक्तता में बुदबुदा उठते, "एक ठो लड़का होता मताई को तो···"

"तुम मुझे मान लो ना···" मैं कहता।

"दुर !···का मज़ाक करता ? आप बड़ा लोग···!"

"अच्छा, भतीजा तो मानोगे ?"

"हाँ, भाइपोऽऽऽ···होने सकता।" और करीब आते-आते भी एक फासले पर ठिठक जाते काका।

धीरे-धीरे संथालों-सँपेरों की वह बस्ती जंगली फूल की तरह कुम्हलाने लगी थी। कांकड़डीहा कोलियरी के मालिक ने बस्ती के पास ही सुविधा और मुनाफे को ध्यान में रखते हुए एक खुली खदान शुरू कर दी थी, जो बस्ती की छत पर एक बड़े घाव की तरह दिनोंदिन गहरी और बड़ी होती गई थी और जिसकी निकाली गई मिट्टी और पत्थरों के ढूह के जबड़े में समाते गए थे संथालों के खेत। कुछ तो इसे अपनी नियति मानकर 'चासा' से मज़दूर बनकर वहीं ठेकेदारी में खटने लगे थे। लेकिन अधिकांश को यह ज़िंदगी रास नहीं आई थी और वे गिद्धनुमा अधिकारियों और क्लर्कों के चंगुल से मुआवज़े की आधी-तीही रकम लेकर धनबाद, राँची या पुरुलिया की ओर ढोर-डाँगर, डेरा-डंडा लेकर चल पड़े थे। मुख्य सड़क से थोड़ी दूर पर टीले के अपने झोंपड़े से बंसी बजाते हुए शिबू काका जब भी किसी ऐसे काफिले को गुज़रते हुए देखते तो उनकी बंसी के सुर गड़बड़ाने लगते। वहीं से चिल्लाकर पूछते, "की गो, एबार को थाय···?" जवाब मिलने पर युगल दंपती रपटीली सड़क पर उनके ओझल हो जाने तक देखते रहते। उन दिनों शाम को अकसर मेरे घर आकर बताया करते, "···आज कनाई चला गया, आज खोखन···आज गंशा···आज मनतोष···! अब न मांदल बजेंगे, न बाँसुरी। न झाँझ बजेगी, न झूमर हो पाएगा। फीका-फीका रह जाएगा मनसा पूजा, छत्ता, पंचमी, जगरनाथपुर

और सरहुल का उत्सव।"

आखिर एक दिन शिबू काका के खेत भी समा गए ओपेन के पिट के पेट में। उन्होंने काड़े (भैंसे) बेच दिए, मुआवज़े की रकम लेकर दिन-भर माड़ी पी और दूसरे दिन ही फिर चासा से सँपेरे बन गए। पिताजी ने सुना तो बँगले पर बुलाकर नौकरी दिला देने का आश्वासन दिया। मुझे याद है, नागपंचमी का दिन था वह। माँ साँप दिखाने का आग्रह कर बैठी थी। शिबू काका हँसते हुए बोल पड़े थे, "आपके चारों तरफ साँपइ साँप हैं बोउदी (भाभी) !"

"कहाँ ?" डरकर इधर-उधर देखने लगी थी माँ।

"नहीं ! अच्छा तो देखिए, रोड पर जा रहा है एक नंबर का अजगर मुखिया पिनाकी महतो। जितना सरकारी पैसा और सामान गाँव के लिए मिलता है, सब साला के पेट में जाता। पीछे-पीछे जा रहा है 'उसका' लड़की पत्तो। ढेमना (धामिन) है ढेमना। बड़ा-बड़ा बी०डी०ओ०, एस०डी०ओ०, कोलरी मैनेजर, ठीकेदार का पा (पैर) बाँध के दूध पी जाता। कपड़ा और मूदीखाना का दुकान वाला सेठ लोग राजस्थान का पीवणा नाग है। सूबेदार रामबली राय गंगा के किनारे का चित्ती (करैत) है तो मुनीम जगेशर सिन्हा 'बोड़ा' साँप है। सूद का विष धीरे-धीरे असर करता और मुनीम के गोलमाल का ज़हर छौ मास बाद (सपेरों के अनुसार करैत का विष धीरे-धीरे तेज़ी पकड़ता है और बोड़ा यानी बहरा साँप का छह महीने बाद), चंद्र बोड़ा, जल बोड़ा, धूल बोड़ा—कितना सरकारी बोड़ा गाँ (गाँव) में घूमता। उड़ीसा का शंखचूड़ नाग देखना है तो उड़िया फोरेस्ट अफसर 'दास' को देख लो। तक्षक देखना है तो कोलरी मैनेजर बैनर्जी को देख लो। दोमुँहा साँप अबी तक आप नहीं देखा तो यूनियन लीडर सिन्हा को देख लो, इसका मूँ छौ-छौ मास बाद नहीं छौ-छौ मिनट पर खुलता-बंद होता। लेबर से एक बात बोलता, मैनेजमेंट से दोसरा···"

"और तुम्हारे पांडेय साहब···?" माँ ने पिताजी की ओर इशारा किया।

"ई तो ढोंड़ हैं ढोंड़ ! विष नहीं है। हम आपको बोल देता बोउदी, अगर साँप के बीच रहना है तो खोरिश (गेहुँअन) बनकर रहो, जइसा दूसरा अफसर है, नहीं तो खा जाएगा साला लोग।"

"लो तुम डोंड़हा साँप हो गए।" माँ ने बाबूजी को चिढ़ाया।

"दिखा चुके कि और भी साँप हैं तुम्हारे दिमाग की पिटारी में ?" पिताजी झेंप से बचने के लिए बोले।

"अबी कहाँ साब···! गोखुरा नाग को तो बतायाइ नहीं अबी।"

"वो कौन ?" उत्सुकता बढ़ चली थी हमारी।

"मंदिर का पुजारी पंचानन भट्टाचार्य। जब वो त्रिपुंड लगा के, पूजा के लिए आया ज़नाना लोग को घूरता तो लगा कि गोखुर छाप वाला नाग फन फुला के घूर रहा है। मंतर किटकिटाते बखत हम आदिवासी लोग को देखेगा तो फुफकारेगा—भागो साला लोग, जाके ख्रीस्तान बन जाओ, इहाँ काहें आता !—साब, देख लेना उसको, अगर साँप कामड़ाया (डँसा) तो साँपइ मर जाएगा, वो नहीं मरेगा।"

"तुम लोग किस जाति के साँप हो ?" मैंने ठिठोली की।

"साँप ?...दुर ! साँप कइसा ! हम तो बेंग (मेढक) और माछ (मछली) हैं, जो चाहे गटक जाए।"

समाज के दो ही वर्गीकरण थे शिबू काका के अनुसार। एक, साँप—चौकन्ने, लिजलिजे, ज़हरीले और दूसरे मेढक या मछलियाँ—आनंद में भूले, सीधे और सपाट, कभी भी दूसरे को आहार बन जाने की नियति से बँधे।

उस दिन शिबू काका की हँसी-हँसी में दी गई चेतावनी को हँसकर उड़ा दिया था पिताजी ने, मगर बाद में वह आतंक घाटी में कोहरे की धुंध की तरह गहराने लगा था और हमें हर तरफ से फुंकारें सुनाई पड़ने लगी थीं। मुआवज़े की अनियमितताओं और विस्थापितों को दिए जाने वाले झूठे आश्वासनों को लेकर पिताजी और मालिकों के बीच की असहमति गहराती गई थी। यद्यपि यूनियन ने उनके फेंके टुकड़ों पर गुर्राना बंद कर दुम हिलाना शुरू कर दिया था, फिर भी पिताजी की खिलाफत उनके आड़े आ रही थी और एक दिन गुंडों द्वारा घेर लिए जाने पर सचमुच भागकर जान बचानी पड़ी थी हमें। जाते-जवाते आपाधापी में शिबू काका को नौकरी तक न दिला पाए थे वे। बराकर नदी की तटवर्ती खदान में जब पुराने मित्रों की सहायता से उन्हें सर छुपाने की जगह मिली, तो काका का मामला एक तरह से 'आँख ओट, पहाड़ ओट' बन गया।

काका मुझे दूसरी बार तब मिले, जब तीन वर्षों का लंबा अंतराल गुज़र चुका था। इस बीच कोलियरियों का राष्ट्रीयकरण हो चुका था। पिताजी रिटायर्ड होकर गाँव जा चुके थे, मैं प्रशिक्षण पूरा कर अपनी पोस्टिंग का इंतज़ार कर रहा था और काका चासा और मज़दूर बनने के सपने सदा के लिए दफन कर पेशेवर सँपेरे बन चुके थे। वेस्ट टाउन की उस पान की दुकान पर हमेशा की तरह ही पान लेने की गरज़ से स्कूटर रोका था मैंने कि ढोल की आवाज़ ने मुझे खींच लिया। खासा मजमा जुटा हुआ था शीशम के पेड़ के तले। एक बूढ़ा और एक बच्चा बड़े अजीब ढंग से ढोल पीट रहे थे। कान की मैल निकालती अनमनी-सी बैठी मताई को देखते ही मैं पहचान गया। थोड़ी दूर पर शिबू काका भी नज़र आए। वे उस समय बीड़ी का मसाला खैनी की तरह मलने में मशगूल थे। इसके बाद उन्होंने शाल के पत्ते में उसे लपेटकर हमेशा की तरह एक लंबी चुट्टी (एक प्रकार की बीड़ी) बनाई। आधी पीकर मताई को थमा दी, फिर खड़े हो गए और लोगों की ओर मुखातिब होकर हाथ जोड़कर बोल पड़े, "साब लोग, बाबू लोग, माता लोग, बौन लोग, हम हाथ जोड़ता, साँप दिखाने का बखत आप लोग बिलकुल शांतो रहेगा।" इसके बाद वे कान पर हाथ रखकर तान दे बैठे, "नाग रे विषेर जालाय प्रान गेलो !..." ढोलक की फटी आवाज़ के साथ ही बूढ़े, बच्चे और मताई का समवेत स्वर चल पड़ा।

काका छोटी-छोटी पिटारियाँ खोल-खोलकर साँप हाथ में लेकर गाते हुए परिक्रमा करते, फिर वापस पिटारी में रख देते, जिस पर मताई ढक्कन लगा देती। फिर दूसरा, फिर तीसरा..., इस प्रकार क्रम चल पड़ा। ढोल की विलंबित लय द्रुत से द्रुततर होती गई और विकराल साँपों

की बारी आती गई। उँगली से छेड़ते ही गुंजलकें हिलतीं, फन फूलने लगते, गीत-संगीत का मिला-जुला आलम मनसा-पूजन के आदिवासी प्रार्थना-नृत्यों का आतंक पैदा करने लगा था। सारे साँप दिखा-दिखाकर पिटारियों में रखे जा चुके थे। अचानक क्लाइमेक्स पर पहुँचकर काका ने सारी पिटारियाँ खोलकर एक साथ ही छेड़ दिया सारे साँपों को और पलक मारते ही उन्हें, हाथ, पाँव, गले और कमर में ले लिया तथा जेब और मुँह में भर लिया। पच्चीसों साँप लहरा रहे थे उनके बदन पर। इस बार मताई चल पड़ी थी उनके पीछे-पीछे अल्युमीनियम की थाली में पैसे इकट्ठा करने। काका ने एक-एक कर साँप पिटारियों में रखे, बूढ़े और बच्चे ने पिटारियों को कस-कस बाँध दिया। अंत में मुँह का साँप निकालकर पिच्च से थूक दिया उन्होंने ज़मीन पर और बैठकर मताई का पैसा गिनना देखने लगे।

"बीन क्या हो गई काका ?" मैंने उनके करीब आकर पूछा।

"अरे अरे···भाइपो (भतीजे) आप !" मुझे देखकर खुश हो उठे काका। बोले, "बीन कैसे बजाता, ये देखो···" उन्होंने हाथ सामने कर दिया, दाहिनी तर्जनी ठूँठ हो गई थी।

"अरे, यह कैसे कट गई ?"

"हमारा बगान का हासना हेना (रात की रानी) आप देखा था न···उसमें सुगंध के कारण साँप एक-दू ठो आया करता था, मगर हम जास्ती ध्यान नहीं दिया। एक दिन जाने कहाँ से एक महानाग आ गया। उसको हम पकड़ना चाहा, मगर वो काबू में नहीं आया और इस आँगुल में मोरोणकामड़ (मृत्यु दंश) दे दिया। उसका विष सेकंड में चढ़ जाता, सो हम फट से चाकू निकाला और कच्च !"

"और साँप !"

"उसी दिन हम हासना हेना को काट के फेंक दिया, साँप फिर क्या करने आता?"

"अपनी हासना हेना के बारे में भी कभी सोचते हो काका ?"

"कौन ?"

"आपकी मताई···उनके रूप की सुगंध भी दूर-दर तक कांकड़डीहा में फैली हुई थी और एक से एक विषधर साँप थे वहाँ।" मैंने ठिठोली की।

"आप बहोत बदमासी करता···बालने को उसको काकी बोलता और···"

"छोड़ो काका, तुम भी कहो, तुम्हारा आज का खेल देखकर मेरा भी सँपेरा बनने को जी चाहता है।"

"अइसा छोटा बात काहे को बोलता भाइपो···आप लोग मैनेजर बनेगा, मिनिस्टर बनेगा, ई धंधा हम गाँइया-गँवार को छोड़ दो। सँपेरा लोग का जीवन साँप कामड़ाने सेइ जाता। हमारा बाप भी अइसेइ मरा था। मरते बखत हमको ऊ बोल के गिया—बेटा, ई धंधा छोड़ के चासवास शुरू करना। हम किया भी। गाछ काट-काट के, पाथर हटा-हटा के खेत बनाया, मगर भाग्गो (भाग्य) में येई लिखा था···।"

"नौकरी···? तुम्हारी तो ज़मीन भी चली गई है कोलियरी के पेट में।"

"हुँह ! येई होता तो कांकड़डीहा का आदिवासी लोग छोड़-छोड़ के भागता काहें ! सब

जगह पर मुखिया, मैनेजर या यूनियन का लोग है।"

"आखिर कुछ तो बचे हैं। उनके धनुष-तीर, भाले-गँड़ासे क्या हो गए ?"

"मत पूछो भाइपो, बाकी आदिवासी को माड़ी पिला के, चाहे वइसेइ उलटा-सीधा बुझा के जो कराने सकता ई लोग। उनका ज़नाना लोग तक से मनमानी करता ई लोग। हमारा दुःख कोई कइसे काटने सकता, जब सरसो में ई भूत है ! आप क्या करता इधर ?"

"बाबा रिटायर्ड होकर गाँव चले गए हैं और मैं जल्द ही तुम्हारे हलके में डी०एस०पी० होकर आ रहा हूँ।"

"डिस्पी···? वो क्या होता ?"

"दारोगा से बड़ा और कप्तान से नीचे।" देहाती लहज़े में मैंने समझाया।

"अरे-अरे मताई ! मताई ! सलाम करो डिस्पी साहब को।" और सचमुच दोनों सलाम कर बैठे मुझे। मैं झेंप गया उनकी इस ऊल-जलूल हरकत पर।

"अब क्या है ! अब बन गया सँपेरा हमारा भाइपो···जगह-जगह जाके रकम-रकम का साँप पकड़ेगा—तेलिया, सुआपंखी, लावोहागी, तक्षक, अजगर, शंखचूड़, महानाग, रकम-रकम का बोडा (बहरा) रकम-रकम का खोरिश (गेहुँअन)। जेल का चिड़ियाखाना में बंद करेगा तब बेल्ट, हैट, बूट, बंदूक लेके लेफ्ट-रैट, लेफ्ट-रैट चलेगा, जइसे हम सपेरा लोग गंडा-तावीज़ बाँध के नाचता। एक भी साँप छोड़ना नहीं भाइपो ! कामड़ाओ साला लोग और कामड़ाओ।"

पता नहीं किस विश्वास से प्रेरित होकर काका के जीवन के तमाम हारे हुए क्षण मेरे माध्यम से अपना प्रतिशोध लेने को आतुर हो उठे थे। उमंगों के अटपटेपन ने मुझे स्वयं एक मजमा बना दिया था। मैं स्कूटर पर बैठकर जाने लगा, तो उन्होंने चीखते हुए कहा, "भाइपो, डिस्पी के ड्रेस में आप कांकड़डीहा आएगा तो सबसे पहले हमारा पास···हाँ···?" दूर तक वह आवाज़ मेरा पीछा करती रही थी। नियति का कैसा व्यंग्य था ! तीन महीने के बाद उस हलके का चार्ज सँभालने के बाद ही कांकड़डीहा गाँव जाना पड़ा, मगर काका से मिलने नहीं, उन्हें बंदी बनाने—मताई की हत्या के अभियोग में। लाश के फोटो वगैरह लेकर उसे पोस्टमार्टम के लिए ट्रंक में रखवाकर मैं जब काका के पास आया, तो कांस्टेबलों ने उन्हें करम के पेड़ से खोलकर मेरे सामने बैठाया।

"काका, तुमने यह क्या किया ?" क्षोभ और आश्चर्य में डूब-उतरा रहा था मेरा स्वर।

"कुछ नहीं भाइपो···एक बार फिन हमको अपना होसना हेना को काट देना पड़ा, बाड़े में साँप आ गिरा था।···मगर साँप ई बार भी हाथ में कामड़ देके निकल गया।" उनका स्वर पहले जैसा ही विनोद भरा था, मगर आँखें जल रही थीं।

"कौन···?"

"वोई तो आपका बगल में—गोखुरा नाग।" इशारा पुजारी पंचानन भट्टाचार्य की ओर था।

"देख छेन ! देख छेन ! की असभ्भो।" हकलाए पुजारी जी मेरे पीछे छिपने की कोशिश करते हुए। मैं विचित्र स्थिति में पड़ गया, बोला, "काका, सच-सच बताओ, तो शायद मैं

तुम्हारी कोई मदद कर सकूँ।"

काका ने बताया कि एक किंग कोबरा साँप पकड़कर हाँडी में रख वे कलकत्ता गए थे बेचने के लिए। पार्टी से कांट्रेक्ट करने। सात दिन बाद बात पक्की करके कोलफील्ड एक्सप्रेस से लौट रहे थे। मगर गाड़ी लेट होने के कारण रात दो बजे ही अपने गाँव पहुँच पाए थे। घर में उन्होंने मताई और पुजारी को एक साथ सोते हुए पाया। उनकी दुनिया धू-धू करके जलती हुई-सी लगी। पहले उन्होंने सीधी हत्या न करके वह साँप ही छोड़ देना चाहा था उनके बदन पर। मगर हाँडी खोली तो बदबू का तेज़ भभका फूटा। दीये की रोशनी में देखा, तो साँप पर चींटियाँ रेंग रही थीं। उन्हें यह साँप की नहीं, मताई की मरी हुई लाश की दुर्गंध-सी लगी और उन्होंने छुरी से मताई की हत्या कर दी। पुजारी वार होने के पहले ही दीये को फूँककर अँधेरे का फायदा उठाते हुए भाग निकला। शिबू काका ने पीछा किया, मगर उनके पहुँचने के पहले ही उसने मंदिर के कपाट बंद कर लिए और शोर मचा दिया। शोर सुनकर गाँव के लोग इकट्ठे हो गए और उन्हें पकड़कर करम के पेड़ से बाँध दिया।

शिबू काका को आजीवन कारावास पाए चंद माह ही बीते थे कि मैं उनसे मिलने जेल में गया। मुझे देखते ही उनके चेहरे पर आत्मीयता से भरे आह्लाद और आश्वस्ति का जो रंग छलका, वह उनके कालेपन की मनहूसियत के बावजूद जज़्ब नहीं हो सका।

मैंने उनके पसंद की तंबाकू और शाल के पत्ते उन्हें थमाकर औपचारिकतावश कुशल-क्षेम पूछने के बाद उन्हें टटोला, "काका, मताई के साथ तुम्हें ऐसा सलूक नहीं करना चाहिए था।"

मैंने लक्ष्य किया, काका के चेहरे की मनहूसियत घनीभूत होने लगी थी। चुट्टी बनाकर उन्होंने सुलगा ली, बोले कुछ नहीं। लगा, हर कश के साथ यादों के अंगारे दहक उठते थे। धुएँ की लकीरों में वह चेहरा प्रस्तर प्रतिमा की तरह रहस्यमय लग रहा था। आधी चुट्टी पीकर उन्होंने एक बार उसे देखा और बुझाकर बुझी हुई मताई की याद की तरह कान पर रख लिया।

"साब ! जइसे ई लोग हमारा सब कुछ छीन लिया, वइसे मताई को भी छीन लिया। उसके बिना हम ज़िंदा नहीं रह सकेगा।...हम उसको का दिया अब तक...आँ ? चास किया तो और साँप ढोया तो, अभाव पोसा कुत्ता का माफिक पीछा लगा रहा। आपसे का बोलेगा, एक बार बीमार पड़ने पर खाने को कुछ नहीं था, साँप पोड़ा (भून) के खा के रात काटा हम दोनों। कितना पुरुषार्थी है हम, पेट में भात तो नहीं दे सका, लात मारने में कभी पीछे नहीं रहा। साला कितना बहादुर मरद है हम लोग, अपना आँगुल और हासना हेना को ठीकई काट के फेंकने सकता, मगर ऊ साँप को कुछ नहीं करने सकता...ऊ साँप ठो अभी भी कुंडली मार के बइठा होगा मंदिर में।" उनकी आवाज़ मुझे किसी कुएँ से निकलती हुई भाँय-भाँय करती-सी लगी। लगा, ये ध्वनि-तरंगें नहीं हैं, बल्कि मृत्यु दंश की टीसें हैं, जो जिस्म को एक छोर से दूसरे छोर तक तोड़ते-मरोड़ते गुज़र रही हैं।

"हमको तो आप जेल दे दिया, ठीक किया, मगर आप हमारा माफिक उसको जेल देने सकेगा न ?" काका के इस सवाल का बिना कोई उत्तर दिए उनके कंधे थपथपाकर मैं वापस

चला आया था उस दिन।

पंचानन भट्टाचार्य को कानून की गिरफ्त में लेने की मैंने बहुतेरी कोशिश की, मगर सामाजिक, राजनीतिक दबावों, समीकरणों, समझौतों की मेरी अपनी दुनिया थी, जहाँ सत्य नहीं सामर्थ्य की तूती बोलती थी और हर बार कानूनी फंदा छोटा लगने लगता। दिन बीतते गए थे और सवाल की आश्वस्ति का कवच दरकने लगा था। आखिर कवच झड़ गया और रह गया नंगा सवाल, जो बस आँखों-आँखों में ही तैरा करता और जिसकी नोक मुझे अपने सीने में चुभती-सी लगती। धीरे-धीरे सवाल भी सूख गया और अंततः रह गया अविश्वास और संदेह का सपाट रूक्ष बियाबान ! और एक दिन रात को जेल की दीवार फाँदने की चेष्टा करते हुए काका प्रहरी की ललकार पर हाथ-पैर तुड़वा बैठे और इसकी सज़ास्वरूप पाई शारीरिक यंत्रणा से पूरी तरह मानसिक संतुलन गँवा बैठे। पागलों के वार्ड में भी मेरे अनुरोध पर उनकी चिकित्सा का हर संभव प्रयत्न किया गया था, मगर उनकी हालत बिगड़ी तो बिगड़ती ही चली गई।

आज जैसे ही उनकी शोचनीय हाल की सूचना फोन पर मिली है, भागता हुआ आया हूँ। जेल के उद्यान में सहिजन के पेड़ के तले, उन्हें लिटाया गया है। मनोचिकित्सक अपने अंतिम प्रयोग के रूप में किसी बीनवादक से बीन बजवा रहे हैं। रह-रहकर बुदबुदा उठता है उनका कंकाल। देखते-देखते धूसर शाम रात में ढल गई है। हासना हेना (रात की रानी) खिलखिलाकर झरने लगी है। सुगंध प्लावित है, बदसूरत दीवारों से घुटता जेल का मनहूस आलम। ऐसे में दर्द के इस आखिरी पड़ाव पर काका को देखकर, मेरे ज़ेहन में मशाल की रोशनी में, मांदल की ताल पर उस झूमर का दृश्य उभर रहा है, जिसमें काका और मताई समेत जाने कितने संथाल-संथालिनों के पाँव थिरक रहे थे···

स्त्रियों का दल : गोलाप फूटिलो, चोंपा फूटिलो, मातिलो पोवोन/किसेक गोंधो पेये मेते आछे तोमार मोन ?

पुरुषों का दल : हासना हेना आमार हे, सुधाय किसेक गोंधो हे/गोंधो सागरे भासठे जार जीवोनेर दिगोंतो हे/एकी कथा भेवे, कोंपे उठे आमार मोन/आधेक रातेर पोरेइ झोरे जासन जोमोन।

स्त्रियों का दल : फूटिलॉम किं झोरिलॉम, एइ जीवोन ई पाइलॉम/पीरिति अतो भालो नोय, तोमाके बूझाइलॉम/पीरिति पीरिति कोरे पागल होस ना रे मोन/नागफेनार सेज एटा टीसेई मोरोन।

[स्त्रियों का दल : गुलाब खिल गया है, चंपा खिल गई है। पवन मतवाला हो उठा है, मगर कौन-सी सुगंध पाकर तू मतवाला बन बैठा है ?

पुरुषों का दल : जिसके सुगंध सागर में मेरे जीवन के दिगंत तैरने लगे हैं। मेरी वह रात की रानी पूछती है, गंध किसकी है ! एक ही बात सोचकर मन काँप उठता है, रह-रहकर—आधी रात के बाद (रात की रानी की तरह) झर तो नहीं जाओगी ?

स्त्रियों का दल : खिली की झरी—यहीं तो ज़िंदगी मिली है। इतनी प्रीति अच्छी नहीं है—

तुम्हें मैं समझाए देती हूँ। प्रीति-प्रीति करके बावरे न बनो। यह तो नागफनी की सेज है, टीस-टीस कर मरोगे।]

तो क्या आज काका सचमुच 'नागफेना' की सेज पर टीस रहे हैं !

मनोचिकित्सक की व्यस्तता बढ़ चली है। बदहवास-सा वह कभी काका की हथेलियाँ मलता है, कभी पाँव का तालू। अंततः नाड़ी टटोलकर, सर हिलाकर बैठ जाता है, सर पर हाथ रखकर। उसे अफसोस है कि उसकी कोई दवा काका को न बचा सकी। उन्हें शायद कोई और रोग होता तो वे बच भी जाते, मगर उन्हें तो गोखुरे नाग ने डसा था और मताई कोई उँगली तो थी नहीं कि काट देने भर से बच जाते!

उनकी मौत से बेखबर बीन अब भी बज रही है। धब्बों से भरी चितकबरी चाँदनी किसी विशालकाय अजगर-सी छा गई है कफन बनकर। इस धुँधली रोशनी में नज़र दौड़ाता हूँ तो आसपास झुंड के झुंड सर्पगंधा के कैक्टस फुनगियाँ उठाए खड़े दीखते हैं। लगता है, अनगिनत नाग बीन की तरंग पर हमें घेरकर लहरा उठे हैं और उनसे घिरे हम दो सँपेरे एक जैसे अशक्त हैं, एक जैसे निरुपाए !

प्रेत-मुक्ति

कालापानी ! यह इस पिछड़े जंगली इलाके का नाम नहीं है, मगर ज़िले के विभागों में इसी नाम से जाना जाता है यह। क्लर्कों, कंपाउंडरों, अध्यापकों को भी यहाँ की नियुक्ति या ट्रांसफर के नाम से साँप सूँघ जाता है तो नर्सों, मिडवाइव्स और लेडी टीचर्स की तो बात ही क्या ! ट्रांसफर रोकने के लिए पैसों और दिल्ली तक से सिफारिशों के ढेर लग जाते हैं। इसके बावजूद मैंने इस दंड-द्वीप में अपनी पोस्टिंग स्वीकार कर ली थी तो इसके पीछे मेरे अपने आकर्षण थे– पहला यहाँ के गरीबी, अशिक्षा और अंधविश्वास से मारे हुए वनवासियों के लिए कुछ कर पाने की लालसा और दूसरा इस अंचल के बाघों को ज़रा करीब से देख पाने की सनक।

"तो आ ही गए आप···?" मुझे देखते ही मेरे पूर्ववर्ती डॉक्टर मुर्तजा की आँखों में दया के भाव छलके।

"जनाब यूँ कह रहे हैं, गोया कोई लोभ चक्र हो जो आपके सिर से उतरकर मेरे सिर पर आ बैठा हो।" मैंने हँसकर कहा।

"हाँ, बात कुछ ऐसी ही है। मैं भी बाघ के दीदार करने आया था।"

"तो बाघ देखा आपने।"

"बाघ तो नहीं, हाँ, कुत्ते देखे मुखिया जी के; ऐसे कुत्ते कि बाघ को भी नोचकर खा जाएँ।" शिराओं में आतंक घोलकर डॉ० मुर्तजा मुझे चार्ज सौंपने लगे। मेरी जिज्ञासा उत्तेजित हो उठी थी, "आपको कैसे मालूम ?"

"भई, जितना मुझे मालूम है, उतना आपको भी मालूम हो जाएगा और जितना नहीं मालूम, उतने से आप भी महरूम ही रहेंगे। यह अस्पताल तो अस्पताल थाना, कचहरी और आगे तक, मजाल है कोई चूँ कर दे ज़रा उनके खिलाफ ! आज तक कोई यह नहीं जान सका कि उनकी ज़मीन कितनी है और कितनी हैं औरतें !" वे अपनी री में बहे जा रहे थे, "जानने का सवाल ही पैदा नहीं होता, हदबंदी के बाद की ज़मीन दूसरों के नाम है, जो उन्हीं के यहाँ मज़दूरी करते हैं और औरतें···? साहब, सुनते तो यहाँ तक हैं कि अभी भी यहाँ हर दुलहिन पति से पहले परवान चढ़ती है···"

मुझे डॉ० मुर्तजा की बातें अतिशयोक्तियों से भरी लगीं, फिर भी बिना प्रतिवाद किए कंपाउंडर की सहायता से चार्ज की तालिका मिलाने लगा। अहाते में मोटरसाइकिल की उद्धत कर्कश आवाज़ 'फटाफट' दगने लगी थी एकाएक। मैं झल्ला उठा, "अजीब बदतमीज़ हैं। इंजन बंद कर देना चाहिए, अस्पताल है।" डॉ० मुर्तजा ने खिड़की से बाहर झाँककर देखा, "लीजिए, शैतान का नाम लिया और शैतान हाज़िर !" तटस्थ मुद्रा के बावजूद आगंतुक के बूटों की तेज़

होती आवाज़ सीधे मेरे सीने में उतरती रही। इस बार मैंने कनखियों से देखा, कोई शिकारीनुमा आकृति चिक उठाकर कमरे में दाखिल हो रही थी। डॉ० मुर्तजा ने परिचय दिया, "आपसे मिलिए, आप हैं सुरेंदरजी, मुखिया साहब के बेटे और आप हैं यहाँ के नए मेडिकल अफसर इंचार्ज डॉ० राहुल।"

"परनाम डॉक्टर साहब !" उस कद्दावर युवक ने हाथ जोड़े तो मैंने ससंकोच सिर हिला दिया। अब उसने हाथ की पर्ची डॉ० मुर्तजा की ओर बढ़ा दी। डॉ० मुर्तजा आज्ञाकारी गुलाम की तरह बिकासूल, सेंटीविनी और दूसरी दवाएँ—टॉनिक वगैरह को एक खाली कागज़ के बॉक्स में भरने लगे तो सुरेंदर मुझसे मुखातिब हुआ, "कभी हुज़ूर हमारी कुटिया को भी पवित्तर किया जाए !"

"डॉक्टर साहब को बाघ ज़रूर दिखा दीजिएगा सुरेंदरजी !" डॉ० मुर्तजा ने दवाएँ आगे बढ़ाते हुए कहा।

"बाघ···" ठठाकर हँस पड़ा सुरेंदर, "बाघ और हिरण तो बस वन विभाग के साइनबोर्ड में ही रह गए हैं, फिर भी आइए न, कोशिश करते हैं, एक-आध भेंट भी जा सकता है। बाघ का चमड़ा चाहिए तो बोलिए···!"

मैं भला क्या बोलता ! सुरेंदर ने जाते समय भी परनाम किया और मोटरसाइकिल की उद्धत आवाज़ से जान छूटी।

"आपने ये पुष्टिकारक दवाएँ सुरेंदर को क्यों दीं ? वह खुद भी तो एफोर्ड कर सकता है जबकि यहाँ ऐसे भी ज़रूरतमंदों को मैंने आपको लौटाते देखा है, जिनके पास खरीदने के पैसे तक नहीं होंगे ?" मैं डॉ० मुर्तजा पर एकबारगी बरस पड़ा।

"बस इतने में ही···? जनाब, मुझे नौकरी करनी है, नौकरी। अभी क्या देखते हैं, इन्हीं का क्यों, इनके कुत्तों का भी इलाज करना पड़ेगा मेरी तरह।"

डॉ० मुर्तजा मुझे अपना तेज़ाबी अनुभव देकर चले गए। अस्पताल में मिक्सचरों, सामान्य टैबलेटों को छोड़कर था भी नहीं विशेष कुछ और न आसपास के गाँवों से आने वाले लोगों को किसी विशेष की प्रत्याशा ही थी। उनकी ओझा, टोना-टोटका की अपनी अलग ही आत्मीय व विश्वसनीय दुनिया थी जो अस्पताल की व्यवस्था से और भी पुष्ट हुई जा रही थी। उस अंचल में व्यापक स्तर पर भयानक कुपोषण के गड़े पंजे मुझे आश्चर्य में डाल गए थे। छोटे-छोटे इंसानों, बौनी औरतों की बहुतायत। बहुत-सी औरतों के स्तन तक इतने सूखे कि मर्द-औरत के बीच फर्क कर पाना मुश्किल हो जाए। एक बार तो पचपन वर्ष की वृद्धा को मैं आठ साल का लड़का समझ बैठा था दूर से। गाय-बकरी तक छोटे-छोटे, फसलें तक मरी-मरी। ज़मीन में धँसे खपरैल और छप्पर—ऐसे अंचल में अस्पताल एक मखौल ही था। जिन्हें कायदे का भोजन तक मयस्सर नहीं, उनके लिए अस्पताल क्या दे सकता था ? इसका उपयोग भी सरकारी आदमी और मुखिया जी जैसे प्रतिष्ठित आदमी ही करते थे। गाँव वाले आते भी तो कंपाउंडरों, नर्सों की मुट्ठी गर्म न कर पाने पर टरका दिए जाते।

संकल्प-विकल्प में जूझते हुए सात दिन पार हुए। आठवें दिन मुझे मुखिया जी का आमंत्रण मिल ही गया। बाघों की संख्या और नस्ल बचाने का एक सर्वेक्षण दल उनके यहाँ तीन दिनों का पड़ाव डाल रहा था। ज़िले के एक बड़े अधिकारी खुद मुझे ले जाने के लिए जीप के साथ उपस्थित थे।

जीप हमें पथरीली-पठारी ज़मीन और बीहड़-से इलाके की झलक देती चली जा रही थी। आदमी, मकान, मवेशी, फसलें—सारा कुछ दयनीय था। जगह-जगह वन विभाग के बोर्ड टँगे थे—बाघ और हिरण के संरक्षण के लिए।

काफी देर बाद हरियाली शुरू हुई खेतों की। दयनीयता और कुपोषण के ग्राफ ने एकाएक बल खाया और अब हमारे सामने हवेली की चहारदीवारी थी। जर्सी गायों और मुर्रा भैंसों का हुजूम। ट्रैक्टर, थ्रेशर, पत्थर काटकर की जा रही बोरिंग, पुआलों के पहाड़। ज़िलाधिकारी मुझे मुखिया जी के वैभव, बाग-बगीचों, नौकरों-चाकरों का परिचय देते चल रहे थे। उनकी आवाज़ में श्रद्धा-विजड़ित आतंक था। दूर-दूर के खेतों और अहाते में काम करने वाले इंसान वैसे ही बौने और मरियल ! जहाँ राजा है, वहीं गुलामों का अस्तित्व है।

अचानक 'हौं ! हौं !' की भयानक कर्कश आवाज़ पर मैं भय से उछल पड़ा। वे पीले-पीले भयानक कुत्ते चेन तुड़ाकर हम पर टूट पड़ने की मुद्रा में झपट रहे थे। बला का आतंक था। ज़िलाधिकारी की चारण-वृत्ति में इससे कोई व्याघात नहीं पड़ा था, मगर अब मुझे उस भौंक के सिवा कोई दूसरी आवाज़ नहीं सुनाई पड़ रही थी। मुझे सिर्फ ज़िलाधिकारी के हिलते होंठ नज़र आ रहे थे, मानो वह भौंक वहीं से आ रही थी।

हवेली के चबूतरे पर कद्दावर इंसानों का दल हमारे स्वागतार्थ हाथ जोड़े खड़ा था, जिसमें सुरेंदर को छोड़कर मैं किसी को नहीं पहचान पा रहा था। ज़िलाधिकारी ने परिचय दिया, "आप हैं मुखिया जी, आप इनके छोटे भाई, आप···"

सर्वेक्षण दल अतिथिशाला में टिकाया गया था। नाश्ते-पानी के बाद चर्चा बाघ पर केंद्रित हुई। जंगल नक्शे में हमारे सामने फैला हुआ था, पेंसिल रॉकेटों की तरह हर रेंज के इर्द-गिर्द प्रदक्षिणा कर रही थीं। अब पुराने आँकड़ों के पुलिंदे खुले। हर रेंज अफसर अपने-अपने अंचल के बाघों की संख्या का ब्योरा पेश करने लगा। बाघ के संरक्षण, प्रजनन की सुविधाएँ आदि पर बहसें चलीं। चूँकि साफ-साफ तसवीर बन नहीं पा रही थी, अतः बाघ से सीधे-सीधे साक्षात्कार के लिए जीपें एक-एक कर अहाते के बाहर हो गईं।

थोड़ी देर बाद खान साहब बुदबुदाए, "यार, यहाँ कोई नदी भी बहा करती थी कभी···"

"सरस्वती की तरह विलुप्त हो गई होगी।" सर्वे दल के इंचार्ज रस्तोगी साहब ने कहा तो लोग हँसने लगे।

"नदी को बहकर आते हुए तो हमने देखा था, जाते हुए नहीं देख रहे हैं।" खान साहब के कहने पर हँसी का दूसरा दौर आया।

हमारी जीप जहाँ रुकी, उसके नीचे पहाड़ी नदी थी। बाकी जीपें आगे बढ़ गईं। मचान पर एहतियात के तौर पर न हम खुलकर बातचीत करते, न खुलेआम सिगरेट ही पीने की छूट

थी। हमारे सामने सर्द चाँदनी में धुआँता जंगल साँस ले रहा था। पत्ता भी खड़कता तो हम चौकन्ने होकर टोह लेने लगते कि किधर से बाघ पानी पीने आ रहा है। रात-भर झखमारी करते हुए व्याघ्र-दर्शन की सनक फना हो गई तो सुबह जँभाइयाँ लेते और उँगलियाँ चटकाते हुए हम एक-एक कर नीचे उतरे। मुझे आश्चर्य हुआ, नदी में पानी ही नहीं था।

"क्या ढूँढ़ रहे हैं वहाँ ? कदमों का एक भी निशान मिले तो आप घंटों बहस चलाते रहेंगे कि यह बाघ का है या बिल्ली का ! बाघ क्या नदी की धूल फाँकने आएगा वहाँ ?" सर्वे दल के विशेषज्ञ मिस्टर खान ऊपर से कुढ़ते हुए चीखे। उनकी जीप अभी-अभी आई थी।

"इससे तो अच्छा होता, ठाठ से रात को सोते, सपने में एक-आध बाघ दिख ही जाता।" सर्वे दल के इंचार्ज रस्तोगी साहब का यह कहना था कि लोग 'हो-हो' कर हँस पड़े। वन विभाग के अधिकारी कटकर रह गए। अचानक सामने की झाड़ियाँ हिलीं और एक दबी गुर्राहट में हमारी हँसी अटक गई। झाड़ियों की झुरमुट से झाँकता वह बाघ था, बिलकुल बाघ ! हमारे तो हलक ही सूख गए। तभी झाड़ियों से फिसलती हुई एक हँसी की आवाज़ आई, "बाघ के लिए आप रात-भर परेशान रहे और सामने बाघ आया तो जान ही सूख गई।" अब एक तीस साल का फटीचर-सा युवक झाड़ियों में से एक मरियल बाघ को गोद में उठाए बाहर आया और हाँफते हुए बोला, "हुज़ूर, अब वो बाघ कहाँ ! साले बिलाय हुए जा रहे हैं। देखकर कोई कहेगा कि बाघ का बच्चा है। खाने की तो दूर, पीने का पानी तो है नहीं कहीं। यह तो जाने कहाँ से एक दिन पानी की टोह में हमारी कुँइया में गिर पड़ा था। बचाया और पाला तो पोस मान गया। सोचा, बचा लें ताकि 'नसल' ही बची रहे।

मुखिया जी की भृकुटियाँ तन गईं, "भागता है कि नहीं।"

"जा रहे हैं, जा रहे हैं। सोचा, देखने आए हैं तो दिखा दें, नहीं तो कहेंगे बाघई नहीं हैं। औ आप···बेकारे न भटका रहे हैं यहाँ-उहाँ। अपने कुतवों को दिखा दीजिए ले जाकर, अब तो वही बाघ हैं।" कहकर वह फिर बाघ के साथ जंगल में समा गया तो मिस्टर रस्तोगी अपनी उत्कंठा रोक न सके, "यह कौन था ? और यह बाघ ?"

"चलिए साहब, यह पागल है जगसरा। इसके चकमे में न आइए।" मुखिया के कहने के साथ ही जीपें चल पड़ीं।

चाय के वक्त भी कोई किसी से नहीं बोला। कहीं कुछ था, मगर वह क्या था और कहाँ था, इसी उधेड़बुन में हम अपने-अपने बिस्तरों पर गए।

दोपहर के भोजन का पूरा शाही इंतज़ाम था, जंगली मुर्गियों से लेकर बकरे और मछली तक और देशी महुए से लेकर व्हिस्की तक।

"बाघ तो मारकर नहीं रँधवाया है मुखिया जी ?" ज़िले के अधिकारी ने मज़ाक किया तो हाज़िरजवाब मुखिया जी ने पलटकर उत्तर दिया, "हुज़ूर, बिना आपके हुकुम के कोई गैरकानूनी काम हम कर सकते हैं ?" खाने के बाद खीर की प्यालियाँ थमाते हुए पूछ बैठे, "और किसी चीज़ की ज़रूरत हो तो संकोच मत कीजिएगा। और हाँ, शाम को क्या प्रोग्राम है ?"

"शाम का प्रोग्राम अभी बन रहा है, वैसे आपको कोई परेशानी न हो तो ज़रा हम टहल आएँ तब तक।" रस्तोगी साहब ने कहा।

"हाँ-हाँ, क्यों नहीं, क्यों नहीं।" मुखिया जी ने समर्थन किया।

अपराह्न वेला। सुनहरी होती हुई धूप की नरमई। ऊँचे-नीचे डंगाल (पठारी ज़मीन) के हरे-भरे खेत हरी आभा विकीर्ण कर रहे थे। शायद कुछ में बरसीम थी और कुछ में मटर और खेसारी। आगे गन्ने, अरहर और गेहूँ की फसलों का वैभव बिखरा पड़ा था। अधिकांश खेतों में काम कर रहे थे मज़दूर। सीढ़ीदार खेतों पर से हम नीचे उतरते गए। अब हमारे सामने नदी थी। कल उस जगह पर इसमें हमें एक कतरा पानी भी नहीं मिला था, आज यह बाँध के जरिए एक भरे-पूरे जलाशय के रूप में हमारे सामने लहरा रही थी। 'भट-भट' की आवाज़ से लगा, पंप से पानी ऊपर को उलीचा जा रहा है। मिस्टर खान ने रस्तोगी साहब को इशारा किया, "कुछ समझ में आ रहा है ?"

रस्तोगी साहब ने सिर हिलाया, "हूँऽऽऽ ! सच पूछिए तो वो आइंस्टाइन ने क्या कहा था, हर चीज़ हर दूसरे से जुड़ी है। कोई भी समस्या एकांगी नहीं। इस पूरे इलाके की सूखी फसलें, सूखे इंसान, मरियल मवेशी और इनका दयनीय परिवेश सिर्फ इस वजह से है कि जिनके पास ताकत और पैसा है, उन्होंने इसे व्यक्तिगत संपत्ति बना रखा है। नदी यहाँ बँध गई है तो आगे पानी जाएगा कहाँ से ? बाघ···बाघ हुआ भी तो पानी पीने झख मारकर उसे यहीं आना पड़ेगा। देखिए उस तरफ, लिलीपुट राज्य के छोटे-छोटे मवेशी पानी पी रहे हैं। बाँध से औरत घड़ा भर-भरकर ले जा रही है।"

"इस पर तुर्रा यह कि इन्हीं के यहाँ डेरा डालकर हम इनके द्वारा पैदा की गई प्रॉब्लम्स पर डिस्कस करने आए हैं।" खान साहब ने यह कहा तो झेंप मिटाने को हम लोग हँस पड़े। आगे बढ़ा जाए या नहीं, इसे अभी हम तय नहीं कर पाए थे कि कोई आर्त्त चीत्कार सुनाई पड़ी।

"बता, ऊ बाघ कहाँ था ?"

"नय बताएँगे।"

"तोर बाप बताएगा !" सुरेंदर जी की फूत्कारती आवाज़ आई और इसके साथ ही 'सटाक ! सटाक !!' की आवाज़ें कानों में लहराईं। हम अब अपने को रोक न सके। पंप के पास जगेसर को उलटा लटकाकर एक मुश्टंडा डंडे से पीट रहा था। पास ही खड़े थे सुरेंदरजी। हमें देखते ही वे अचकचा गए। तभी दूर से ही मुखिया जी की आवाज़ आई, "हम कै दफे बोल लिया कि पागल है, हाथ नहीं उठाना चाहिए, लेकिन आप सुनें तब न !" आते ही उन्होंने जगेसर को छुड़ाया और उस आदमी को डाँटकर भगाया। जगेसर लड़खड़ाता हुआ पंप के पास जाकर पानी से खुनाए ज़ख्मों को धोने लगा तो मुखिया जी सफाई देने लगे, "सर, सारा कसूर सुरेंदर जी का नहीं है। ई बदमाश बाप की तरह जब-तब बाँध काट देता है, पानी बह जाता है, मछलियाँ भी। हज़ारों का नुकसान हो तो आदमी का दिमाग है, गड़बड़ा जाता है कभी-कभी। यह तो हम इतना पानी रोककर रखते हैं, नहीं तो आदमी, जानवर, पखेरू पियासे मर जाएँ। दो दिन की ज़िंदगी में क्या है, इस तन से कुच्छो परमारथ हो जाय, यही सोचते हैं।" हमारे

कानों में मुखिया जी की बात जबरदस्ती घुसपैठ कर रही थी, हमें जगेसर की ओर केंद्रित पाकर वे सहसा बदले, "देख रहे हैं न, कुच्छो नहीं हुआ उसको। कैसे ताक रहा है, जैसे फाड़कर खा जाएगा।" हमें आश्चर्य हुआ, टिड्डियों की तरह दूसरे खेतों में फैले लोगों में से किसी पर कोई प्रतिक्रिया नहीं थी, जैसे यह कोई आम बात थी।

मेड़ों पर हम भारी मन से टहल रहे थे। एकाएक रस्तोगी साहब ने कहा, "ज़रा उस आदमी को बुलवाइए तो।"

"उस जगेसर को ? पगलवा को ?"

"मुखिया जी, वह पागल हो या सनकी, मगर उसकी गोद में जो जानवर था, वह बाघ ही था, क्यों खान साहब ?"

"जी !" खान साहब ने स्वीकार किया।

"बाघ वैसे ही होते हैं ?" मुखिया जी ने आश्चर्य प्रकट किया।

"अब सब के सब रॉयल बेंगाल टाइगर या रीवाँ और कुमाऊँ जैसे तो नहीं हो सकते। फिर होंगे कैसे ? कल दो-चार सियारों, नेवलों, वनबिलावों और लकड़बग्घों को छोड़कर कोई जानवर हमें देखने को नहीं मिला। न तो इनका आहार बच पाया है, न ब्रीडिंग वगैरह के लिए प्रॉपर सुविधाएँ। मुखिया जी, आपके दोनों कुत्तों को तो देखकर लगता है कि बाघ मारकर इन्हें ही खिला दिया गया है।" रस्तोगी साहब ने अंतिम बात मज़ाक के तौर पर कही तो मुखिया जी गंभीर हो गए। "अच्छा, मैं अभी आया," कहकर वे खेत में चले गए। हम आगे बढ़ गए।

"आज से कोई दस साल पहले मैं इसी एरिया से गुज़र रहा था कि एक बाघ ठीक हमारी जीप के सामने आ गया। रात का वक्त था। रोशनी पड़ रही थी जीप की। लेकिन साहब, वह भी क्या बाघ था ! बिना तनिक भी घबराए अपनी मस्त चाल से धीरे-धीरे चला गया। ओह, रीयली इट वाज ए ब्यूटी !" खान साहब ने कहा।

"भई, ऐसे देखिए तो वह पागल, जिस बाघ को साथ लिए हुए था, उसकी शक्ल लकड़बग्घे जैसी हो रही थी, शायद जवानी में कुछ रंगत रही हो, मगर उन बाघों से इस बाघ की क्या संगति बैठती है ? फिर वह भी नष्ट हुआ जा रहा है। इसी तरह नस्ल खराब होती रही तो बाघ और कुत्ते में फर्क क्या रह जाएगा ?"

"एक तो सिंह ही राष्ट्रीय पशु की सूची से चला गया, अब बाघ भी चला जाए तो क्या इन साले कुत्तों को राष्ट्रीय पशु हमें मानना पड़ेगा ?" खुदा ऐसे दिन दिखाने के पहले ही इस जहाँ से उठा ले।" मेड़ पर खान साहब सिर पर हाथ धरकर बैठ गए। हमें भी बैठ जाना पड़ा।

बहस कुछ संजीदा हो चली थी। इस जंगल को स्वाभाविक बनाने के लिए, उनके ब्रीडिंग विकास और संरक्षण के लिए जानी-पहचानी दलीलें दी गईं। बाघों की जातियों-उपजातियों पर भी चर्चा चली। आखिर घूम-फिरकर चर्चा फिर अपनी इकलौती पूँजी उस मरियल बाघ और उसके मालिक पागल जगेसर पर आई। मुखिया जी लौट आए थे।

"मुखिया जी, उस पागल को ज़रा बुलवाइए न !"

"वह तो पंप पर ही काम कर रहा है।" फिर उन्होंने पुकारा, "बूधन···ओ बुधना ! तनी जगेसरा को फुसलाकर ले आओ।"

वह व्यक्ति थोड़ी ही देर में जगेसर को लेकर आया।

"आइए, आइए चलित्तर भाई, ई साहेब लोग आपसे कुछ जानना चाहते हैं।" हमें हैरत हुई, यह मुखिया का स्वर और संबोधन एकाएक कैसे बदल गया !

"अभी हम काम कर रहे हैं, देखते नय हैं।" और जगेसर जैसे आया था, वैसे ही चला भी गया। रहस्य की एक और पर्त जोड़कर।

"देखे ! सार एक नंबर का टेंटिया है !"

"आपने अभी इसे चलित्तर जी कहकर बुलाया ?" हमने 'जी' पर ज़ोर डाला।

"मत पूछिए साहब, ई ससुरा अपने को अपना बाप मानता है। पूरा परिवार को तबाह किए हुए है।"

"तब तो अपनी माँ को अपनी पत्नी और अपनी पत्नी को अपनी पुत्रवधू मानता होगा ?"

"तब और का ! ज़नाना को पास नहीं फटकने देता। उसके सामने वह परदा करके रहती है। ज़रा भी बेअदबी देखी कि फनफना उठता है। देहरी पर पाँव रखेगा तो खाँसकर ?" फिर उन्होंने एक नज़र धान फैलाती औरतों को देखकर कहा, "वह देखिए, जो सादी धोती पहने हुए है, वह औरत इसकी माँ है और जो लाल साड़ी पहने घूँघट किए हुए अभी-अभी गई, वह इसकी औरत है।"

शाम की ललछौंह धूप में हमें लगा, वह प्रांतर एक अलग ही दुनिया है, जिसके अपने कायदे-कानून हैं, अपने रस्मोरिवाज़।

"ज़रा उसकी माँ को बुलवाइएगा।"

" 'ए चलित्तरा बौ' तनि सुनि जो !" मुखिया जी ने वहीं से पुकारा।

हमारे सामने जो बुढ़िया आई, वह साठ-पैंसठ की अवश्य रही होगी। घबराया हुआ चेहरा। हमने जगेसर की बाबत कुछ जानना चाहा, मगर मुखिया जी बीच में ही टपक पड़े, "ई साहेब जानना चाहते हैं कि पगलवा से तू मउगी के माफिक पेश आती है कि नहीं। बोलो, शरमा बिलकुल नहीं ?"

देहाती भाषा में उसने भीगे कंठ से रुक-रुककर कहा, "क्या पूछते हैं, जिस पर भीगती है, वही जानता है। उस दिन हम गोरू के हाँकने के डंडे से उसका कपार फोर दिए। तइयो पे दई दहिजार नय पसीजता है। मार खाने के बाद मति फिरी। अपने बरबराने लगा—ठीक ! अब ई उमर में ई गंदा बात ठीक नय है। लड़का-बच्चा जवान हो गया। छीः, और अपने गाल में थप्पड़ मारता रहा।" बोलते-बोलते उसका कंठ अवरुद्ध हो चला। आँसू पोंछकर उसने कहा, "जा रही हूँ, अभी बतियाते देखेगा तो खौंखिया उठेगा।" और वह चली गई।

"स्ट्रेंज एंड ऑ-फुल !" रस्तोगी साहब ने गहरी साँस लेकर कहा।

"साहब, उसकी माँ और बहू ज़ार-ज़ार रोती हैं मेरे पास आकर।"

"कहीं दिखाया भी गया था ?"

"हाँ, राँची दो-दो बार भेजा गया। वहाँ कुछ-कुछ ठीक तो हो गया। मगर मरने-मरने को हो गया था। खूने नहीं रह गया था देह में।"

"रहेगा कहाँ से, सब जगह साला एक ही रवैया ! अरे बाबा, पागलों और रोगियों के नाम पर सरकार जो देती है, उसे तो सही-सलामत पहुँचने दो, देश को तो बेच के खा ही गए सब जगह !" ज़िलाधिकारी खिन्न हो गए।

"हम यहाँ ले आकर डॉ० मुर्तजा से दवा कराए, तब जाकर देखने लायक हुआ।" मुखिया जी ने कहा। एकाएक मुझमें एक उत्कंठा सुगबुगाई, "वे कागज़ात कहाँ हैं ? मैं फिर से कोशिश करना चाहता हूँ ?"

"आप''' ? अरे साहब, आप उसको ठीक कर दें तो हम आपका उपकार ज़िंदगी-भर नहीं भूलें। बेचारी माँ और बहू ज़िंदगी-भर आशीर्वाद देंगी।"

"तो मैं आज रात उसके घर जा रहा हूँ।"

"जैसी आपकी इच्छा ! आप भी टराई कर ही लीजिए, वैसे तो उम्मीद नंहिए है !"

मैं बूधन के साथ जाने को तैयार हुआ तो खान साहब ने टोका, "ज़रा बाघ पर भी नज़र रखिएगा, मिले तो मुझे खबर कीजिएगा।"

बूधन भाई के पीछे-पीछे शाल, करिद, महुआ, तेंदू, सिहोर के पेड़ और उनमें उलझी मकोय आदि की जंगली झाड़ियों के बीच से चढ़ाई और ढलानों पर मैं चलता रहा। अँधेरा भरने लगा जंगल में। सियार बोलने लगे। अचानक बूधन भाई ठमके, "आपने कुछ सुना ?"

मैंने आश्चर्य प्रकट किया, "नहीं तो !"

"सुनिए, वह 'धप-धप' की और वह 'छम-छम' की आवाज़।"

"कहाँ, मुझे तो कुछ भी सुनाई नहीं पड़ता।"

"अच्छा सुनिए, कुछ भी देखिएगा तो टोकिएगा नहीं। यहाँ जिन्न और चुड़ैलों का बसेरा है, पता नहीं कब कौन भरमा ले।"

"ये आईं कहाँ से ?

"सब उस मुखिया जी के कारण''' केतना बेकति और जनाना का'''"

"खैर, हलूमान चालीसा मालूम हो तो जपते चलिए।"

उस घने जंगल में बूधन भाई साक्षात् जिन्न के समान फुसफुसा रहे थे। मेरे रोंगटे खड़े हो गए। कानों में अनायास ही 'धप-धप' और 'छम-छम' की आवाज़ और दबी-घुटी चीत्कारें घुलने लगीं।

राम-राम करते हुए गाँव आया। आनन-फानन में गुड़ की चाय बनी। चाय और डॉक्टरों की पर्चियों का बंडल थमाकर बूधन भाई हाथ-पाँव धोकर जा पहुँचे ओझा लोगों के दंगल में। चाय दवा की तरह सुड़कते हुए मैं बाहर आया तो धुआँती दीये की रोशनी में जगेसर को घेरकर खड़ी एक छोटी-मोटी भीड़ दिखी। उनकी अपनी भाषा का पचरा और 'हिं-हिं''' ' के मंत्रों की अद्‌भुत बेमेल खिचड़ी थी। आसपास खड़े और बैठे ठिगने कद के स्त्री-पुरुष, नंगे-अधनंगे

बच्चे-बच्चियाँ मिट्टी की मूर्ति की तरह बेजान, जैसे कोई मूर्तिकार सदियों पहले गढ़कर छोड़ गया हो। ओझा गाते-गाते झूम रहे थे। बारी-बारी से जावा के फूल जगेसर के चारों ओर वारकर एक मिट्टी की हाँडी में रखे गए। बूधन भाई उन्हें लेकर नीम में छोड़ने गए तो जगेसर की माँ जगेसर को लेकर मेरे पास आई। मैंने प्राथमिक स्तर की पूछताछ और परीक्षा कर ली। आँखों की पुतलियाँ बता रही थीं कि रक्ताल्पता है। पर्चियाँ देखते हुए मैंने सवाल किया, "तो आपका नाम जगेसर है ?"

"जी नय ! जगेसर हमारा लड़का है। हमारा नाम चलित्तर है।"

"अच्छा-अच्छा चलित्तर चाचा···वह बाघ कहाँ है ?" यूँ ही बातचीत आगे बढ़ाने की गरज से कहा, लेकिन इस पर जगेसर शंकित हो उठा, "नय बताएँगे।"

"अच्छा, बाघ को मारिए गोली, आप···" मेरी आधी बात पर ही वह तिड़िक उठा, "हम तो जानबे करते थे कि गोली मार देंगे, चाहे पकड़वा लेंगे।" हमारे रोकते-रोकते वह जंगलों में गायब हो चुका था। मैं अपने को कोसने लगा, नाहक ऐसी बात मुँह से निकाली।

मैं उसकी बहू के हाथ का बड़ी मुश्किल से जुटाया-पकाया भोजन कर रहा था और वह बेचारा पता नहीं कहाँ भटक रहा था। झुर्रियों की पर्तों से दबी उसकी माँ बता रही थी दवा-दुआ की दास्तान, "साधू-फकीर, डागडर-वैद, ओझा-सोखा, टोना-टोटका जो भी बताता है, उसके लिए करती हूँ, लेकिन सब बेकार !"

उसे ढूँढ़ने के लिए गया हुआ गाँव वालों का दल लौट आया था खाली हाथ और अब उसकी माँ और बहू को तसल्ली दे रहा था, "काकी, उ नय मिल लो तो का ! ओकरा कुछुओ नय होइत। अरे, काका से बढ़ के कोई जिन्न हो सके है···औ ओही ओकरा ऊपर सवार है ! तू लोग निफिकर हो के सो जा।"

बेफिक्र होकर वे क्या, मैं तक नहीं सो सका। मेरी इच्छा के अनुकूल पास-पास दो मचानों में से एक पर मैं लेटा था, दूसरे पर बूधन भाई। मैं जगेसर के रोग के किसी निष्कर्ष पर नहीं पहुँच पा रहा था। पैरोनाएड सिजोफ्रेनिया के लक्षण लग रहे थे मोटे तौर पर···हाइपर थायडिंस ! क्या पता आर्डेनस मेडला के आर्डिनल हॉरमोंस-जनित आवेग या भाव-प्रवणता है या कुछ और ? बूधन भाई मेरा दिया हुआ सिगरेट धौंक रहे थे। अब तक काफी खुल चुके थे सो मैंने उन्हें बुलाया, "बूधन भाई, आप तो जगेसर को शुरू से ही जानते हैं ?"

"हाँ, परदेश में भी एक साथ रहते रहे और यहाँ भी।"

"ज़रा शुरू से आखिर तक का किस्सा सुनाइए तो, देखिए, इलाज के लिए ज़रूरी है कि आप कुछ भी न छुपाएँ।"

"क्या पूछते हैं जगेसर का डागडर बाबू···" एक सधे कथावाचक की तरह बूधन भाई धीमे-धीमे मुझे अतीत में ले जाते हैं।

"जगेसर को अव्वल तो जनमना ही नहीं चाहिए था, जनमना ही अगर था तो मानुख जोनि में नहीं। मानुख हो के जनम लिया भी तो किसी बड़का सेठ, महाजन, ज़िमींदार या लीडर-ऊडर

यानी पैसे वाले के घर जनमता, पैसा वाला नहीं ही हुआ तो पैसा पैदा करने का कोई न कोई हुनर आना चाहिए था ? अरे, मरद जैसा मरद होता, गुंडा या डकैत ही बनता ! अगर यह सब नहीं हुआ तो सुघड़, चिक्कन बहुरिया काहे को मिली ? खिलाता क्या अपना कपार ?" बोलते-बोलते वे उठकर बैठ गए। कहानी घुलने लगी थी मेरे अंदर।

"मगर जो होना था, सो हो गया। महुआ, मडुआ, कोदो, चोकर (भूसी) की रोटी और माड़-भात खा-खाकर गोरू के पीछे जंगल, झाड़, पहाड़, नदी, नाले में भटकते हुए जगेसर सयान हो गया; माने सयान ही न कहेंगे···? चौदह-पंद्रह की उमर कमा-धमा के कुछ लाना चाहिए था कि नहीं ? घर में कोई कामधेनु तो नहीं बैठी थी कि माँगते ही मिल जाए सब कुछ। अरे, कनिया होता तो तब तक एक-आध गो चेंगा (बच्चा)···" अब बूधन भाई मेरे लिए अदृश्य हो चुके थे, कहानी स्वयं आधी रात में दोपहर के मानिंद खिल रही थी मेरे सामने···।

सो जगेसर जनमा, सयान हुआ और मुखिया के चंगुल से भागकर शहर आया, टिका अपने गाँव-जवार के बूधन भाई के डेरे में। बूधन भाई कुछ साल पहले मुखिया के चंगुल से निकल भागे थे और अब सत्तो रानी की बाड़ी में रहते हैं, उसी का रिक्शा चलाकर चार पैसा उगाहते हैं और उसी की दारू की दुकान और चकलाघर में चार पैसा झाड़कर, दो पैसे के कर्ज़दार बने रहते हैं। कभी जुगाड़ बैठ गया तो गाँव भी भेज देते हैं कुछ। गाँव से भागकर आने वाले लड़कों के लिए उसके पास रिक्शा और दारू है और भगाकर लाई गई या भागकर आई लड़कियों के लिए चकलाघर। तो बूधन भाई ने सत्तो रानी के हाथ-गोड़ जोड़कर जगेसर के लिए भी एक रिक्शे का जुगाड़ कर दिया।

सवेरे-सवेरे रंडी का मुँह देखने से मंगल ही मंगल है, ऐसा दोनों का विश्वास था, लेकिन न बूधन भाई की तकदीर बदली, न जगेसर की। रिक्शे से कमाई हो या न हो, रंडियों की कमाई हो या न हो, सत्तो रानी को किराया मिलना ही चाहिए। जिस दिन किराया नहीं मिलता, मुहल्ले में हल्ला मच जाता, "बहुत मिलेंगे तेरी तरह ! हाथ में रोटी का एक टुकड़ा लेकर 'आ तू, आ तू' कहकर बुलाने भर की देर है, पूँछ हिलाते पिल्ले-पिल्लियों की लाइन लग जाएगी।"

जगेसर ने कई बार सत्तो का रिक्शा छोड़कर, चूने-गारे, ईंट, कोयले आदि के ढुलाई-लदाई के काम तलाशे, मगर हर जगह काम चल-चलकर बंद हो जाते। दस-पाँच रुपए तो हर ठेकेदार के पास बकाया रह जाते, सो घूम-फिरकर सत्तो के पास आना पड़ता, खिल्ली और ताने ऊपर से।

जगेसर की उमर अठारह-उन्नीस की हुई, आँखें धँस गईं, हड्डियाँ उभर आईं···जगेसर जवान हुआ। वैसे उसके जवान होने की बात उतनी महत्त्वपूर्ण नहीं, महत्त्वपूर्ण तो यह था कि उसकी कनिया (दुलहिन) जवान हो चली थी। गाँव जाकर गवना कराकर कनिया को जगेसर घर ले आया, माने एक और बेकति (व्यक्ति) का खर्च सिर पर चढ़ गया। बाप का हाथ बिलकुल खाली और जगेसर की भी एक-सी हालत।

गवने के दूसरे दिन ही बाप-बेटे आय के स्रोतों पर विचार करने बैठे आमने-सामने तो लगा, असहायता के 'समुंदर' में दोनों डूबने लगे हैं। थोड़ी ही देर बाद जगेसर उतराया और

हाँफती हुई आवाज़ में खीझ झाड़ने लगा, "थोड़ा पढ़ा-लिखा दिया होता आपने तो यह नौबत न आती !" बाप ने तिलमिलाकर गरदन ऊपर उठाई, "इसका तनिको 'अफसोच' नय होना चाहिए तुमको। जो पढ़ल-लिखल है, ऊ भी रोटी खाता है, बिना पढ़ल-लिखल भी। पैसा कमाने का हुनर चाहिए, हुनर···शहर में केतना पढ़ल-लिखल धूर फाँकता है और यहाँ अनपढ़ मुखिया राज करता है। तोर बाड़ीवाली सत्तो कौन एमे, बीए है, बोल···? एक रंडी में 'मेटरी' पास, दू-गो में बीए, तीन-गो में एमे और चार-गो में एमे का बाप !"

शहर लौट आने के सिवा और कोई चारा न था, सो जगेसर लौट पड़ा। बाप चलित्तर महतो मुखिया का धान सटक रहा था। पाँव छूने गया तो आशीर्वाद की जगह एक कड़वा सच उसके होंठों पर बिछल पड़ा, "जा रहे हो, तो कनिया को किसके भरोसे छोड़े जा रहे हो ? क्या यहाँ तुम्हारा बाप बैठा है कि···" 'बाप' पर बाप तनिक गड़बड़ाया तो मुखिया ने बात को लपक लिया, "तो तू का है ? बाप नय है ?"

"बाबू साहब, हम तो नाम के ही बाप हैं। असली बाप तो है पइसा ! आप ही बोलिए, जितनी मजूरी आप देते हैं, उसमें हम दोनों क्या खाएँ और क्या खिलाएँ इसकी कनिया को ? अभी से मजूरी-धतूरी में लगाते बनता नहीं।"

"तो हमी का खिलाएँगे ? पइसा माँगने भी टपके रहेंगे आप !" जगेसर दोटूक बात पर आ गया था। बाप-बेटे के बीच सवाल सिर्फ पैसा का ही नहीं था, सवाल इधर मुखिया और उधर सत्तो का भी था। उस आतंक के बिंदु को बिना छुए, उसके इर्द-गिर्द पैंतरे भाँजते हुए बाप-बेटे 'कनिया' को एक-दूजे पर ठेल रहे थे। लेकिन बाप के आगे बेटे की एक न चली।

तब एक जन था, अब दो हो गए। तब सिर्फ 'मरद' था, अब मउगी भी, वह भी जवान और भैया, मरगिल्ला पेड़ो-रूख में बसंत आवे है, जवानी में सूअर भी नीक लगे है, वह तो ससुरी मानुख जात थी। यानी बनमानुख जगेसर के साथ मानुख कनिया ! मरद रहता तो उस बिलनुमा घर में दुबकी रहती, लेकिन उसके बाहर जाते ही बाड़ी से ज़रा भी बाहर हुलकी कि शिकारी कुत्तों की लार टपकने लगती।

बूधन भाई के सामने 'समिस्या' पेश हुई तो उनसे कोई हल निकाले न निकला। दो-दो बीड़ी फूँक चुके तो जगेसर ने उन्हें जगाया, "दोसर मुहल्ला में डेरा खोजल जाय ?" "···दोसर, न तीसर—सब एक जैसा चकलाघर बन गया है। जाओगे कहाँ ?" बूधन भाई ने फैसला दिया कि यहीं रहना है और वे वहीं रह गए।

और एक दिन रिक्शा निकालते समय सत्तो ने पूछ ही लिया, "माड़ पिला-पिला के कब तक रखेगा रे बहू को ?" जगेसर से कुछ जवाब देते नहीं बना, रिक्शे की सीट यथावत् रखकर झाड़-झूड़ करने के बाद अपराधी की तरह सिर झुकाए चुपचाप निकल गया। सत्तो रानी डेरे पर भी धावा बोलने लगीं, "हाय, ई सोने की कुदाल क्या माटी गोड़ने के लिए बनी है ? देख, थोड़ा मन कड़ा करने की बात है, मैं तेरा सारा दुःख-दलिद्दर दूर कर सकती हूँ।" आते समय नकली मोतियों का एक नेकलेस पहनाकर आईना उसके सामने रखकर बोलीं, "ज़रा देख तो पागल अपने को अब ? तेरा जनम माड़ पीने के लिए हुआ है क्या ?"

तब से बार-बार आईना देखती रही जगेसर बहू। रात को माड़ पसाते समय उसे पहली बार माड़ से घृणा हुई। ढिबरी में तेल नहीं था, सो रात के अँधेरे में सब डूबा रहा, लेकिन सूरज भगवान् की रोशनी में नेकलस की कड़ियाँ उसके साँवले बदन पर दहक उठीं।

कोहराम सुनकर नींद और दारू की खुमारी में डगमगाते, आँख मिचमिचाते बूधन भाई बाहर आए। मरद-मउगी के बीच किस बात का झगड़ा हो गया तड़के-तड़के, ठीक-ठीक समझ नहीं पाए। जगेसर बमक रहा था, "हम कहो हियो, फेंक आवो इसको हरामज़ादी !" बहू सुबकती हुई जाकर नेकलेस वापस कर आई। कद्दू जैसा मुँह लटक गया। जगेसर करे तो क्या ! बाप अलग ही सूदखोर महाजन की तरह हर घड़ी सवार रहता है छाती पर, "देख जगेसर, बाप-बेटा का रिश्ता जहाँ है, तहाँ है, यहाँ तू कमाने वाला है और हम खाने वाले। हमसे जब तक बना, मुखिया की गुलामी करके हम तुम लोगों को खिलाते आए। एक तो अपना मिज़ाज, दूसरे बुढ़ापा, हमसे अब यह गुलामी नहीं निभती। दू-दू कोस तक के गाँव के हर मरद-मउगी को तबाह करता रहा है मुखिया। हम तेरे ही भरोसे उससे ऊँची आवाज़ में बोलते हैं। अब तुम समझो, तुमको पैसा भेजना है कि नहीं।" कभी महीनों पैसे नहीं भेज पाता तो बाप बौखलाकर चिट्ठी देता, 'अइसन पूत से निपूते भले।' जगेसर करे तो क्या करे !

आखिर एक दिन बाप की बड़बड़ाहट जंगलों और घाटियों में खो गई। चिट्ठी आई फटी हुई। बाहर ही बाहर पढ़वाकर जगेसर 'हाय बप्पा !' कहकर लोट टपकाने लगा। उसे लगा, बाप अपनी मौत नहीं मरा, अगर खाने-पीने की थोड़ी सुविधा होती तो वह दस-पाँच साल और घसीट ले जाता। उसे अपने जवान होने और इस मरे हुए जुझारू आदमी के बेटे होने में पहली बार शर्म आई। बूधन भाई तक से उसने कोई बात नहीं बताई, अंदर ही अंदर घुलता रहा खुद ही। उन्हें तो तब मालूम हुआ, जब माँ आई श्राद्ध-कर्म से निवृत्त होकर। सुबकती हुई बोली, "जब तोरा पास भाड़ा भर के भी पइसा नय हैं, तो का करे खातिर पड़ल है इहाँ ? मरै के है तो परदेश काहें, चल देशे में मर…"

यानी मरना निश्चित है। अब महज यह तय करना बाकी था कि जगेसर देश में मरेगा या परदेश में। लेकिन, चूँकि जगेसर अभी ठीक-ठीक तय नहीं कर पाया था, अतः कनिया को ही फिलहाल हाँककर ले जाने लगी माँ, "इहे सब खा जाओ है। अब बप्पा नय रहलो बाबू, तनीं बचा के भेजल कर। घर कैसे चलतइ ऐसे…?"

डगराते हुए गट्ठर लेकर पीछे-पीड़े चल पड़ा जगेसर। थोड़ा एकांत देखकर पत्नी ने भर्राई आवाज़ में कहा, "आपन धियान रहे खाए-पीए के। हमर चिंता नय करहीं। मैया कहो है, सब कमइया हमी खा जा हियो, हियाँ एक-गो झुमको तक नय ला के देलई मरदा, हमर-तोर माड़-भात के नय किरिया है।"

जगेसर के लिए बड़ी भारी तपस्या के दिन आ गए थे। इधर माँ की धमकी आई ही रहती कि पैसे नहीं भेज रहे हो, अपने साथ-साथ बहू को भी मुखिया के यहाँ काम पर लगा दूँ क्या ! बहू को घर पर भी छोड़ते नहीं बनता है। मुखिया जी कभी-कभी टहलते हुए चले आते हैं और उनके लड़के तो आए दिन ही…बहू का मिज़ाज भी देखकर संदेह होता है।

बूधन भाई खइनी की तरह बात को हाथ पर रखकर चूना लगाकर बड़ी देर तक मलते हैं, "देख, तोर मउगी के अभी खाए-पहिरे के दिन हैं। तोरा से नय मिलतइ तो उ ताकबे करेगा दूसरा तरफ। काहे किया शादी अगर खिलाने-पहनाने का कुब्बत नय था, ई बात हमको बोल रहा था ऊ आते बखत..."

"हम किया ?"

"तू नहीं किया, तोर बप्पा करवाया—यही न कहेगा, मगर हुआ तो तोर संग न ?"

मुँह में खइनी डालकर कुछ देर उसके कसैलेपन में खुद ही घुलते रहे, फिर पच्च से थूककर बोले, "देख जगेसर, तोर मउगी के संताप का मैन कारन है सत्तो। ई बिख इहाँ का है। अरे, हम गरीब-गँवारू आदमी को गहने का का जरूरत ? बहुत शौकियाये तो गोदना गोदवा लिए, जियादा का औकात हुआ तो लाख की चूड़ी और गिलट का कड़ा-छड़ा, भगवान् पैसा दिया, तबे न जा के चाँदी का हँसुली-हबेल बन पावे है ! इहाँ मर-मर के पैसा-पैसा जोड़ो, उहाँ बैठले-बैठल बड़का-बड़का सब हजम कर जाएँ। हमरे-तोर पइसा मार के सत्तो तीन से पाँच रिक्शा, दू से चार रंडी करलइ। नेता जी के तू काँख-कूँख के एक-दू रुपैया चंदा देगा, ऊ खुशी-खुशी दस ! जग्ग (यज्ञ) में हम तीन-तीन दिए, ऊ पचास। डेली पुलिस के पइसा बँधा हुआ है। मौज-मस्ती में कोई कमी नहीं। ई सब कहाँ से आता है ? रिक्शा ऊनिअन (यूनियन) में हमनी लोगन को काहे नहीं जाने देती ? मरद हो तो चलो, छीन लो कान का झुमका। इसमें कोई पाप नहीं। आखिर वह हमार, तोर, लैला, माला, रानी, डाली की ही तो कमाई है !"

शाम को मुँह में गमछा बाँधे मकान के कोने में दोनों जन खड़े हैं। भैंस की तरह खुर धमकाते सत्तो आकर चली जाती है।

"हम तो आगे बढ़े थे, तूँ ही पिछुवा गया।" बूधन भाई कोसते हैं जगेसर को। खिसियाई खीस निकाले जगेसर सुनता है उनकी जली-कटी। उसे याद आता है, एक बार बाप के साथ भी अपनी भूमिका में वह इसी तरह चूक गया था। उन दिनों मुखिया के मवेशियों का चरवाहा उनकी नाममात्र की फसल को चराने भैंस खेत में छोड़ दिया करता। एक दिन बाप-बेटा लाठी लेकर तैयार थे। बाप ने वार किया भी, लेकिन जगेसर काँपता खड़ा रह गया था डर के मारे। जगेसर ने अपने को कोसते हुए वह घटना बूधन भाई को बताई। चर्चा बाप की मर्दानगी पर आकर केंद्रित हो गई और यहीं आकर पहली बार वह गड़बड़ी हो गई। जगेसर कुछ देर तक तो बूधन भाई के मुँह से अपने बाप की बहादुरी और अपनी कापुरुषता की दास्तान सुनता रहा, फिर उसकी आँखें अंगारे की तरह चमकने लगीं। वह बैठे-बठे झूमने लगा, "कहाँ है सूअर का छौना ?"

बूधन भाई को समझते देर न लगी कि बाप की सवारी आ गई है उस पर। हाथ जोड़कर विनती करने लगा, "हमको तो नय मालूम है काका ! कइसन छौना ?"

"वही जो मनौती माना था इसका माँ कि जगेसर का बियाह हो जाय तो देंगे। हम तो मरिये गिया, इसका मैया भी भूल गिया ?"

दूसरे दिन ही जगेसर को मनौती पूरी कराने गाँव ले जाना पड़ा। माँ ने स्वीकार किया

कि जगेसर के बाप को उम्मीद नहीं थी कि उसकी शादी होगी। न ज़मीन, न ज़ायदाद, न नौकरी-चाकरी—कौन देता अपनी लड़की ? उसी समय बचपन में ही उसने सूअर के छौने की मनौती मानी थी जो आज तक टलती आई।

उस बार पत्नी कई बार मिली जगेसर से, मगर एक दीवार-सी अड़ी रही पति-पत्नी के बीच। लगा जैसे उसके समर्पण में भी एक दया और हिकारत का भाव है। अब मुखिया के बेटे किसी-किसी बहाने उसके घर के चक्कर काटा करते। मुखिया जी के रौब-दाब के सामने किसी भी तरह अपने को एक पैसे का भी आदमी सिद्ध नहीं कर पाया था वह। उसकी धुकधुकी और बढ़ गई। जैसे ही बलि संपन्न हुई, वह शहर लौट आया।

अब चने फाँक-फाँककर, माड़ पी-पीकर दिन कटने लगे थे जगेसर के। बीमारियाँ आतीं, बिना दवा-दारू के, प्रतिरोध के निचोड़कर चली जातीं। जगेसर फिर टहलने लगता अपना हाफ पैंट और कमीज़ पहनकर। मौसम बदलते, लेकिन जगेसर के लिए दुनिया जस की तस पड़ी रहती। जगेसर ने अब यह सिद्धांत बना लिया था कि पूरी कमाई तो पूरा खाना, कमाई नहीं तो खाना नहीं। इस बीच बूधन भाई दो-दो बार गाँव हो आए, जगेसर नहीं गया। आते ही सवाल किया उन्होंने, "पैसा भेजे ?" जगेसर अपराधी की तरह सिर झुकाए ज़मीन पर लकीरें खींचता रहा। बूधन भाई उसे तौलते-तौलते अचानक दार्शनिक हो उठे, "देख भइया, बड़ा विकट सवाल है ई ! कनिया के लिए बचाओ, कि माँ को दो, कि अपने खाओ, कि सत्तो महारानी को दो ? लाट साहब को भी सोचना पड़े तो सुथना ढीला हो जाए ! मान लो, सौ के जगह पचास खाते हो, फिर भी पचास माँ को, पंद्रह घर का भाड़ा, साठ रिक्शा का भाड़ा, कपड़ा-लत्ता, दवा-दारू न ही सही, लेकिन पुलिस-उलिस, चंदा-चुंदी का सौ-पचास अलग से है ही और कमाई सौ-सवा सौ। बहुत बड़ा सवाल है, देश का बड़का रिसीमुनी, गियानी-गुनी हार जाएँगे तो तू किस खेत का मुरई है ? तूँ इतना बड़ा बुड़बक है कि तोरा से चोरी का माल भी नय ढोआएगा, बाबू लोग को बेकूफ बना के पैसा भी नय झींट सकता है तू तो तू का करेगा रे ?"

लेकिन जैसे भी हो, हार नहीं मानी जगेसर ने। शो-केश में सजी मिठाइयाँ, झूलते कपड़े, फलों के अंबार ललचा-ललचाकर हार गए, हार गईं ललचा-ललचाकर सत्तो की लड़कियाँ—लैला, माला, रानी, डॉली। (जगेसर के शब्दों में लैला, मैला, राँड़, डाला) इस बीच बूधन भाई 'ऊनिअन' के काम में कुछ ज़्यादा ही व्यस्त रहने लगे। जगेसर भी मेंबर हो गया था। आपस में सवारियों को लेकर, छीना-झपटी की जगह अब नंबर-नंबर पर सवारी बैठाई जाती। सत्तो रानी को भी डेली किराए के विरुद्ध 'ऊनिअन का अल्टीमेटम' दिया जा चुका था।

सुबह का वक्त था। जगेसर कपड़ा साफ कर रहा था कि जेब में लगा कोई नोट-वोट भीग गया। निकालने पर उसकी आँखें फटी की फटी रह गईं। माँ की भेजी गई चिट्ठियाँ थीं। पानी में घुलकर अक्षरों की स्याही फैल गई थी। बूधन भाई काली चाय सुड़कते हुए अनुमान नहीं लगा पा रहे थे कि अनपढ़-गँवार जगेसर उन कागज़ों में क्या पढ़ रहा है। एकाएक बैठे-बैठे फूलने लगा जगेसर, झूमने लगा जगेसर, 'उफ ! माँ को पइसा नय भेजा। खाली पचास गो रुपया

माँगा, ऊ भी नय !"

बूधन भाई को समझते देर नहीं लगी कि बाप की सवारी आ गई है। हाथ जोड़कर मनाने लगे, "काका छोड़ दे, काका, बेचारा पाता ही कितना है !"

"नहीं छोड़ेगा, नहीं छोड़ेगा।"

"छोड़ दे काका, बेचारा पैसा मिलते ही भेज देगा !"

"नहीं, अब्भी चाहिए, अब्भी।"

"अभी कहाँ है ?"

जगेसर ज़ोरों से भिलभिलाता है। हाथ-पाँव ऐंठते हैं। आँखें तरेरता है बधून भाई की ओर, "पइसा है !"

"हमरा तो नय मालूम है काका !"

"है, दू सौ रुपैया है ! भूखा रह-रह के जोड़ा है। सार नहीं तो ! जनम दिया माँ और पइसा चोरी-चोरी देगा मउगी को !"

"कहाँ है ?"

"बक्सा, बक्सा, बक्सा में !"

"काका, हम भेजवाने का जिम्मा लेते हैं, अब आप बेफिकर हो के जाइए।"

बूधन भाई का वाक्य पूरा भी नहीं हो पाया था कि डाँट लिया सत्तो ने, "यह, बड़ा आया है कहने वाला—जिम्मा लेते हैं, जाइए—बाबा, एक गो बात हमरा बताइए न !"

"पूछ-पूछ, जल्दी पूछ !"

"बाबा, हमारा आने वाला टैम कैसा रहेगा ?" कान के पास फुसफुसाती है सत्तो।

ठठाकर हँसता है जगेसर, "मरेगा, अपने ही चाल से मरेगा।"

कुढ़ गई सत्तो !

मजमा जुड़ता जा रहा है, बेचारे बूधन भाई अनायास ही जमूरा बन गए हैं। मुहल्ले का योगेश पूछता है, "हमारा काम होगा कि नहीं बाबा ?" तीन साल से फैक्टरी की तालेबंदी का शिकार शंभू, कोर्ट से डिग्री मिल जाने के बावजूद मकान पर कब्ज़ा पाने में असफल रहा बच्चा तिवारी, भैंस के जबरन खोल लिए जाने का रोना रोने वाले भिरगू यादव, सब के सब यही जानना चाहते हैं, उनका काम होगा या नहीं। बूधन भाई सबका संदेश काका तक पहुँचा रहे हैं। 'काका' पूछ रहे हैं, "नेकी से चाहता है कि बदी से ?" उनका जवाब बूधन भाई ले आते हैं। काका ठठाकर हँसते हैं, "नामरद हैं, सब का सब नामरद ! तनिको हिम्मत करबे नहीं करेगा सब ! अरे, पटकनिया दे के मार ! ऐसे भी तो मरिये रहा है।" मजमे में जाने कहाँ से आ जुड़ते हैं छोटे दरोगा उस्मान खाँ ! लोग सलाम करते हुए जगह बना रहे हैं उनके लिए। वे अपनी कड़कदार आवाज़ को तनिक मुलायम बनाकर पूछते हैं, "कैसे मारेगा, कानून नहीं है क्या ?"

बूधन भाई वहीं से सलाम ठोकते हैं, मुँह से बकार नहीं फूट रही है, तब तक जगेसर खुद ही बोल उठता है, "ऐ बड़ कानूनी, तू का करता है रे ?"

भीड़ में दबी-घुटी भिलभिलाहट कुँकिया उठती है, "गाली दीस बुढ़वा !"

बूधन भाई बात को घसीटी जाने से रोकने के लिए अप्राण कोशिश करते हैं, "कोदो दे के पढ़े हैं आप लोग ? कानूनी गाली है ?" फिर छोटे दरोगा की ओर मुखातिब होते हैं, "साहब, अब का कहें, काका को अच्छर से भेंट तो नहिए हुआ हियाँ पर, सरग में जाके भी कुछ नय सीख पाया सो बुड्ढा गँवार की बात पे कान मत दीजिए !"

"ऐ काका, इंडिया की क्रिकेट टीम जीतेगी कि इंग्लैंड की ?" कोई लड़का पूछ बैठा है। बूधन भाई मजमे में खुच्चड़ और पुलिस के हस्तक्षेप पर एक बार ही उखड़ जाते हैं, "ये ही सब बेफालतू बात देवता-पित्तर से पूछल जा है ? जाओ-जाओ। सब लोग अपना-अपना घर जाओ, इहाँ तमाशा लगल है का ! हवा आने दो।" फिर जगेसर से चिरौरी-मिनती करते हैं, "काका, तुम जाओ अब।"

"पैसा नहीं गया तो हम फिर आवेंगे।"

"ठीक है, नहीं गया तब न !"

बूधन भाई छोटे दरोगा की यथासंभव खातिरदारी कर उन्हें विदा करते हैं, लेकिन सत्तो के घर जाते हुए भी वे कोई कील अपनी छाती में लिए जा रहे हैं।

"सुन, तोर बप्पा आया था। बोला है, घर पर पैसा भेज देने को।"

"पइसा ? कहाँ है पइसा ?"

"वही जो मउगी के लिए जोड़-जोड़ के बकसवा में रखा है—तोर बप्पे बताया है, बहाना नहीं चलेगा। हाँ, कह देते हैं। नहीं भेजा तो कहकर गया है, फिर आएगा।"

खीस निकल आती है जगेसर की। धत्त तेरे की ! सब लोगों के सामने बाप नंगा कर गया उसे। लेकिन अब चारा ही क्या था !

"सुन, मामा आया था, देखा न !"

"हाँ, गया कहाँ ?"

"नानी के घर। समझ रहा है न, अब खैर नहीं है। हम तो जा रहे हैं, तुम खबरदार रहना।"

चालाक बूधन भाई फुर्र हो गए, बुड़बक जगेसर पकड़ा गया। "हाँ तो अब बोलो काका, तुम पूरा अगम गियानी बनकर सबकी तकदीर बता रहे थे, तुमको अपनी तकदीर की बात नहीं मालूम !" कुर्सी पर झूमते हुए पूछ रहे थे उस्मान खाँ। सामने खाकी वर्दियों से घिरा जगेसर बलि के बकरे की तरह सिकुड़ा जा रहा है।

"कहाँ गया बुधना ?"

"नय मालूम हुजूर !"

"हुजूर के बच्चे, अभी बकरवाते हैं तुमसे।" उस्मान खाँ धमकाते हैं, "ऐ शंकर, लगाओ तो जड़ी कान में, उतार दिया जाए सारा भूत, साला गाली बक रहा था।" वे इतने ज़ोर से हड़काते हैं कि घर्र से पेशाब कर देता है जगेसर। "हुजूर, हम कुछ नय जानते हैं, हमको छोड़ दिया जाए हुजूर !" गालियों, लातों, रूल के प्रहारों के बीच मिमिया रहा है जगेसर। बाल पकड़कर झकझोरते हुए जुर्म का इकबाल करा रहे हैं उस्मान खाँ, "तुम लोगों ने सत्तो देवी का

चार महीने का किराया नहीं दिया, बोलो हाँ; जब-जब बेचारी माँगने आई, तुमने रिक्शा यूनियन की धमकी दी—बोलो हाँ; ई नहीं सोचे कि बेचारी राँड़-बेवा है, क्या खाएगी—बोलो हाँ !" मंत्रबिद्ध-सा जगेसर 'हाँ-हाँ' किए जा रहा है, जैसे भूत बकर रहा हो।

हवालात में बच्चे की तरह सिसक-सिसककर रोता रहा जगेसर, कांस्टेबल ने उसकी जेब से माँ को भेजे जाने वाले पैसे भी छीन लिए थे। वह बार-बार डाँट रहा था उसे, "चुप बे, अभी जनाना की तरह रोता है। जिस वक्त छोटे साहब को गाली दिया, तब नहीं जानता था !"

माँ को पैसे भेजे नहीं जा सके थे, सो बाप को आना ही था। वह कई बार आया, कई बार गया। उसके आते ही मेमने से बाघ बन जाता जगेसर। सलाखों के अंदर दहक उठती आँखें। कौंचने पर कड़ियल गुर्राहट !

हवालात से छूटा तो कहीं-कहीं जगेसर ज़िंदा था उसमें। उस समय गाँव की अनुमानित दिशा में ताका करता या ज़मीन पर गुमसुम लकीरें खींचा करता, लेकिन मुहल्ले वाले, विशेषकर बच्चे, उसे छेड़ते रहते, "ऐ चलित्तर महतो, चलित्तरा !" जवाब न देने पर ढेले फेंकते। इस प्रकार रहा-सहा जगेसर भी ढक गया बाप के साए में।

बूधन भाई पहली वारदात के दिन से ही जो गाँव भागे हैं कि फिर नहीं लौटे। माँ लेने आई है गाँव से, "चल, बहुत भोग लिया परदेश का सुख !" काजी हौज से छुड़ाकर ले जा रही है जैसे अपने बाछे को। सत्तो विदा करने आई है। लैला, माला, रानी और डॉली दयादृष्टि से 'च्च ! च्च !!' कर रही हैं। चिढ़ाने वाले मुहल्ले वाले खड़े हैं। रिक्शे खड़े हैं।

"सब भगवान् की लीला है बहन !" सत्तो समझाते हुए दस रुपए का एक नोट माँ को दे रही है। नहीं थामती जगेसर की माँ, "तुम जो जानती हो बहन, बाप की सवारी है इस पर। बड़ा टेंटिया था। अभी हल्ला मचा देगा—काहे लिया पाप का पैसा !"

बूधन भाई कहानी खत्म कर चुकते हैं, लेकिन कहानी अपने ढंग से मेरे अंदर सफर के कई-कई मुकाम तय करने के बावजूद थमती नहीं। पूछता हूँ, "उसके बाद ?"

"देखो डागडर बाबू, उसके बाद का थोड़ा-बहुत हाल आप जानते ही हैं, कैसे माँ राँची ले गई, कैसे खून नहीं रह गया बदन में, कैसे मुखिया जी के यहाँ अपने टेंटिया मिजाज से रहता है जगेसर—अब हमको सोने दीजिए, सवेरे फिर काम पर पहुँचना है। आप भी सो जाइए। रात आधी से ज्यादा बीत चुकी है। खींसा गेलौ बन में सोचा आपन मन में···"

बूधन भाई किस्से के साथ-साथ मुझे भी गहन वन में लाकर भटका गए हैं। वे खुर्राटे लेने लगे हैं, लेकिन नींद उड़ गई है मेरी आँखों की। मेरे इर्द-गिर्द चाँदनी रात जल रही है धुँधुआते हुए, पेड़ों के साए लपटों की तरह लपलपा रहे हैं। सियारों का रोना और कुत्तों की जवाबी भौंक की आवाज़ें, बीच-बीच में बगल के पीपल पर गिद्धों के भारी-भारी पंखों की फड़फड़ाहट, सियारिन की देर तक खिंची रुलाई, सारे भूतीले आतंक को पीते हुए मैं जग रहा हूँ।

बूधन भाई की नींद चार बजे के लगभग खुलती है, "डागडर बाबू, आप सोए नहीं ?"

"हाँ, नींद नहीं आई। जगेसर आया ?"

माचे से उतरकर पुआल की ढेर में खोज-बीन करके मुझे दिखाते हैं वे, "ई का है। हम कहते थे न, खुद ही आ जाएगा।"

वे गोरू-बछरू की सानी पानी को चले जाते हैं। मैं देखता रह जाता हूँ जगेसर को। कुत्ते की तरह घुटनों और बाँहों को पेट में डाल पुआल में घुसा पड़ा है वह। माचे पर से एक चादर लाकर डालता हूँ उस पर, लेकिन यह क्या ! कुड़मुड़ाकर उठ गया वह तो। अँगड़ाई लेते ही चार कदम लड़खड़ाकर ठीक मेरे सामने गिरता-पड़ता खड़ा होता है। आँखें मिचमिचाकर मेरी शिनाख्त करते ही सिर झटककर एक ओर चल देता है।

मैं चलने को तैयार हूँ बूधन भाई के साथ। इस गाँव को कल भी अँधेरे में नहीं देख पाया, आज भी; रात की इस लंबी यात्रा के समापन में कैसा लगता है, देखने की ललक रह ही जाती है। अचानक जगेसर एक हाँड़ी और चंद गिलास लिए-दिए हाँफता हुआ प्रकट होता है, "लीजिए, घबड़ाइए नहीं डागडर बाबू, ताड़ी है, अभी-अभी ताड़ से उतारा है।" मुझे गिलास थमाते हुए पहली बार उसके सर्द कंकाल का स्पर्श होता है। तो क्या यह सचमुच चलित्तर महतो का भूत है ! रात-रात-भर जंगल में भटकने वाला, मुँह अँधेरे ताड़ पर चढ़कर ताड़ी उतार लाने वाला, मेरे सामने गटर-गटर ताड़ी पीता हुआ यह कौन है--आदमी या भूत ? मेरे अपने तमाम ज्ञान और तर्क के बावजूद शिराओं में कुछ सनसना रहा है। इस स्थिति से उबरने के लिए मैं टॉर्च जलाता हूँ। टॉर्च की बीम कंधों पर पुआल का बोझ उठाए पेड़ों, विकराल पीपल की नंगी होती टहनियों पर बैठे गिद्धों, बनैले बाँसों की घनी बँसवारी और छप्परों पर चक्राकार नाचकर उस पर थिरा गई है—इस निखिल ब्रह्मांड में अँधेरे की पृष्ठभूमि पर चमकती अकेली जीवंत आकृति !

तिलिस्मी अँधेरे में टॉर्च की रोशनी से सूराख बनाते हुए बूधन भाई के पीछे-पीछे चला जा रहा हूँ—चढ़ाइयों, ढलानों, पेड़ों की उभरी जड़ों और झाड़ियों की झुरमुट से। महक से ही अनुमान लगाता हूँ, पास कोई फूल है, यह महुआ के टपके फूल हैं और यह आमों की मंजरियाँ। टॉर्च की रोशनी डाल नहीं सकता इधर-उधर, बूधन भाई टोक बैठेंगे।

उनका हलूमान चालीसा शुरू हो गया है, यानी हम कल वाली जिन्नों-चुड़ैलों की जगह पर आ गए हैं। चालीसा शेष होते ही कहता हूँ, "कभी आइएगा जगेसर को लेकर अस्पताल में।"

वे ठमककर मुड़ते हैं मेरी ओर, "...चलित्तर महतो ऐसे ही चले जाएँगे ! आपको मालूम है, उनकी मौत कैसे हुआ ?"

मुझे आश्चर्य हुआ, भला यह मुद्दा भी कोई अहमियत रखता है।

पूछता हूँ, "जगेसर को मालूम है ?"

जवाब में बड़े रहस्य-भरे अंदाज़ में उनकी मुंडी हिलने लगी, "हतिया हुआ था। मरकर परेत हो गए काका।"

"किसने हत्या की थी ? भला उनसे क्या अदावत हो सकती है किसी की ?"

मौन हो गए हैं बूधन भाई। पक्षियों की काकली से मौन मुखर हो उठा है। झकझोरता

हूँ उन्हें, "डरते हैं ? मेरे रहते डरने की क्या बात है ?"

हिकारत से हँसते हैं बूधन भाई, "जानकर क्या कर लेंगे ? जानते तो सब हैं, किसने क्या कर लिया ? हियाँ पे जो भी आता है, उन्हीं का भाई-बंधु बन जाता है। सबसे तो घूम-घूमकर कह आए काका—गंगा माय को बाँध रहे हैं मुखिया जी, समसे इलाका का खेती, ढोर-डाँगर, पशु-पाखी-इदमी तड़प-तड़प के मरेगा, कुछ करो। किसी ने कुछ किया ? अकेले काका खिलाफत करते रहे। अकेले ही बुढ़वा जब-तब बाँध काट दिया करता, हम और जगेसरा भी तो तब परदेशे में थे···"

"तो ?"

"तो क्या, वही हुआ, सुरेंदर जी उलटा लटका के पीटते। बुढ़वा पे कोई असर नहीं। बाघ के शिकार के लिए पाड़ा बाँधा जाता और वो पाड़ा खोल देते। मुखिया जी को मेहमानों के आगे शरम-से गड़ जाना पड़ता। अपने एक अदने रैयत का दुस्साहस कैसे देख पाते ? एक दिन डिल्ली से कोई आया था शिकार के लिए। काका पाड़ा छोर रहे थे कि सुरेंदर जी पकड़ लिए···उस दिन बाघ के चारे के लिए ज़िंदा चलित्तर महतो को बाँधकर रखा गया था। डागडर बाबू, जिंदा चलित्तर महतो। दूसरे दिन हल्ला मच गया कि चलित्तर महतो को बाघ खा गया और सुरेंदर जी इतने बहादुर कि बाघ को जिंदा नहीं छोड़ा।"

मेरे रोंगटे खड़े हो गए। लगा, यहीं-कहीं बाघ जिंदा चलित्तर महतो को नोच रहा है, दबी-दबी गुर्राहट, डूबती हुई कराह और हड्डियों का चटकना ! बूधन भाई तंद्रा तोड़ते हैं, "समझे डागडर बाबू, जब तक बुढ़वा हतिया का बदला नहीं ले लेगा, जाएगा नहीं, डागडर आवे या डागडर का बाप !"

अस्पताल वापस आकर मैं चिकित्सा-विज्ञान की पुस्तकों, बुलेटिनों, जर्नल्स में खो गया। चिकित्सा-विज्ञान के तमाम भारी-भरकम दावों के बावजूद घूम-फिरकर दिमाग यू०के० के मेडिकल काउंसिल की प्रकाशित रपट पर चला आता, "ऐसे रोगी की चिकित्सा में परिवार, वंश, समाज, भ्रूण के साथ-साथ आर्थिक और स्वस्थ सामाजिक परिवेश भी अनिवार्य है।"

और मैं निरुपाय देखता रहता इस अर्थनीति और सामाजिक परिवेश को। भिनभिनाती मक्खियों के बीच मूँज की झिलंगी खाट पर भिखारियों की तरह लेटे-कराहते रोगी, खुनाए बैंडेज और थूक-खँखार पर काँव-काँव करते कौवों और कुछ ढूँढ़ते कुत्तों को, अस्पताल के बाहर बकरियों की तरह गाएँ, खरगोशों की तरह बकरियों और पिग्मी जाति के दयनीय इंसान ! कितनी-कितनी दूर से दवा के लिए आते हैं ये और मैं इन्हें क्या देता हूँ ? समाज, परिवार, वंश, भ्रूण—ऊपर से नीचे तक क्षरण की एक जैसी प्रक्रिया। एक पूरी जाति गायब हो रही थी। सरकार की चिंता किस दुर्लभ नस्ल के संरक्षण के लिए है ?

मैंने जहाँ-जहाँ इस बात को उठाने की कोशिश की, लोग कुनैन की गोली-सा मुँह बना बैठे, "अमाँ यार, नौकरी करनी है तो चुप रहो। सब लूट रहे हैं, तो तुम भी लूटो।"

लगता है, चलित्तर महतो का भूत मेरे सिर पर सवार हो गया है। नस्लें ही खराब होती जा

रही हैं। केंचुआ बनता जा रहा है देश ! कोई प्रतिकार नहीं, कोई प्रतिवाद नहीं। आग की लपटों में घिरे रबर की तरह खुद में सिकुड़ते जाना। हज़ारों वर्ष पहले आदमी तनकर सीधा खड़ा हुआ था, होमोसैपियंस बनकर। क्या फिर उसी के पीछे लौटा जा रहा है, आहिस्ता-आहिस्ता···

गाँव की वह अजीब मनहूस रात थी। हवा गुम थी, जंगल खामोश। उमस की चिपचिपाहट में रह-रहकर हम आसमान को देखते, लेकिन वहाँ के बाँझ बादलों से एक कतरे की भी उम्मीद न थी। सुरेंदर जी की पत्नी की तबीयत अचानक खराब हो जाने की वजह से शाम को ही मुझे जीप भेजकर बुला लिया गया था। आधी रात के बाद स्थिति काबू में आई और तब से मैं बाहर बिछी खाट पर आकर बैठा मौसम को कोस रहा था।

तीसरे पहर दूर से ही जंगल हरहराया। पहाड़ी के पीछे उगा चाँद जैसे इसी आँधी से उड़कर पहाड़ी के ऊपर आ गया। आँधी से सुरेंदर जी के चीखने की आवाज़ एक बार आई और फिर चिथड़ी-चिथड़ी हो गई। मुखिया जी के लठैत कनमनाकर खड़े हो गए। दोबारा आवाज़ की टोह ली जाने लगी लेकिन मुखिया जी के कुत्तों की भौंक में कुछ सुन पाना मुश्किल था। पुचकारने पर तनिक शांत हुए तो बाँध की ओर से आने वाली हरहराहट के स्वर स्पष्ट होने लगे।

जैसे मटमैला पानी सूँघकर मवेशी बाढ़ की आशंका को भाँपकर कुलाँच उठते हैं, ठीक उसी अंदाज़ में मुस्तकीम कुलाँच उठा था। मुखिया जी ने हड़बड़ी में कुत्तों को चेन से मुक्त किया। वे भौंकते हुए मुस्तकीम के पीछे-पीछे बाँध की ओर भागे और उसके पीछे हम।

बाँध कटा हुआ था। हरहराता-कलकलाता पानी तेज़ी से बह रहा था। हमारा जी धक-धक करने लगा। नीचे गहरे खड्ड से पानी की धारा का अनुसरण करते हुए हम पत्थर-पत्थर टटोल रहे थे। कुत्ते तनिक आगे रुककर गुर्रा रहे थे। हम वहाँ लपकते हुए पहुँचे। धारा के अंदर कोई चीज़ जल रही थी। मुस्तकीम ने लपककर उठाया—टॉर्च थी, मणि की तरह जल रही थी। आगे एक पत्थर से टिकी पड़ी थी मणिधर की लाश। बंदूक कुछ आगे पड़ी मिली।

सुरेंदर जी को लादकर पंप के पास समतल ज़मीन पर ले आया मुस्तकीम। सारा शरीर बर्फ की मानिंद ठंडा। सिर फट गया था और काफी खून निकल चुका था। नब्ज़ टटोली। जीवन का कोई स्पंदन बाकी नहीं रह गया था। मुखिया जी के छोटे भाई रघु बाबू कारतूसों को निकाल-निकालकर धारा में फेंक रहे थे—भीगे नाकाम कारतूस ! उधर मैं सुरेंदर जी को गर्म करने और उनके हृद्‌यपिंड-संचालन की तमाम कृत्रिम विधियाँ अपनाकर हार गया।

हमेशा के विनम्र मुखिया जी मुझ पर बरस पड़े एकाएक, "आपसे कुछ नहीं होगा, ले चलिए इन्हें बड़े अस्पताल।"

जीप पर लादकर हम रवाना हुए तो पौ फट चुकी थी। रास्ते उजास से साफ होने लगे थे। अभी हम थोड़ी ही दूर जा पाए थे कि जीप के ब्रेक से तेज़ी से हिचकोले खा गए। सामने पानी था। इस राह में कोई नदी भी बहा करती थी कभी, लोग एकबारगी भूल ही गए थे उस बात को। क्या किया जाए अब ? मुखिया जी कुचले साँप-सा बौखला उठे, लगा, हम सबको गोली मार देंगे। रघु बाबू ने मुस्तकीम को पास के गाँव से डोली-खटोली लाने भेज दिया और

दोनों भाई नदी के पानी की गहराई नापने के लिए पानी में उतर गए। मैं दूसरी ओर हिलकोरें लेता आगे गढ़ा। तभी 'डागडर बाबू ! डागडर बाबू !' के रहस्यमय संबोधन पर मैंने झाड़ियों की ओर देखा। बूधन भाई इशारे से बुला रहे थे। करीब जाने पर मैंने देखा, उनका चेहरा उल्लास से भरा हुआ था। वे फुसफुसा उठे, "काहे को डोली-खटोली मँगवा रहे हैं मुखिया जी, परेत मुक्ती तो हो गया !"

"ऐ‥तो क्या…?" मैं चौंक उठता हूँ।

"हाँ ! विश्वास नहीं आ रहा है तो चलकर जगेसर को देख लीजिए।"

जैसे रात का सारा रहस्य इन बातों में अँटा पड़ा है। एक ललक उठती है, अब कैसा दिख रहा होगा जगेसर, लेकिन मेरा ध्यान नदी की ओर चला जाता है। गाँव-गाँव से नंग-धड़ंग बच्चे आ-आकर पानी में कूद रहे हैं छपाक-छपाक ! उनकी उद्धत, उल्लसित किलकारियों को देखकर मुझे लगता है, जगेसर को बिना देखे ही मैंने देख लिया है।

पुन्नी माटी

कुल मिलाकर सत्ताइस दिन और रह गए हैं, दुर्गापूजा में और हमेशा की तरह ही पुराने जागीरदार श्रीधर राय की व्यस्तताएँ बढ़ गई हैं ! वैसे इस बात का गाँव के बच्चे-बच्चे तक को पता है कि उजड़े जागीरदार में अब वह सामर्थ्य नहीं बची कि वह पूजा की उजड़ती रौनक को बचा लें, फिर भी राय बाबू हतोत्साह नहीं दीखते। कभी सजाने वाले को बुलवाए जाते हैं, तो कभी मंडप ठीक करने वाले मज़दूर ! कभी ढाक बजाने वालों को निर्देश दिए जाते हैं, तो कभी गाँव के इक्के-दुक्के लोगों से सलाह-मशविरा किया जाता है। और कोई नहीं मिलता, तो वह पूजा की सामग्री की लिस्ट हाथ में लेकर आत्मसंलाप में डूब जाते हैं। गाँव के लोग हँसते हैं उनकी सनक पर···"पूजा जैसी पूजा होती तो न जाने क्या करते !" मगर श्रीधर बाबू कुछ और ही कहते हैं, "कुछ भी हो, पूजा की तैयारी तो करनी ही पड़ती है। कोई ज़िंदगी-भर तो पूजा करनी नहीं। जैसे ही शिखा की शादी हो जाती है, पूजा का दायित्व बेटी-दामाद पर छोड़कर निकल पड़ूँगा काशीवास को।" ऐसा कहते हुए लगता है, दिलासा के रेशमी स्पर्श से वह अपने ज़ख्मों को धीरे-धीरे सहला रहे हैं···।

उफ ! कहाँ-कहाँ की बात नहीं चलाई शिखा की शादी के लिए, मगर कुछ भी तो तय-तमाम नहीं हो सका आज तक ! हर बार लगता है कि इस बार रिश्ता ज़रूर पसंद कर लिया जाएगा, मगर ले-देकर बात दहेज़ या किसी नुक्स पर टूट जाती है। फिर रह जाती हैं—मिठाइयों की जूठन-भरी प्लेटें, चाय के रीते प्याले और अंदर तक रीती हुई सजी-सजाई शिखा। उन्हें लगता है, इस टूटती वय में ज़िंदगी एक तपते हुए मरुस्थल में आकर भटक गई है। चारों ओर के सूखे-रेतीले उजाड़-सपाट बोझिल सन्नाटे में एक बच्ची की उँगली पकड़ाए बस एक झूठी मरीचिका के पीछे भागते-भर रहना है। कोई हमसफर नहीं, कोई कारवाँ नहीं। बस, अपनी तनहाइयों में तैरना है और टीसती यादों में टूटना है।

प्रत्येक अस्वीकार एक स्खलन दे जाता है और पिता और पुत्री एक अव्यक्त अपराध-बोध की गिरफ्त में बँधकर एक-दूसरे के लिए और भी अजनबी हो उठते हैं। दूसरे दिन दोनों ही अपनी-अपनी स्वाभाविक दिनचर्या में यों अतिरिक्त आत्मविश्वास से व्यस्त होने का उपक्रम करते हैं, मानो वे बिलकुल घबराए हुए नहीं हैं। सुबह का भोजन तैयार कर शिखा निकल पड़ती है नौकरी पर। इंपीरियल कंपनी में रिसेप्शनिस्ट है वह। अपनी टिफिन लेकर जाती है और बाबा का भोजन ढककर रख जाती है। राय बाबू उसका दूर तक जाना देखते हैं, फिर एक नज़र समूचे परिवेश पर डालते हैं। चारों तरफ के फैले हुए खँडहर, झाड़ियाँ और एक-दूसरे में उलझे पड़े झाँय-झाँय करने लगते हैं। स्नान और भोजन करने के बाद लेटते हैं, तो अपराह्न वेला का

एक-एक लम्हा घुटन और यातना में ऊब-चूभ होता हुआ प्रतीत होता है। शाम होते ही जब खँडहर का ज़र्रा-ज़र्रा पक्षियों के शोर से भर उठता है, तो उनके अंदर का सन्नाटा और भी मुखर हो उठता है। उससे कतराते हुए वह घर को साफ-सूफ करने और कोयले की अँगीठी सुलगाने में अपने को खपाने लगते हैं। अँगीठी का धुआँ मरते ही वह उस पर चाय का पानी चढ़ा देते हैं और बस स्टैंड से गाँव आने वाली उस पगडंडी की ओर ताकने लगते हैं, जिसके ऊपर अभी भी धुएँ की एक चौड़ी पट्टी ठहरी हुई-सी लगती है। क्या मालूम आज भी देर हो लौटने में ! नौकरी तो नौकरी ! परवशता ! एक विकल्पहीन शिकंजे में कसमसा उठते हैं। अकसर शिखा समय पर ही लौट आती है। थकी-माँदी, निःशब्द घर में प्रवेश करती है, तो उसकी छाया भी उस स्याह सन्नाटे में घुल-मिल जाती है। जब तक हाथ-मुँह धोती है, राय बाबू चाय तैयार कर लेते हैं। दोनों चाय पीते हैं। तब तक शायद ही कोई किसी से कुछ बोलता है। आखिर खँखारकर राय बाबू बोलते हैं, "बेटी, मैं ज़रा गाँव हो आऊँ," तो शिखा को लगता है, कुहासा घना होकर कतरा-कतरा टपक रहा हो। शिखा जानती है, बाबा का आना-जाना एक बहाना है। चौरास्ते तक भी नहीं जाएँगे। बस, यों ही खेत की पगडंडियों पर भटकते रहेंगे।

शिखा जब तक खाना बना चुकती है, वह लौट आते हैं। लालटेन के मनहूस उजास में आमने-सामने बैठकर वे साथ ही भोजन करते हैं, फिर दहलीज़ के अंदर और बाहर दो विपरीत खाटों पर लेट जाते हैं—बेटी और बाप। कुंडी से लटकती लालटेन की छोटी-सी मटमैली रोशनी का वृत्त रात-भर छीजता है। शिखा तो कोई पुस्तक पढ़ते-पढ़ते छाती पर ही रखकर सो जाती है, मगर राय बाबू की अजीब-सी मनोदशा रहती है—न निद्रा की, न जागरण की। कभी-कभी बीच में उल्लुओं की चीत्कारें और चमगादड़ों की फड़फड़ाहट होती है, और फिर आँख नहीं लगती। आँखों ही आँखों में भोर होती है। पूजा के प्रयोजन की चीज़ों की लिस्ट में सवेरे-सवेरे खोए बाबा को देखकर शिखा समझ जाती है कि आज की रात भी जागकर ही काटी है बाबा ने। वह कुछ बोलती नहीं। टिफिन अपने बैग में डाल, बाबा का खाना ढककर नित्य की भाँति निकल पड़ती है नौकरी को। राय बाबू चश्मे के पार से उसका रोज़ की तरह जाना देखते हैं और नज़र धुँधलाने लगती है···ऐसे कब तक चलेगा ?···कब तक ? इरा बार की भी पूजा सिर पर चली आई और बेटी अनब्याही पड़ी है। इस तरह नौकरी करते हुए ही उम्र कट जानी है क्या !··· कहीं किसी दिन ऐसा न हो कि शिखा जाए और लौटे ही नहीं। वह घबड़ा जाते हैं···नहीं !··· नहीं !! भावुकता की उम्र तो कब की बीत चुकी है ! अब ऐसा नहीं कर सकती वह !···वह तो खिलती वय में ही संभव था, जब मजूमदार घराने के जयदीप के साथ भाग निकली थी··· जब गाँव के छोकरों से हर क्षण सतर्क रहना पड़ता था।···कुछ रिश्तों की उम्मीद में छोड़ दिए थे उन्होंने···एक अनुताप की चुभन होती है दिल में, मगर दूसरे ही क्षण बेबसी में मिलकर वह एकाकार हो जाती है। नहीं ! नहीं !! वह हत्यारे नहीं हैं ! बाप का महज़ फर्ज़ निबाहा है उन्होंने ! कैसे छोड़ देते उसे आकाश की कक्ष-च्युत तारिका-से असीम ब्रह्मांड में भटकने के लिए ! किसे मालूम था कि बल्लभपुर के तपे हुए जागीरदारों के यहाँ ऐसी कंगाली आएगी कि वंश की एकमात्र कन्या अनब्याही पड़ी रह जाएगी ! उनके बुलाने पर कभी परम अनुगृहीत

होने वाले घरानों के लड़के भी आज यह कहकर चले जाते हैं—अब ज़मींदारी का मलबा लेकर क्या करेंगे ! हँसते हैं बूढ़े, श्रीहत जागीरदार श्रीधर राय उन बातों को सोचकर एक कसैली हँसी—"शिखा को छोड़कर आज जो कुछ है, मलबा ही तो है !"

उनकी धुँधली नज़र लताओं, झाड़ियों, मलबों से भरी अश्वशाला, अतिथिशाला, रंगशाला के वीरान खँडहरों को तलाशती हुई कहीं गहरे अतीत में डूब जाती है, जहाँ अभी भी घोड़े हिनहिना रहे हैं, झाड़-फानूस जगमगा रहे हैं, महफिलें जमी हुई हैं। पनीली आँखों में अक्स झिलमिलाते हैं उनके। किसी अतीत की गुहा में खो गए सारे के सारे लोग ! शिखा शायद कोई अपभ्रष्टा अप्सरा है, तभी तो ज़मींदारी उजड़ जाने पर यह रूप-गुण लेकर पैदा हुई और होश आते ही माँ तक अपना दायित्व उनके कंधों पर डालकर किनारा कर गई। एकाएक एक आशंका उल्का की तरह चीरती हुई चली जाती है दिल में⋯कहीं कुछ तय-तमाम करने के पहले ही उम्र तय-तमाम हो गई, तो⋯! उनकी आँखों में अँधेरा भर उठता है और कनपटियों के पास सन्नाटा साँय-साँय करने लगता है। घबराकर वे लिस्ट हाथों में लेकर अपने को जज़्ब करने की कोशिश करते हैं⋯"कहीं यह दुर्गापूजा की गहमा-गहमी और ताम-झाम भी अपने मन को बहलाने के साधन मात्र तो नहीं हैं।" सिहर उठते हैं वह⋯छी ! छी ! क्या सोच गया ! माँ ! माँ ! दुर्गा ! दुर्गा ! क्षमा करो, माँ !

गंदी धोती के छोर से आँखों की कीचड़ और नमी को पोंछकर, चश्मे को रगड़कर आँख पर लगाते हैं। पच्चीसों बार की दुहराई गई लिस्ट पर नज़रें फिर से फिसलने लगती हैं। प्रसाद, मंडप, ढाक-बाजा, पूजन-सामग्री—सब में फिर से संशोधन करते हैं। लोग यह न समझ बैठें कि राय बाबू बिलकुल चुक गए। खुदरा खर्च—सौ रुपए ! अच्छा है कि पौरोहित्य वह खुद ही कर लेते हैं, वरना वहाँ भी पचास की चपत बैठ जाती ! विसर्जन—तीस रुपए !

अब रही प्रतिमा ! दरिद्र के भोज खाने की तरह ही वह इस अंतिम और एकमात्र सुस्वादु टुकड़े को रस ले-लेकर चबाते हैं⋯जब तक प्रदीप पाल हैं, प्रतिमा की चिंता ही नहीं करनी ! अलीपुर के चिड़ियाघर से सिंह को उत्तेजित कर, उसने जो फोटो लिया था, उसी जैसा हू-ब-हू खौफनाक सिंह गढ़ देता है। महिषासुर ऐसा कि खौफ खा जाएँ देखने वाले !⋯और देवी के मुख की सौम्यता !⋯लाजवाब !⋯उन्हीं की सहायता पर शांति-निकेतन और कलकत्ते में पढ़ा मामूली कुंभकार का छोकरा⋯तब क्या पता था कि इतना बड़ा आर्टिस्ट हो जाएगा कि एक-एक मूर्ति के चार-चार हज़ार लेने लगेगा ! प्रदीप उनसे एक पैसा भी नहीं लेता। दस-बीस, सौ-पचास नहीं, पूरे हज़ार रुपयों की बचत ! राय बाबू के झुर्रियों-भरे चेहरे पर ढलते सूरज की मुस्कान ठिठक गई। उन्हें लगा, उनकी कोई समस्या ही बाकी नहीं रही। ढाक के बजने के शोर में, धूप के सुवासित धुएँ में देवी का प्रभापूर्ण मुखमंडल दप-दप कर रहा है। उनके प्रांगण में काफी भीड़ तिर आई है, जिसे अपने बूढ़े शरीर से सँभाल पाने में वह स्वयं को असमर्थ पा रहे हैं। लोगों में अजीब-सा आतंक समा गया है। वह दर्प-भरी प्रश्न-मुद्रा में सबकी ओर देखते हैं, "कहो, ज़मींदारी गई तो गई, रौब कैसे जा सकता है ज़मींदार का। हाथी के मरने पर भी उसकी कीमत हज़ार रुपए होती है।"

लिस्ट मोड़कर वह उठने ही को होते हैं कि उनकी नज़र प्रदीप पाल के भतीजे अशोक पर पड़ती है, जो पता नहीं कब से आकर उन्हें घूर रहा होता है।

"दादू, 'पुन्नी माटी'[1] के लिए भी दस रुपए जोड़ लीजिए।" अशोक कहता है।

श्रीधर राय गौर से अशोक को देखते हैं। नहीं, बात मज़ाक के रूप में कही गई नहीं लगती।

"क्यों ? पुन्नी माटी के लिए तो पैसे कभी नहीं माँगे किसी ने !"

"अभी भी तो गदाधर ठेकेदार और यूथ क्लब के सदस्यों से पैसे नहीं माँगे उन्होंने, मगर मुझे···"

"तुमने बताया नहीं होगा कि जागीरदार श्रीधर राय के लिए चाहिए।" ऐसे मौकों पर जागीरदारी की बैसाखी पकड़नी पड़ती है उन्हें।

"वे कुछ भी नहीं सुनतीं। कहती हैं, मुफ्त की पुन्नी माटी नहीं मिलेगी।"

बात दस रुपयों के अतिरिक्त खर्च की होती तो ऐसी कोई समस्या न होती। उन्हें लगता है, दस रुपयों की आड़ में उनकी अस्मिता को चुनौती दे दी गई है। दस रुपए कमीज़ की जेब से निकाल देने को होते हैं कि लगता है, पराजय स्वीकार कर रहे हैं। जब उन्हें कुछ भी सूझ नहीं पड़ता, तो वह तमककर चल पड़ते हैं, "चलो तो···!"

हलकी-सी अनास्था की ठोकर उन्हें असंतुलित कर देती है। उन्हें लगता है, आज जब सब कुछ बिला चुका है, तो कल तक जो जी-हुजूरी किया करते थे, आज जूतियाँ चटखाते हुए निकल जाते हैं। इस दुनिया में रौब, आतंक और उत्पीड़न से त्रस्त लोग भी इन्हीं गुणों की पूजा करते हैं। आज जागीरदारी नहीं है तो कोई क्यों सम्मान देने लगा उन्हें ! प्रदीप पाल सम्मान नहीं दया करता है उन पर। शिखा के आचरण में श्रद्धा नहीं, दया-मिश्रित ठंडा तिरस्कार झलकता है। क्या महज़ दया और तिरस्कार झेलने को बचे हैं वह, अपनी बेटी की कमाई खाते हुए···! बंद कमरे में धुएँ की तरह एक लाचार क्रोध रेंग गया अंदर ही अंदर ! नख-दंतविहीन वृद्ध सिंह-सा कसमसाकर रह जाते हैं वह।

वेश्यालय के एक बरामदे के पास आकर ठिठक जाता है अशोक। तीखे मेकअप और उत्तेजक परिधानों की वेश्याओं के बीच से एक रौबीली थुल-थुल-सी मौसी उठ खड़ी होती है, "आइए, आइए, बूढ़े कर्ता !"

"पुन्नी माटी के लिए मैंने इस लड़के को भेजा था, इसे लौटा दिया तुमने ?"

"हाँ, बिना पैसों के हम पुन्नी माटी नहीं देते।"

"दो ढेले मिट्टी की कीमत दस रुपए ?"

"क्या ज़रूरत है दस रुपए खर्च करने की ! कहीं से दो ढेले लेकर काम चला लीजिए न !"

"आज अगर जागीरदारी होती, तो तुम्हें शायद यह कहने का साहस ही नहीं होता।" गुस्से में घुलते हुए बोलते हैं श्रीधर राय।

1. पुन्नी माटी (पुण्य की माटी) दुर्गा पूजा के अवसर पर प्रतिमा बनाने के लिए वेश्याओं के दरवाज़े से ली जाती है।

"बल्लभपुर के, शान से जीने वाले जागीरदार तो सब कुछ खरीद सकते थे—पाप-पुण्य, न्याय-नीति, इज़्ज़त तक ! आज पुण्य की माटी खरीदने-भर की औकात न रही ! पुराना पैसा गाड़-गाड़कर रखा हुआ है, बेटी कमाकर लाती ही है। कहाँ रखेंगे यह सब ?"

"इसीलिए तो बेचारी की शादी तक नहीं कर रहे हैं।" एक दूसरी वेश्या के यह कहते ही कहकहे फूट पड़ते हैं। भीड़ में उन्हें लगा, किसी गलीज दलदल में वह डूबते जा रहे हैं।

"नीच ! पतिता ! संसार का नर्क ! चंद पैसों के लिए संसार का पाप ढोने वाली···!" असंतुलित हो उठते हैं राय बाबू। कहकहा एक क्षण को फटता है, फिर अपने साथ कई तरह के व्यंग्य और आक्रोश-भरी टीका-टिप्पणियों का स्वर जोड़ लेता है।

"ऐ साली···तोरा चुप कोर !" डाँटकर उसे चुप कराती है मौसी, फिर राय बाबू की ओर मुखातिब होती है, "अंदर हमने खुद ही ठोंगों (पैकेटों) में पुण्य की माटी रख दी है। आइए, ले लीजिए···आइए न !"

राय बाबू हिचकते हैं, फिर जल्द से जल्द झमेले से बचने के लिए उसका अनुसरण करने को बाध्य होते हैं। बाहर रह जाता है अशोक।

"एक बात बताओगे, बूढ़े कर्ता !" दरवाज़ा भेड़कर पीठ सटाकर इठलाती हुई बोल पड़ती है मौसी, "क्या करती है आपकी बेटी शिखा ?"

"तुमने इसलिए अंदर बुलाया ? हम कंगाल ज़रूर हो चुके हैं, लेकिन इज़्ज़त नहीं बेची है हमने !" गुस्से से कबाब हो गए श्रीधर राय।

"हुँह ! इज़्ज़त ! मर्दों की नज़र में औरतों की इज़्ज़त ! यहाँ हमें सबके बारे में पता है कि कौन कितनी इज़्ज़त की रोटी खाता है ! क्या आपको मालूम नहीं कि रिसेप्शनिस्ट की आड़ में उन्हें मालदार पार्टियों को खुश करना पड़ता है ? यकीन नहीं आए तो दफ्तर के चपरासी से पूछ लीजिए, या कहिए तो हमीं कोई व्यवस्था कर दें, सच्चाई से साक्षात्कार के लिए···!"

राय बाबू को लगा, जैसे दिमाग के ऊपर किसी ने ज़ोरों से प्रहार किया हो और उसके परखच्चे उड़ गए हों। वे खड़े रह गए हतबुद्धि से।

"अगर वह यह सब नहीं करतीं, तो एक ही दिन में नौकरी से निकाल दी जातीं और उन्हें अच्छी तरह मालूम है कि नौकरी से निकालने का क्या अर्थ होता है···!" ज़हरीली हँसी हँसते हुए मौसी अंदर से एक ठोंगा उठाकर लाती है और उसकी आँखें वहशियाना चमक से भर उठती हैं, "बूढ़े कर्ता, हम आपसे पुण्य की माटी के लिए दस रुपए क्या, एक पैसा तक नहीं लेंगे ! बस एक बार, सिर्फ एक बार आप उन्हीं शब्दों को अपनी बेटी के लिए फिर से दुहरा डालिए, जिन्हें आपने हमारे लिए कहा।"

अरराकर बैठ जाते हैं श्रीधर राय। जिस आबरू को फटेहाल रहकर भी ढकने की चेष्टा करते रहे, भीतर ही भीतर वह इस कदर सड़ चुकी है ! वे कौन-से अदृश्य हाथ हैं, जिन्होंने उसे ज़िंदा रहने नहीं दिया ? उनकी आँखों के आगे एक खौफनाक अँधेरा ठाठें मारने लगता है। भूत, भविष्य, वर्तमान—सब उस अंधकार में तिरोहित हो चुके होते हैं। देश, काल, पात्र से परे उनका वजूद एक निरपेक्ष स्थिति मात्र बनकर रह जाता है। यंत्रचालित-से उठते हैं और दरवाज़ा

खोलकर बाहर निकल पड़ते हैं।

"पुन्नी माटी तो लेते जाइए !" मौसी की आवाज़ में व्यंग्य नहीं, आग्रह होता है, मगर उसका कोई असर उन पर नहीं होता। वह मजमेबाज़ भीड़ को चीरते हुए बल्लभपुर के रास्ते पर चल पड़ते हैं। लगता है, भौतिक जगत के सारे दृश्य और सारी ध्वनियाँ उनके लिए मर चुकी हैं। अशोक हतप्रभ-सा अनुसरण करता है। अपनी चौखट पर ही जाकर ठिठक जाते हैं श्रीधर राय। इधर-उधर देखकर एक मज़दूर का फावड़ा उठा लेते हैं और दरवाज़े पर हलके-हलके आघात करते हैं। "उठाओ !"

अशोक अवाक् रह जाता है, "यह क्या ?"

"पुण्य की माटी !" कहकर वह अपना चेहरा ऊपर उठाते हैं, तो चश्मे के अंदर से आँखों से बहती हुई आँसुओं की लकीर झुर्रियों-भरे गालों से होती हुई पकी दाढ़ी में विलीन होती हुई दीखती है।

भय से झुककर अशोक हथेलियों में उठाता है उस मिट्टी को, तो उसे लगता है, पुण्य की माटी कुछ नम हो आई है !

ऑपरेशन जोनाकी

बातें करते-करते कहीं भटक-से गए हैं अनिमेष दा। शायद प्लेट में परोसे गए मुर्गे पर जा टिकी है नज़र। वैसे यह हमारा वहम भी हो सकता है। सच तो यह है कि न वे मुर्गे की टाँग देख रहे हैं, न प्लेट और न ही दूसरा कुछ। कहीं और ही है उनकी दृष्टि। माहौल किसी हिंस्र गर्भिणी मादा पशु के भारी, मगर चौकन्ने कदमों की आहट-सा घड़ी की 'टिक-टिक' में पैवस्त हो गया है। अचानक बारह के घहराते गजर के साथ ही टुकड़े-टुकड़े होकर हवा में उछाल खाता हुआ ठीक हमारे सीने पर आ गिरता है। एक-एक बोटी की धड़कन दहशत के ज़लज़ले-सी फड़क उठी है।

अनिमेष दा कब हड़बड़ाकर उठे, कुर्सियों की धकेलते-उलटते कब जा पहुँचे वाश-बेसिन पर, कब 'ओ-ओ' करते हुए उल्टी करने लगे, हम भौचक रह गए।

मैं संदेह की नज़र से घूरता हूँ हर चीज़ को, लेकिन संदेह की कोई वजह है ही कहाँ ? अनिमेष दा ने तो अभी मुर्गा छुआ तक नहीं है। कहीं बाहर तो कुछ खा-पीकर नहीं आए ? ऑपरेशन एरिया देखने से लेकर अर्द्ध-सैनिक टुकड़ियों का जायज़ा लेने अकेले-अकेले गए तो थे, मगर हमारे इनफॉर्मर की सूचना के मुताबिक कहीं पानी तक नहीं पिया था उन्होंने। फिर···।

बड़े बाबू के हाथ से तौलिया लेकर हाथ-मुँह पोंछकर लड़खड़ाते हुए कुर्सी पर अरराकर बैठ गए हैं अनिमेष दा। सिर उलटा लटकाकर मुर्दे की तरह निढाल हो गए हैं। हमने सीलिंग फैन फुल स्पीड पर कर दिया है।

"दादा !" उन्हें हौले से पुकारता हूँ।

"ऊँऽऽऽ !" खसखसी कराह के साथ एक क्षण को आँखें खोलते हैं, फिर बंद कर लेते हैं। किसी रोगी की तरह भरभरा जाती है आवाज़, "घबड़ाइए नहीं, मैं ठीक हूँ···बस थोड़ा रेस्ट लेने दीजिए, प्लीज़ !" मुझे थोड़ी आश्वस्ति होती है। आवाज़ लाख भरभरा जाए, है तो वही घहराती आवाज़। आँखें लाख ढँपी हों, हैं तो बाघ-सी जलती हुई वही आँखें। छहफुटी काया ! खिचड़ी दाढ़ी-मूछें, साक्षात् नरसिंह हैं अनिमेष दा। जूते तो एक भी नहीं आते उनके पाँवों में स्टोर के। हज़ार अफसरों में भी दूर से पहचाने जा सकते हैं। केवल शख्सियत ही नहीं, आचरण भी तो···अदालत की सज़ा में रंच-भर भी विश्वास नहीं। वहाँ पैसों और पहुँच के बल पर कोई अपराधी बाद में भले ही बरी हो जाए, पहले ही मार-मारकर अधमरा कर देते हैं कि वह दोबारा अपराध करने के काबिल ही नहीं रहता। सस्पेंड होते रहे, ट्रांसफर होते रहे, लेकिन ज़िद न छोड़ी और इस बुढ़ापे में भी महज़ सर्किल इंस्पेक्टर के पद तक पहुँच पाए हैं। बच्चा भी था,

जो बचपन में ही किडनैप कर लिया गया। सुनते हैं, बीवी भी इधर पागल ही होकर मरी। खब्ती हो जाना कोई आश्चर्य नहीं ! न फूल, न फल, महज़ एक कँटीली डाल ! बाहर कुछ खाते-पीते नहीं, बात तक नहीं करते किसी से, अलबत्ता इनका सेंटीमेंट भड़का दो, शान पर चढ़ा दो, और फिर देखो करिश्मा ! जोनाकी ग्राम के उद्धत किसानों और मज़दूरों से निबटने के लिए शीर्षस्थ अधिकारियों ने जान-बूझकर ऐसे कटखने, निर्मम और सनकी पुलिस अफसर को चुना है। बाकी रहा सेंटीमेंट को भड़काना, तो जैसा कि हमारे इनफॉर्मर ने बताया, आज ही अनिमेष दा के सामने संभ्रांत घरों की औरतों और बूढ़ों ने रो-रोकर उपद्रवियों के अत्याचारों का किस्सा बताया है। कुछ-एक बातें नमक-मिर्च लगाकर भी कानों में डाली गई हैं। यह भी शुभ ही हुआ कि कुछ चासा और आदिवासियों ने चैटर्जी घराने का रिश्तेदार समझकर इनसे उद्दंडतापूर्वक व्यवहार किया। हमारे इनफॉर्मर ने सत्येन को भी उन्हें दिखा दिया है। बड़ी देर तक स्ट्रेटेजी पर गौर करते रहे थे अनिमेष दा।

चहलकदमी करता हुआ मैं बार-बार घड़ी देखता हूँ। उफ, वक्त सेकेंड-सेकेंड हाथ से फिसलता जा रहा है और अनिमेष दा हैं कि···अभी भी मुर्दे की तरह निढाल ! ऑपरेशन के ठीक पहले ऐसी स्थिति कितनी खतरनाक है। मैं उन्हें झकझोरकर जगाना चाहता हूँ, लेकिन वक्त की नाज़ुकता को भाँपकर मेरी बाज जैसी बर्बर सन्नद्धता ऐसा करने से रोक लेती है। बेकली की सीढ़ियाँ चढ़कर छत पर आता हूँ। झिल्लियों के शोर में सन्नाटा साँस ले रहा है। बर्फीली रात धुआँ रही है और कोहरा कंठ तक लहरा रहा है। कुछ अस्फुट-सी उद्धत आवाज़ें पूरब की ओर से रह-रहकर उछलती हैं। हमारे जवान पी-पीकर बहक रहे हैं। हमें शक होता है, कहीं ये आवाज़ें इस गाँव से तो नहीं आ रहीं, असंभव तो नहीं, नई जगह है, भूगोल कभी-कभी गड्डमड्ड हो जाया करता है। इस घने कोहरे में ठीक-ठीक पता भी तो नहीं चलता।

दोपहर को सारा कुछ साफ-साफ दिखता था। गाँव से तालाब में नहाकर बगल में कलशी दबाए औरतों को मैंने इसी छत से देखा था, जाते हुए। अपने जवानों की आँखों में कामुकता के वहशीपन को भी मैंने नोट किया था। ग्रामीण परंपरा के तहत महज़ गमछे से ढके बदन को वे इस कदर घूर रहे थे कि मौका पाते ही टूट पड़ें। मैं मना रहा था कि अनिमेष दा की नज़र इस दृश्य पर न पड़े, शायद पड़ी भी नहीं, ऑपरेशन एरिया से सिर लटकाए हुए सीधे यहीं आकर रुके थे वे, लेकिन इतने चौकन्ने अफसर से यह दृश्य छूट सकता है···! ऊँह, अगर उन्होंने देख भी लिया हो तो इस पर नाराज़ होने की कोई विशेष बात तो थी नहीं। अब जवानों की बात है, गौतम बुद्ध तो वे होने से रहे ! उद्दंड और छुट्टे साँड़ तो होते ही हैं ये। ऐसे अभियानों में इत्ती-सी गुंजाइश तो बनाकर रखते ही हैं हम। फिर यहाँ की न सही, जोनाकी की चासिनों और आदिवासिनों के गुरूर को तोड़ना भी तो है। बड़ी ऐंठकर चलती थीं।

सत्येन के बहकावे में पड़ने से पहले ये आदिवासी कितने सीधे और आज्ञाकारी थे, लेकिन अब···? जब से सत्येन उनके बीच आया है, अपने आगे किसी को कुछ समझते ही नहीं। जब चाहा, पेड़ काट लिए, तालाबों से मछलियाँ चुरा लीं, जब चाहा, फसलें काट लीं। अनुशासन इसी तरह टूटता रहा तो उसकी परिणति वही हो सकती है, जो यहाँ हुई। दरोगा तक को खदेड़

लिया उन्होंने। माना कि जोतदारों की शह पर ही वे वहाँ गए थे, मुँह से कुछ अपशब्द भी निकाले गए थे, फिर भी···! पुलिस का आतंक इस तरह दरकता रहा तो कानून और शांति-व्यवस्था को हर कोई खिलवाड़ नहीं समझ बैठेगा ? लेकिन मैं यह सब सोच ही क्यों रहा हूँ ? कहीं मेरे अवचेतन में अपराध-बोध की कुंठा तो नहीं पल रही है। कहीं यह एक आतंक के खिलाफ प्रतिक्रियात्मक आतंक की स्थिति तो नहीं ? जुगनू, यानी सत्येन के शब्दों में स्फुलिंग ! नहीं दिखती यहाँ से बगल की पहाड़ी, नहीं दिखते लंबे-लंबे खजूर के पेड़, फिर भी जाने क्यों कोहरे की धूसर परतों के पास जोनाकी का आतंक दिप-दिप जल रहा है। नहीं, इस आतंक के तिलिस्म को तोड़ना ही होगा--किसी भी कीमत पर ! अनिमेष दा ही हैं, जो ऐन वक्त पर सारा गुड़ गोबर करने पर तुले हैं ! मैं हथेलियों पर मुक्के मारता हुआ बेचैनी में छत पर टहल रहा हूँ। 'चर्र-चर्र' बूटों के नीचे कुचली गई बालू की चरमराहट ! कुचल रहा हूँ बालू के चमकते चकत्तों को। पाँव पड़ते ही बुझ जाती है कौंध, पाँव उठाते ही देखता हूँ, चिलक रही है कौंध। नाकाम छिपकली-सा मैं तौल रहा हूँ अपना तेवर, जुगनुओं की हज़ार-हज़ार कौंध में, "सर ! चौंकता हूँ बड़े बाबू के संबोधन पर, "वे आपको याद कर रहे हैं।"

उतर आता हूँ छत से। पूछता हूँ, "कैसे हैं दादा ? डॉक्टर बुलाऊँ ?" हाथ हिलाकर मना करते हैं वे। तनिक ठहरकर बोलते हैं, "मेरी अभद्रता के लिए क्षमा करें मुझे। आप लोग भोजन कर लें, तो मैं···भूल मेरी ही है, मुझे आपको बता देना चाहिए था कि मैं मुर्गा नहीं खा सकता।"

"सर, हमें मालूम होता कि आप निरामिष हैं तो···" बड़े बाबू अनुतप्त-से बोलते हैं।

"ना ना, यह बात नहीं।" बड़े बाबू की बात बीच में ही काटकर बोले अनिमेष दा, "देखिए, मांस, अंडा, मछली घर में अकसर बना करते थे, सिर्फ मुर्गा नहीं···" यह कहते हुए दोनों हाथों से मुँह ढककर फफक पड़े वे।

"दादा, यह क्या···? यह क्या दादा···?" मैं असहाय भाव से थपथपा रहा हूँ उन्हें, "आखिर बात क्या है ?"

भीगी पलकों को शून्य में टेककर बुदबदा उठते हैं, "···ग्यारह साल हो गए···" और जैसे ग्यारह साल के भटके सूत्र को टटोलने लगते हैं, "आपको मालूम ही होगा कि बचपन में ही मेरा इकलौता बेटा किडनैप कर लिया गया था।" जैसे उनकी आवाज़ वर्षों पुरानी कब्र से उभरकर आ रही थी, निहायत भयावनी, भुतैली आवाज़···!

"हाँ, वह तो उन बदमाशों की···" मैं वह प्रकरण याद करने लगा था।

"कसूर क्या था उसका, जानते हो···? सच बोला था उसने ! मेरे विभागीय मंत्री ने अकारण ही मुझे बुला भेजा था। बेटा लाड़ला था, साथ हो लिया। वे उस समय दो अन्य लोगों के साथ चाय पी रहे थे। चाय हमारे लिए ही आई, बेटे के लिए फल, लेकिन उसकी नज़र फल पर कहाँ थी, वह तो उन दोनों अजनबियों को देखते ही चीख उठा, "बाबा, एराई मजूमदार काकू के छुरी मेरे छीलो !" मैं सनाका खा गया। ईमानदार कांग्रेसी कार्यकर्ता मजूमदार बाबू मेरे पड़ोसी थे, एक माह पूर्व ही उनका खून हुआ था। हत्या का कोई सुराग नहीं मिल पाने के कारण इन्हीं मंत्री महोदय ने मेरी अकर्मण्यता के लिए मुझे कोसा था और फाइनल रिपोर्ट

लगाने को कहकर विदेश चले गए थे। इसके पूर्व कि मैं कुछ बोलता, मंत्री महोदय ने डाँटकर लड़के को चुप करा दिया। मैं कोई प्रतिवाद नहीं कर सका। लड़के ने फल छुआ तक नहीं। मंत्री महोदय गंभीर बने रहे और बाद में अकेले आने का आदेश देकर मुझे जाने का संकेत किया। लड़के को जाते समय उन्होंने फिर बुलाया। सिर सहलाने लगे। पढ़ाई-लिखाई की बातें पूछीं और कहा, "ठीक से पढ़ो। फालतू बातें न करो। तुम्हें विलायत भेजना चाहता हूँ।"

"किंतु आमी सोबइ के बोलबो, जे एरा एखाने चा खाच्छीलो।" कहकर उनकी गिरफ्त से वह छिटककर भाग खड़ा हुआ। मैंने रास्ते में और घर पर उसकी इस गुस्ताखी के लिए उसे पीटा भी था, इन्हीं हाथों से...आह ! दूसरे दिन उसका अपहरण हो गया, स्कूल से घर आते समय, और फिर..." वे रुककर अपने आँसू पोंछने लगे। नज़र उठाई तो खिड़की के रास्ते बाहर के अँधेरे में कहीं दूर ताकने लगे।

"बाद में एक लड़का हमने खुद उनके हवाले कर दिया।" जैसे अँधेरों से ही कोई खोई हुई आकृति गढ़ निकाली थी उन्होंने और वह उनकी आवाज़ का अनुसरण करता सहमता-सहमता चला आ रहा था, अमूर्त-सा।

"आप लोग मेरी कद-काठी देखकर रस्क करते होंगे, किंतु वह पाँच फिट पाँच इंच का लड़का मुझे बौना बना गया। उसको गुज़रे ग्यारह साल बीत गए।" उन्होंने एक गहरा निःश्वास फेंका और ठमक-ठमककर बताने लगे, "उसके खिलाफ हमें सूचना मिली थी कि वह एक खतरनाक नक्सलाइट है...मगर वह इत्ती आसानी से पकड़ा गया कि मुझे अपनी सारी स्ट्रेटेजी पर संकोच हो आया। वह एक छोटी चिकटाई दुकान पर मूढ़ी (लाई) फाँक रहा था कि हमने उसे जा दबोचा। उसकी तलाशी ली तो थैले में एक पायजामा, एक गमछा, कच्छा और चंद कविताओं के उद्धरण वाले कागज़ों के सिवा कुछ न मिला। जेब में एक सस्ती कलम, दो रुपए का नोट और चंद रेज़गारियाँ थीं। चेहरा निहायत सौम्य ! हमें झुंझलाहट हुई, आखिर किस आधार पर उसे खतरनाक बताया गया था। खैर, हमें तो हुक्म की तामील करनी थी, सो हमने किया। अब शेष रह गया था, उससे उसके बाकी साथियों और उसके संगठन के बारे में जानकारियाँ हासिल करना।

थाने में मेरे सामने खड़ा था वह। मैंने उसे ऊपर से नीचे तक सरसरी निगाहों से देखते हुए कुर्सी पर बैठ जाने को कहा तो वह अनाड़ी और सहमा हुआ-सा बैठ गया।

"तो तुम्हारा नाम चिन्मय है ?" मेरे पूछने पर उसने कोई जवाब नहीं दिया।

"पिता का नाम ? होम एड्रेस ? क्यों आए थे यहाँ ?" एक-एक कर मेरे सारे सवाल उसकी तेज़ाबी चुप्पी में घुलते गए तो मेरी भौंहें टेढ़ी हुईं, "देखो, सीधे-सीधे बता दो, वरना सच्चाई उगलवाना मुझे आता है।"

"आपकी फाइल में तो सारी जानकारियाँ पहले से दर्ज़ हैं, फिर किस सच्चाई की बात पूछ रहे हैं मुझसे ?" वह तनिक सीधा होकर बैठ गया था।

"तो तुम चिन्मय नहीं हो ? तुम्हारे पिता का नाम प्रबोध बागची नहीं है और...यह होम ऐड्रस—पद्ध पुकुर ग्राम, ज़िला हुगली, गलत है यह सब ? यह भी गलत है कि तुम देशद्रोही

हो ? देखो, काँइएँ न बनो, वरना…”

“मैं कह ही रहा हूँ कि जब अपना सच मुझ पर इंपोज़ करना ही चाहते हैं तो बोलिए न, आपकी संतुष्टि के लिए आपकी किस-किस बात पर मुझे ‘हाँ’ या ‘ना’ करना पड़ेगा।”

मैं तनिक विचलित हुआ। लड़का ऊपर से ही सौम्य था, अंदर से सचमुच खतरनाक। सच्चाई की तल तक पहुँचने के लिए मैंने नाटकीय ढंग से अपना लहज़ा बदला, “अच्छा, तुम खुद ही बताओ, तुम कौन हो ?”

“चिन्मय बागची।”

“पिता का नाम ?”

“प्रबोश बागची।”

मैं कसैला हो उठा, “…और पता पूछने पर कहोगे, पद्ध पुकुर ग्राम, हुगली ?”

“जी।”

“किस कॉलेज में पढ़ते थे ? और यहाँ भटकने का उद्देश्य ?”

“वह भी आपकी फाइलों में होगा। न हो तो जो धारा लगानी हो, उसके अनुसार लिख लें…”

मैं खिसिया उठा, “तो ठीक है, तुम कबूल करते हो कि तुमने अपने साथियों से मिलकर सरकार का तख्ता पलटने का षड्यंत्र किया…अब भलाई इसी में है कि अपने उन देशद्रोही साथियों के नाम बता दो।”

मेरी कड़कती आवाज़ की अपेक्षा उसकी आवाज़ बेहद शांत और ठंडी थी, “आपने स्कूल फाइनल तो पास ही किया होगा ?”

“मतलब ?”

“स्टेट और गवर्नमेंट का फर्क तो समझते ही होंगे ?”

अपना तर्क मुझे लँगड़ाता लगा। भन्ना गया सिर। अपनी हार से उबरने के लिए झुँझला पड़ा मैं, “सवैधानिक सरकार के खिलाफ तख्ता लपटने का षड्यंत्र तुम लोगों ने किया है। देशद्रोही नहीं हो तुम ?”

“नहीं, देश सरकार से बहुत ऊपर की चीज़ है और ऐसे देशद्रोही करार देने लगें तो कल को राज्य-सत्ता पलट जाएगी तो आज के वफादार आप जैसे लोग भी कल देशद्रोही नहीं करार दे दिए जाएँगे ?”

मैं उसके तर्क पर हतबुद्ध रह गया। बौखलाहट में पेपर-वेट पर मेरी पकड़ सख्त हो गई। भला हो छोटे बाबू का, इसके पहले कि मैं कुछ कर गुज़रता, उन्होंने बड़े सहज ढंग से बातों को अपने मकसद की ओर मोड़ दिया, “तो इसीलिए आप लोग हिंसा यानी खूनी क्रांति की बात करते हैं ?”

“आप तो हिंसा का समर्थन नहीं करते हैं न ?” पलटा आक्रमण था उसका। और जवाब हाज़िर था छोटे बाबू का, “बिलकुल नहीं।”

“जब गरीब किसानों, भूमिहीनों पर महाजन, सूदखोर, जोतदार और ज़मींदार हिंसा करते

हैं, तब आपका आदर्श कहाँ रहता है ? आपकी पक्षधरता किससे संचालित होती है ? थाने के नाम से आतंक क्यों फूटता है ?…संगठित हिंसा तो दुनिया की हर सरकार ही करती है। जनता से, जो स्वयं राष्ट्र की एक घटक है, हर सरकार यह अपेक्षा रखती है कि वह उसके प्रति वफादार रहे। जो अपनी वफादारी प्रमाणित नहीं कर पाते, उन्हें कुचल देती है। दो देशों की इन्हीं तथाकथित संवैधानिक सरकारों के नायकों की लिप्सा में बिलावजह दोनों देशों के नागरिकों की जानें जाती हैं, लेकिन यह हिंसा नहीं है न ? युद्धकाल ही क्यों, सत्ता-केंद्रित हर लड़ाई में बलात्कार, लूट, गुंडागर्दी, खड़ी फसलों को रौंदने से लेकर हत्याएँ तक आपकी इस हिंसा की सूची में नहीं आतीं। वह तो देशभक्ति में शुमार हो गईं न ? विजेता के लिए जो देशभक्ति है, पराजित के लिए वही देशद्रोह है।"

उसकी पूछताछ को लेकर हम काफी दिक्कत में पड़ गए थे। सबसे विचित्र बात यह कि अनजाने में ही आक्रामक स्तर से उतरकर रक्षात्मक रुख अपना लेना पड़ा था। जैसे ही मुझे अपनी इस कमज़ोरी का अहसास हुआ, मैं तिलमिला गया। जाने कब तक उसे अंधाधुंध पीटता रहा। यह तो छोटे बाबू थे, जिन्होंने चालाकी से उसे धक्के देकर हाज़त में डाल दिया, वरना अनर्थ ही हो जाता।

कुछ ठहरकर उन्होंने फिर बोलना शुरू किया तो आवाज़ भारी हो गई, "उसे हाज़त में डालकर रिपोर्ट ऊपर से भेज दी गई। थोड़े ही दिनों बाद वहाँ से निर्देश आया कि उसे घर ले जाकर उससे निहायत आत्मीयता से पूछताछ करके धीरे-धीरें तथ्यों का पता लगाया जाए।"

हाज़त से बाहर निकालकर मैंने उससे हँसते हुए कहा, "तुम्हें मेरे घर चलना है, वहीं रहना है।"

"क्यों ?" उसने संदेह की नज़रों से मुझे तौला।

"मेरे घर में सिर्फ पति-पत्नी हैं, बेटा नहीं है इसलिए, चलोगे न ?"

वह मुझे उसी अंदाज़ में ताकता रहा। फिर न जाने क्या सोचकर तैयार हो गया, "चलिए !"

"लेकिन देखो, भागोगे तो नहीं ?"

"वह फिक्क-से हँस पड़ा और अपना थैला कंधे पर डालकर मेरे पीछे-पीछे चल पड़ा। राह में परखने के लिए उसे एक बार फिर जीप में अकेला छोड़कर उतर पड़ा, लेकिन वह गुमसुम-सा बैठा रहा। घर पर मेरी पत्नी को उसने झुककर प्रणाम किया। पत्नी ने उसे देखा तो देखती रह गई।

मैं उसे उसके ठहरने के कमरे में पहुँचाकर लौटा तो देखता क्या हूँ कि पत्नी बेटे की तस्वीर के सामने खड़ी-खड़ी रो रही है। मुझे सामने पाकर उसने कहा, "सुनो, कहीं यह सौरभ तो नहीं है…?"

अमूमन मुझे ऐसी भावुकता जँचती नहीं। एक तो पेशा, दूसरे प्रकृति। मैंने 'हो-हो' करके उसकी बात हँसकर उड़ा दी, लेकिन अंदर ही अंदर उसकी भीगी पलकों की तासीर से असंपृक्त नहीं रह सका। इसे दिमाग का फितूर मानकर जितना ही बचकर निकलने की कोशिश करता,

उतना ही फँसता चला जाता। चोरी-चोरी उसके चेहरे और हाव-भाव का निरीक्षण करता, पत्नी भी ऐसा ही करती और कभी-कभी नज़रें टकराने पर हम सिर झुका लिया करते।

इस तरह वह घर में समाता गया। मैं उसके गुप्त संगठनों और साथियों का हाल पूछता रह गया, मगर वह हर बार टालता रहा। दिन-भर बागवानी करता या पढ़ता रहता या नज़रूल, सुकांत आदि की काव्य पंक्तियाँ गुनगुनाता रहता।

मैंने मंत्रियों को भी देखा है, नेताओं को भी, अफसरों को भी, मगर उसको देखने के बाद ही मैंने महसूस किया कि देशानुराग, अध्ययन और तार्किकता में कोई उसके पासंग नहीं। वह जब मानव-सभ्यता के विकास का विश्लेषण करता तो मैं मंत्रबिद्ध हो सुनता रह जाता। सहसा दायित्व का खयाल आता तो सफाई से काँइएपन पर उतर आता, "तुम्हारे बाकी साथी भी तुम्हारी तरह विद्वान् हैं ?" वह खिलखिलाकर हँस पड़ता, "विद्वान् ? विद्वान् ? कैसे बाबा ? सभी तो विद्यार्थी होते हैं।"

पहली बार सतर्कता के तहत डायरी में मैंने 'विद्यार्थी' शब्द को नोट भी किया, लेकिन बाद में निष्कर्ष बेवकूफी-सा लगा तो काट दिया।

उसके कपड़े बदरंग-से होकर जहाँ-तहाँ फट चुके थे। मैंने उसके लिए नए कपड़े मँगाकर दिए। पहनने के लिए वह कतई राज़ी नहीं हुआ। पत्नी रुआँसी हो उठी थी। मैं उसकी कसक समझ रहा था। दूसरे कमरे में जाकर उसे तसल्ली दी, "इस पर अपना क्या ज़ोर ! आज अपना बेटा होता तो···"

आश्चर्य, उसने कपड़े बदल लिए इस बार, बिना हील-हवाला किए। उन दिनों मैं बड़ी कशमकश में जी रहा था। कभी-कभी लगता, वह मुझे धत्ता बता रहा है। ऐसे वक्त मैं उसके आचरण के रेशे-रेशे उधेड़कर रख देता। अपनी शंका की पुष्टि का एक भी आधार न पाकर मुझे कुढ़न होती। एक बार सोते-सोते अचानक आँख खुली, खयाल आया, चिन्मय भाग न गया हो। उठकर उसके कमरे में गया, बत्ती ऑन की तो उसे नहीं पाकर कलेजा धक-सा रह गया। हड़बड़ाकर टॉर्च लेकर मैंने अपना रिवॉल्वर तथा अपने संदूकों के ताले वगैरह की जाँच की, सब सही-सलामत थे। चादर ओढ़कर टॉर्च से बागान में तलाश करने निकल पड़ा। वहीं चबूतरे पर घुटनों में सिर छिपाए लेटा मिला वह। उसे जगाकर कमरे में ले आया। इसके बाद भी कई बार रात के सन्नाटे में उसे मैंने बगीचे में बैठा पाया। धीरे-धीरे मैं भूल ही गया कि चिन्मय मेरे घर का अस्थायी मेहमान है।

बगीचे में देर तक ओस में बैठना आखिर में रंग लाया। वह बीमार पड़ा। बीमारी खिंच गई, टायफायड में तब्दील हो गई। अंदर-बाहर जिस अंतर्द्वंद्व में वह गुपचुप दिन गुज़ार रहा था, उससे उसका स्वास्थ्य यूँ भी खराब होता जा रहा था। अजीब-सी नाटकीय स्थिति में नियति ने हम दोनों को ठेल रखा था, इट वाज़ सिंपली ए मेंटल टॉर्चर।

पत्नी की भागदौड़ के बाद वह अच्छा हुआ तो उसकी सेहत के लिए पत्नी ने मुर्गा बनाया। मैं थाने से जल्दी ही वापस आ गया था। जूते-मोज़े निकालकर हाथ-मुँह धोकर उसके

साथ बैठ गया पीढ़े पर। अभी हमने ग्रास उठाया ही था कि दरवाज़े पर नॉक हुई। पत्नी रसोई से उठकर खोलने गई तो सशस्त्र गार्डों को देखकर अचंभे में पड़ गई। मैं उठकर आया तो उनके हाथ का फरमान देखकर हतबुद्ध रह गया। बुलावा आ गया था उसका। उसी वक्त उसे गार्डों के साथ भेज देना था।

"क्या बात है ?" पत्नी ने मेरे उतरे चेहरे और हाथ के कागज़ को देखा, अचकचाकर पूछा। तब तक चिन्मय स्वयं ही आ गया मेरे पास, "क्या बात है बाबा?"

मेरी ज़ुबान पथरा गई थी। उसने कागज़ ले लिया मेरे हाथों से। पढ़ते ही चेहरा उतर गया। हाथ-मुँह धोकर अंदर जाकर उसने जल्दी-जल्दी कपड़े बदले। अब वह अपनी बदरंग पैंट-शर्ट में था, मानो इस बंदीगृह से मुक्ति मिल रही हो आज। अनुताप से मैं गला जा रहा था। मेरे अंदर एक ज़बरदस्त इच्छा हो रही थी कि वह पुराना चिन्मय लौट आए, अपने तर्कों से हमारे अहिंसा, देशप्रेम, नैतिकता, इंसानियत के सारे छंदों की धज्जियाँ उड़ा दे, लेकिन कहाँ ! मुझे पक्का यकीन था कि वह अभी भी भाग सकता तो हम पकड़ न पाते, लेकिन नहीं। उसने पहले की तरह ही मेरी पत्नी को तथा मुझे झुककर प्रणाम किया और 'मुझे क्षमा करेंगे, अगर कोई भूल हुई हो।' कहकर स्वयं ही आर्म गार्ड्स के पास जा पहुँचा, "चलिए, मैं तैयार हूँ।"

मैं चाहकर भी पूछ नहीं पाया कि उसका असली नाम क्या है। जैसे ही उसने दहलीज़ से बाहर कदम रखा, मेरी बीवी को जैसे सन्निपात हो गया, "विश्वासघाती ! हत्यारे ! क्यों करते हो ऐसी नौकरी ? क्यों ? प्रत्यक्ष घृणा से मरने वाला जीव नहीं था वह, उसे तो तुम्हारे प्यार के नाटक ने मारा। तुमने फिर से एक बेटा खो दिया। क्यों करते हो ऐसी नौकरी ? क्यों···क्यों ?" वह मेरी वर्दी पकड़कर झकझोर बैठी और आहिस्ते-आहिस्ते बेसुध होकर लुढ़क गई नीचे।

कदमों पर लुढ़की पड़ी थी पत्नी, भाँय-भाँय करता हुआ सन्नाटा और सामने पड़ा था मुर्गा।

"बस, तभी से फिर कभी मुर्गा नहीं खा सका मैं।" कहकर वे एकबारगी खामोश हो गए। हमें एकाएक अपनी स्थिति का पता चला तो घबड़ा उठे। एक बजे कूच कर देना था और बारह बजकर चालीस मिनट हो चुके थे, लेकिन इसके पहले कि उन्हें टोकता, वे उसी भावविह्वल मुद्रा में फिर बड़बड़ा उठे थे, "लड़के बहादुर थे, अपनी राह चल दिए। मैं सिर्फ उनकी यादों को भुलाने के लिए तबादले पर तबादले लेता रहा, अपराधियों को पकड़-पकड़कर पीटता रहा, लेकिन यह सब छलावा है, असली अपराधियों तक ये मेरे बौने और बूढ़े हाथ कहाँ पहुँच पाए ? अपने ही बहादुर पुत्रों की रक्षा करने में सर्वथा असमर्थ रहा तो मैं, और किसकी रक्षा का दम भरता फिर रहा हूँ यहाँ से वहाँ ? देश के सच्चे प्रहरी तो वही थे, फिर मेरा रास्ता उनके आड़े क्यों आता है ?"

बाहर एक-एक कर अर्द्धसैनिक टुकड़ियाँ मार्च कराकर गेस्ट हाउस के पास लाई जा रही हैं। मैं अस्त-व्यस्त हो उठता हूँ। घड़ी की ओर एक बार देखता हूँ और टोक देता हूँ, "अनिमेष दा, अब तो खाने का भी वक्त नहीं है। प्लीज़ बी रेडी। स्ट्रेटेजी याद है न, पहाड़ी के पास नाले में दस की टुकड़ी, उधर की झाड़ियों में पंद्रह। तीस आदमी पश्चिम के तालाब, आप यहाँ से

इन करेंगे, सेकेंड लाइन ऑफ डीफेंस भी...”

“क्या वे बनैले सूअर हैं ?”

“ऐं !” गड़बड़ा जाता हूँ।

“आदमखोर बाघ हैं ?”

“मतलब ?”

“आखिर यह हाँका किसलिए...?”

“आपका दिमाग तो दुरुस्त है...? असामाजिक तत्त्वों के सफाए के लिए, और किसलिए ! इस क्षेत्र में आपने काफी नाम कमाया है। आश्चर्य, आप अपने दायित्व-पालन से हिचकिचा क्यों रहे हैं ?”

अनिमेष दा मेरी बात सुनते ही तनकर बैठ जाते हैं कुर्सी पर। उनकी जलती आँखों की आँच चेहरे पर महसूस कर रहा हूँ। गर्दन टेढ़ी कर पूछ बैठते हैं, “तो सोच लीजिए, मैं बाकी कुछ नहीं जानता। मुझे छूट है न असामाजिक तत्त्वों का सफाया करने की ?”

“जी, बिलकुल ?” उनका सेंटीमेंट उभरता पाकर उसे और उभारने के काँइयाँपन पर मुझे उतरना पड़ता है।

“ठीक है, मैं तैयार हूँ।” देखते-न देखते बला की फुर्ती से जवानों को तैयार करने चल देते हैं, दृढ़ कदमों से। दस कदम भी नहीं जा पाते कि मेरे कंठ से अप्रत्याशित चीत्कार उछल पड़ती है, “नहीं !”

पलटकर खड़े हो जाते हैं। अपने को इस कदर बेनकाब शर्मिंदा मैंने कभी नहीं महसूस किया।

“असामाजिक कौन है ?...यह रहा सरकारी फरमान और यह रहा मास पेटीशन, जोनाकी के प्रतिष्ठित और शांतिप्रिय त्रस्त नागरिकों का।” जेब से कागज़ निकालकर हाथों में झुलाते हुए विद्रूप में सधी आवाज़ में बोल रहे हैं अनिमेष दा, “ये वन-विभाग के कुछ भ्रष्ट कर्मी और कुछ वैसे ही भ्रष्ट महाजन, अफसर, जोतदार और इनके गुर्गे...यही हैं न आपके शांतिप्रिय प्रतिष्ठित नागरिक...? आखिर ये त्रस्त क्यों हैं उन भूमिहीन चासा और आदिवासियों से ? गाँव की दस लाइसेंसशुदा और बीस अवैध बंदूकें तो इन्हीं के पास हैं। गाँव की अस्सी प्रतिशत ज़मीन, तालाब, बाग-बगीचे भी इन्हीं के हैं। गाँव में जब भी कोई मारा-पीटा गया तो वह उस दूसरे भूमिहीन तबके का रहा। बलात्कार भी हुए तो उन्हीं पर। सत्येन का कसूर सिर्फ यही है कि ये गूँगे अब बोलने भी लगे हैं, सरकार क्या नहीं चाहती कि वे बोलें ? आज वे अपने अधिकारों, भूमि, जंगल, मज़दूरी और अस्मत के लिए खड़े होने लगे हैं तनकर, सरकार क्या नहीं चाहती कि वे खड़े हों तनकर ? कई जगहों पर तो सरकार ने स्वयं हथियार भी बाँटे हैं शोषितों को आत्मरक्षार्थ। अगर यह सही है तो सत्येन से हमारा टकराव क्यों ?”

“इंस्पेक्टर अनिमेष, माइंड इट, यू आर ऑन ड्यूटी।”

“यस सर ! मालूम है, एक पुलिस अफसर हूँ और ड्यूटी पर हूँ और अर्जुन का वैराग्य इस कुरुक्षेत्र में क्षम्य नहीं, न मैं डिसिप्लिन तोड़ने में यकीन रखता हूँ, न कर्तव्य-पालन में, मेरा

रेकॉर्ड देखा जा सकता है। देश के लिए सिर कटाने को भी कहें, मैं तैयार मिलूँगा, लेकिन हम भी हाड़-मांस के पुतले हैं, दिमाग है, सीने में धड़कता दिल है, हमें ब्लाइंड फोर्स की तरह न ट्रीट किया जाए। आखिर पुलिस अफसर भी तो देश का एक नागरिक होता है और नागरिक होने के नाते यह सवाल करने का हक तो मुझे है कि यह तत्परता उस समय क्यों नहीं दिखाई गई, जब सरकार की तय मज़दूरी माँगने पर इन्हें पीटा जा रहा था, जब नए-नए ऐक्टों की आड़ लेकर ठेकेदारों के खरीदे हुए वन-विभाग वाले इनके परंपरागत जीने के अधिकार, इनके जंगल से इन्हें वंचित कर रहे थे, जब इनकी अर्ज़ियों पर अधिकारी कान में तेल डाले पड़े थे।"

"आई कांट टालरेट यू एनी मोर। मुझे मात्र 'हाँ' या 'ना' में जवाब दीजिए आप, हुक्म की तामील करते हैं ?" मैं तड़क उठता हूँ।

"पहले आप बताइए, आप मेरी सूचनाओं के आधार पर पुनर्विचार करते हैं ?"

"सिर्फ 'हाँ' या 'ना' में दीजिए, कहा न ?"

"इस स्थिति के सापेक्ष में मेरा उत्तर है···'ना' !" एक के घहराते गजर के साथ ही सिर पर हथौड़े के प्रहार-सी बरसती है उनकी नकार। हॉल में सन्नाटा है। घड़ी का काँटा 'टिक-टिक' करता आगे सरक गया है।

"मुझे अफसोस है अनिमेष दा, एक सच्चे और ईमानदार अफसर को मैं अब नहीं बचा पाऊँगा।" मैं गहरी साँस लेकर हाथ-पाँव ढील देता हूँ।

खट-खट करती बूटों की धमक, पीछे बँधे हाथ अचानक पलटते हैं, "सच्चाई, ईमानदारी और निर्भीकता की राह पर चलना आप सिखाते हैं, कानून और सदाचार की बातें आप सिखाते हैं हमारी संतानों को, क्या हम पूछ भी नहीं सकते कि उन्हीं सदाचार और कानून की आंड़ लेकर सच्चाई, ईमानदारी और निर्भीकता की राह पर चलने वाली हमारी संतानों का खून हमीं से क्यों कराया जाता है ?"

खामोशी ऐसे छा गई है, जैसे हम इंसान नहीं, पुतले हों, निर्जीव-से। वक्त की हर धड़कन अँधेरे की मौजों पर हिलकोर लेती हुई बियाबानों में फना हो रही है। लटक गए हैं जवानों के सिर, उलटी झुकी हैं बंदूकें। वायरलेस पर सूचना भेजते-भेजते रुक जाता हूँ। आखिरी बार मानवीयता के तहत पूछता हूँ अनिमेष दा से, "क्या आपने फिर से कुछ सोचा ? मेरा खयाल है, आप कुछ ज्यादा ही भावुक हो गए हैं।"

अनिमेष दा सिर ऊपर उठाते हैं, आँखें सुर्ख हैं और छलक पड़ने को बेताब, बोलते हैं रुक-रुककर, "भावुक ही होता तो पत्नी की तरह पागल होकर मर नहीं जाता अब तक ? बेटा मर-मरकर भी ज़िंदा है, और मैं बेहया-सा लाश घसीट रहा हूँ। आपको शायद पता नहीं है··· मेरा सौरभ अगर ज़िंदा होता तो ग्यारह साल पहले चिन्मय जैसा होता···और आज सत्येन जैसा।"

प्रेरणास्त्रोत

नहीं, उसके संबंध में कोई झूठ नहीं। झूठ की कल्पना मात्र ही क्रूर और अश्लील है। आज मुझे बिना कुछ जोड़े-घटाए सारा कुछ सच-सच बयान करने दें। शायद इसी से मेरी तड़पती रूह को कुछ सुकून मिल सके।

उसे सुना भी, देखा भी, जाना भी; पर यह सुनना सुनना नहीं, देखना देखना नहीं और जानना जानना नहीं था। सारा कुछ जैसे चिलमन की ओट में होता रहा, मेरे बिलकुल करीब, बिलकुल बगल में। हम दोनों ही एक-दूसरे के जीवंत अहसासों में तैरते रहे, मगर चिलमन न उसने हटाई, न मैंने; और आज आहटों के शेष होते ही चिलमन को चाक करके देखता हूँ तो सारा मंजर वीरान है।

स्मृतियों का कबाड़खाना भी अजीब होता है। वर्षों-वर्षों चीज़ें पड़ी रहती हैं अँधेरे कोनों में, ज़ंग, जाले, फफूँदी और कबाड़ों की परतों में दबी-ढकी, फिर कोई आप ही की चीज़ को आपके सामने रख देता है तो आप सहसा पहचान नहीं पाते उसे। मैं भी उसे कहाँ पहचान पाया था उस दिन।

वह पूरी ढिठाई से मेरे सामने खड़ी थी। यही पहला मौका था, जब मैं उसे देख सका भर-नज़र ! वक्त की मार से मलिन हो चुकी गोराई, लंबी कद-काठी, भावहीन भरे चेहरे में जड़ी बुझते अंगार-सी आँखें। उम्र चालीस के आसपास। चेहरे पर एक-आध माता के दाग के दंश। मोटे-सोटे देहाती कपड़े, जो रेह में धोते रहने से पीले पड़ रहे थे और अस्त-व्यस्त रूखे बालों के बीच लुप्त होती हुई सिंदूरी रेखा। मुझे वह एक हद तक उजड्ड, फूहड़ और गँवारू लगी थी। कुछ देर तक खड़ी-खड़ी हमारी बातें सुनती रही, फिर धीरे से सामने की मेड़ पर बैठ गई।

मैं भाइयों के साथ आपसी बँटवारे के मसलों में उलझा हुआ था; ज़ाहिर है, उसकी यह हरकत खीझ पैदा कर रही थी मुझमें। जब हमने अपने गाँव के सारे मेहरबानों से हाथ जोड़ लिए थे कि बँटवारा हमारा निजी मामला है, बिलावजह हमारे लिए परेशान न हों। और सच पूछिए तो इसी वजह से लोग दूर-दूर से टोह भले लेते रहे, मगर हस्तक्षेप करने कोई नहीं आया, तो यह औरत भला कहाँ से आ टपकी ? कहीं यह प्रधान, नंबरदार या मिसिर जी की भेदिया तो नहीं ? मैंने बातें बंद कर भाइयों की ओर सशंकित निगाह से देखा तो छोटे भैया उसकी ओर मुखातिब हुए, "क्यों जंगली बहू, कोई काम-वाम है क्या ?"

"नहीं, वैसेई बैठ गई तनिक।" वह तनिक झेंपी, फिर हमारी बेरुखाई को ताड़कर धूल झाड़ती हुई हौले से उठी और सड़क की ओर निकल गई।

जंगली बहू ! यह शब्द अंदर कहीं बुदबुदे-सा उतराया और रहस्यमय रंगों में आकार लेता हुआ

तिरोहित हो गया।

"यह क्या वही जंगली बहू है ?" मैंने अपने मुँह लगे भतीजे विजय से पूछा।

"हाँ, वही···जिस पर आपने कहानी लिखी थी।" विजय की बत्तीसी निकल आई थी।

"लेकिन वह तो···खैर, क्या जंगली अभी भी पंजाब में ही है ?"

"हाँ।"

"इसकी एक बेटी थी न ?"

"उसकी तो कब की शादी हो गई।"

'अरे ! तो पंडित की जायी लड़की चमारों की बिरादरी का अंग बन ही गई।' मैं मन ही मन सोचने लगा। "और पंडित कहाँ है ?"

"ज़मीन बेच-बाचकर आगरे में कहीं···कहानी के वो ठाकुर थे न, वो भी मर गए।"

"अरे···वही जो जंगली बहू के अगवाड़े-पिछवाड़े की ज़मीन पर कब्ज़ा किए हुए थे ?"

"हाँ, और जंगली बहू लौट आई, फिर···एक लड़का भी हुआ। ये सब कहानी में नहीं है।"

कमबख्त हँसते-हँसते ऐसे बोले जा रहा था, जैसे मेरी कहानियों और पात्रों का ठेका ले रखा हो उसने। मैंने उसे तरेरा, "क्या बके जा रहे हो ? मुझे क्या पड़ी थी कि उसी पर कहानी लिखूँ ? अरे, वह तो एक मॉडल-भर थी।"

भतीजे को यह सुनकर काफी निराशा हुई। वह मेरा मुँह ताकने लगा, "लेकिन वह तो उसी को सच माने बैठी है।"

"अरे !" मैं तनिक परेशान हुआ, "मगर यहाँ क्या करने आई थी वह ?"

"अहसान का बदला चुकाने।"

"अहसान ?"

"हाँ, वह यही जानती है कि तुमने उसे दुनिया, जहान-भर में सन्नाम कर दिया।"

"अरे-रे-रे···!"

"बेचारी तो यह सोचकर आई थी कि शहरी आदमी हो, गाँव के छल-छंद क्या जानो, कहीं कोई तुम्हें ठग न ले, इसलिए···लेकिन तुमने तो उसे भगा ही दिया।"

भतीजे की बातों से जंगली बहू के लूगे की रेह झरती है, "तुम उससे दो बातें कर लो कक्का, वह धन्य हो जाएगी।"

"धत्त !" मैं झेंपते हुए डाँटता हूँ।

शाम होने वाली थी। क्षितिज का दक्षिण कोना गर्दीला होता जा रहा था। भाई खलिहान का भूसा-दाना समेटने उठ पड़े। मैं अपने परती पड़े खेतों का जायज़ा लेने के बहाने दक्षिण की ओर।

यूँ तो किसी शहरी के लिए गाँव का उत्तरी-पूर्वी भाग ही हर तरह से लोभनीय है—हरे-भरे बाग, ट्यूबवेल और पंपों से बहता निर्मल पानी, उर्वर धरती पर संभावनाशील फसलें और हँसते-दमकते चेहरे···मगर मेरे खूसट मन को यह हरियाली कभी रास नहीं आई। वह तो दक्षिण बियाबानों की ओर ही भागता है।

पानी के अभाव में दूर-दूर तक फैला ऊसर, रेह के ढूह, कास-कुश, सरपत, पलाश और कँटीले झाड़ों का प्रांतर। इस रूक्षता के बीच छिटके हुए कुछ घरौंदे।

गर्मी की सुनसान दोपहरियों में धू-धू कर दहकता रहता है यह इलाका। बीच-बीच में रेह के बगूले उठते रहते हैं—कभी यहाँ, कभी वहाँ। दद्दा कहते, "यह भूत-परेतों की सेना है, उधर मत जाना।"

"कहाँ के भूत हैं दद्दा ?"

"विलायत के···" दद्दा मानो तपती रेत में भुन उठते, "अरे, इस बियाबान में ज़िंदा रह जाना ही अचरज है।" दद्दा कहते-कहते रुक जाते और बगूलों की ओर इशारा करते। बगूले कभी-कभी बियाबान के बुदबुदे-से वहीं तिरोहित हो जाते, कभी दूसरे बगूलों से टकराकर छिन्न-छिन्न हो जाते, पर कभी चक्राकार परिधि विस्तार करते हुए पोखर के किनारे के बूढ़े पाकड़ तक आ जाते। दद्दा यही देख रहे होते। अब वहीं पड़ाव पड़ गया है। पानी है, छाँह है।

"रात-भर वहीं रहेंगे ?"

"जब तक मन लगा, वहीं रहेंगे, फिर किसी और मुकाम को चले जाएँगे।"

और मुझे दद्दा के मज़बूत हाड़ों-सी उभरी पाकड़ की जड़ें, शिराओं के जाल-सी फैली रोहें, शाख-शाख और पात-पात तिलिस्मी हो उठते।

"लेकिन हमारे खेत ज़्यादातर इसी ओर क्यों हैं दद्दा ?" दद्दा कत्ते को नचाते हुए बाघ की डोर लंबी करते जाते, मगर बातों को कभी ज़्यादा खिंचने न देते। बियाबान में फिर एक धूल का फव्वारा वहाँ उठा था, एक दद्दा के अंदर। बोले, "जब हाँका पड़ता है तो कमज़ोर जानवर जान बचाने के चक्कर में पानी और आग तक में फाट पड़ते हैं, यह तो फिर भी ऊसर है।" मैं उदास हो गया था यह सुनकर।

दद्दा की दो ही मुद्राएँ हैं, एक तो बाघ के कत्ते नचाते हुए अंदर कुछ उधेड़ते रहना, दूसरी, मशक्कत से जुटाए गए तेल को अपनी गंजी चाँद में न लगाकर अपनी सदा की संगिनी लाठी में सोखवाना। आखिर एक दिन दद्दा भी मरकर बवंडरों में तब्दील हो गए। बगूले उठते रहे, टकराकर टूटते-विसर्जित होते रहे। मेरे दोनों भइयों की नियति भी यही थी और मेरी खुद की···? मैं इनसे असहमति जताते हुए, पर असहाय पतंग-सा शहर में उड़ रहा था, जिसकी डोर अभी भी गाँव में ही कहीं उलझी रह गई थी। गाँव आता-जाता रहा। इसी क्रम में कभी ठाकुर की धौंस के आगे घुटने न टेकने वाली जंगली बहू को देखा था। मुझे उसका जंगली बिल्ला-सा पूँछ ऐंठता, गुर्राता रौद्र रूप आज तक याद है। शरारा-सा चमकता जंगली बहू का वही तेवर मेरी कहानी का बीज बन गया। इस बीज की बदौलत मैं उम्मीद करता रहा कि एक दिन ये बगूले मिलकर किसी बड़ी आँधी की शक्ल अख्तियार कर इन पुराने खोंढ़राए बरगद, पीपल और पाकड़ के दरख्तों को उखाड़कर मेड़ों पर रख देंगे। उनके साए में घुटते बेशुमार पौधों को आसमान खुल जाएगा, सात परदों में रहने वालों की धोतियाँ बगुले के परों-सी आसमान में उड़ती नज़र आएँगी और वे नंगे होकर उसे पकड़ने को दौड़ेंगे। मगर यह खयाली पुलाव था। मैं निराश होकर शहर आ गया ? जंगली बहू भी विस्मृति के जंगल में खोते-खोते खो गई।

गाँव में धूल-भरे बगूले थे, तो शहर में मरीचिका। जहाँ पानी मिला भी, देखते-देखते सूख गया। अब पस्त होने लगा हूँ। गाँव का वह ऊसर अंदर तक पसरता चला गया है। कहीं कुछ बदला नहीं जैसे। कभी-कभी सोचता हूँ, यह जीवन तो व्यर्थ ही गया। काश, इसे फिर से शुरू किया जा सकता ! पर आशा-निराशा की लुका-छिपी में एक बात है, जो जीवन के साथ ही जाएगी। वह है विरासत में मिली दद्दा के सूखे कंठ पर जमी वर्षों-वर्षों की पुरानी प्यास, जो मुझे शहर में भी भटकाती रहती है और गाँव के इन बियाबानों में भी।

आकाश में कोई गड़गड़ाहट गूँजी और इसके साथ ही फिज़ा मोरों के पेहाँक-पेहाँक की आवाज़ों से गुलज़ार हो गई। अपने आप में खोए मुझे मौसम का खयाल ही न रहा। घटा आधे आकाश को निगल चुकी थी और बाकी आधे की ओर तेज़ी से बढ़ी आ रही थी। मुझे दद्दा के बगूले की टोह लिए बिना ही सड़क पर लौटना पड़ा। पर सड़क के कूबड़ पर पाँव अनायास ही ठमकने लगे।

पहले यहाँ कास-कुश, सरपतों के बीच कोढ़ के चकत्तों-से फैले ऊसर का साम्राज्य हुआ करता था, अब वन-विभाग की मेहरबानी से सड़क के दोनों किनारे करील के कुंजों से ढक गए हैं। सड़क के उत्तर की बगिया में कित्ते पेड़ हुआ करते थे कभी। अब पुराने पेड़ों के कट जाने से काफी जगह खाली पड़ गई है। लेकिन नहीं...यह सारी हरियाली कहीं और संकेंद्रित हो गई है—वहाँ...आम की नई कलमों के कुंज पर। कोई पनडुब्बक बोल रहा है वहाँ...नहीं, पनडुब्बक नहीं, डीज़ल पंपिंग सेट की पुक-पुक है। जगह जितनी भी बदल गई हो, मैं आँखें मूँदकर भी पंद्रह साल पीछे का नज़ारा देख सकता हूँ—एक बँसवारी, एक नीम का पेड़, नीम के पेड़ की एक फैली डाल। डाल पर कभी-कभार बैठा हुआ कोई मोर, जिसकी लंबी पूँछ खपड़ैल के आँगन में झूलती हुई। खपड़ैल से सटा एक फूस का ओसारा, सामने फूस की मड़इया में बैठे या खड़े दो नटुआ देसी बैल और नीम के तने से सटाकर खड़े किए गए हल-जूए...अब लगता है, कभी का देखा हुआ सपना था।

खुली आँखों के नज़ारे में उस कुंज के सिवा वहाँ कुछ भी नज़र नहीं आता। जैसे बचपन में ढोरों को किसी साए में बिठाकर पानी पीने गया होऊँ और लौटने पर वे वहाँ न मिलें। कहाँ गए होंगे ? मैं दूर-दूर तक उनकी टोह लेता हूँ। अरे, छप्पर तो मेरे बिलकुल सीध में करील की आड़ में आ गया है, और उसके साथ-साथ एक छोटी नीम और एक नई बँसवारी भी... मानो भगा दिए गए हों वहाँ से। पर सब भाग नहीं पाए। बखरी बूढ़ी गाय-सी वहीं ढेर हो गई होगी, मगर बैल, हल और जूआ...? यहाँ तो सिर्फ एक इक्का उतान खड़ा दिख रहा है। भूगोल तो बिलकुल बदल गया है, मगर इतिहास...?

मेरे वजूद के दो हिस्से हो गए हैं—एक सड़क पर रेंग रहा है, एक अपनी स्मृतियों और कहानी के पन्नों पर। सहसा, जैसे दोनों की संधि पर कोई पाँव रखकर खड़ा हो गया हो। नज़र नीचे से ऊपर फैलती है। अरे, यह तो जंगली बहू है। उपले चुनते हुए अपनी भौंरी आँखों से मुझे ही ताके जा रही है।

वह हौले से मुस्कराई। लगा, उसकी सारी मुद्रा स्नेहिल मुस्कान से मसृण हो आई है। मेरी

चोरी पकड़ी गई थी। मैं हड़बड़ाकर कदमों को तेज़ करता हुआ आगे बढ़ गया और खुद को कोसने लगा—भतीजे को तुम डाँटकर चुप करा सकते थे, लेकिन खुद को··· ? आखिर अवचेतन की कुंठा तुम्हें खींच ही ले आई न ! अरे मियाँ, हद से हद तुम यही दावा कर सकते हो कि तुमने उस औरत पर कहानी लिखी थी, मगर वह उसमें थी ही कितनी ? बस, एक ढाँचा-भर ही तो था उसका। बचपन की कुछ यादें थीं, कुछ घटनाएँ, कुछ चित्र, मगर बाकी तो दूसरे ही तत्त्व थे। औरत कुछ तेलंगाना से, कुछ नक्सलबाड़ी, भोजपुर और अन्य मुक्तिकामी आंदोलनों से रची गई थी, जिन्हें उसने सुना भी नहीं होगा, देखने की कौन कहे। अन्याय का मुखर प्रतिकार करने वाली कहानी की जंगली बहू कितनी मिलिटैंट थी और यह बेचारी कितनी भोली और निश्छल ! अरे, कुछ तो शर्म करते, अब वह जवान भी नहीं, प्रौढ़ा हो चुकी है।

आगे बढ़ते ही बूँदाबाँदी शुरू हो गई थी। आगे कोस-भर तक कोई बचाव का ठाँव नहीं; जो था, पीछे था। मगर एक झिझक थी, मैं उस रास्ते लौट नहीं सकता था। काफी लंबा चक्कर काटकर मैं घर पहुँचा तो पूरी तरह से भीगकर लथपथ हो चुका था।

भाभी ने टुहुँका, "भीगने की क्या ज़रूरत थी, वहीं जंगली बहू का घर तो था। एक साँझ और रुक गए होते, एक कहानी और गढ़ ली होती।"

"वो-वो, मैं वहाँ थोड़े न गया था !"

भतीजा अपनी हँसी रोकने के लिए दालान से बाहर भागा। मैं खिसियाकर रह गया।

अमूमन मॉडल के रूप में किसी को लेने पर मैं नाम-वाम बदल दिया करता हूँ, सिर्फ यहीं एक भूल हो गई। एक तो उस जैसी अनपढ़ गँवार को इस बात का पता चलने की गुंजाइश ही नहीं थी; दूसरे सोचा, पता चल भी गया तो वह मेरा क्या बिगाड़ लेगी। कोई ठाकुर-ठकार तो थी नहीं। लेकिन अब लगता है, अच्छा नहीं किया मैंने। मेरे बाएँ पाँव का दर्द फिर भड़क आया।

रात को भतीजे ने गरम तेल की मालिश करनी शुरू की तो मैंने उससे पूछा, "अच्छा, एक बात तो बताओ, मैंने उस पर कहानी लिखी है, यह बात उसे मालूम कैसे हुई ?"

भतीजे के हाथ शिथिल पड़ने लगे।

"तुमने बताई थी ?"

"हाँ।" वह सहमते हुए बोला।

"पढ़कर सुनाई थी ?"

"हाँ।"

"क्यों, तुमने तो बताया था कि उसका एक लड़का भी है।"

"उसने पढ़ाई बीच में ही छोड़ दी। इक्के चलाता है।"

मेरे दिमाग में उतान पड़े इक्के का चित्र झलमलाया। पृष्ठभूमि में कभी के देखे हुए दो देसी बैल, हल और जूए बदरंग फासिल-से उभरे। किसान से मजूर बनकर दूसरों की गुलामी स्वीकार नहीं थी जंगली बहू को। इक्का शायद उसी का विकल्प था और स्वाभिमानिनी जंगली बहू ने जोत दिया अपने लड़के को···

"उम्र क्या होगी ?"

"मुश्किल से ग्यारह साल ही तो··· पर जानते हैं काका, उसने उसका नाम क्या रखा है—'मृत्युंजय'—वही नाम जो आपको प्रिय हुआ करता था। कहानी में अगर जंगली बहू को लड़का हुआ होता तो यही नाम रखते न आप ?"

"यह भी तुम्हीं ने बताया होगा उसे ?"

"हाँ !"

मैं चुप हो गया। भतीजे को लगा, मैं इस बात से खुश नहीं हुआ।

"कहीं कुछ गलत हो गया काका ?"

"दस-ग्यारह साल के लड़के की पढ़ाई छुड़वाकर उसे इक्के में जोत दिया और अभी पूछते हो, गलत क्या हुआ ?"

अगली बार गाँव के बस-पड़ाव पर उतरा तो मेरी नज़रें किसी परिचित चेहरे का अक्स ढूँढ़ने लगी थीं। इक्के वालों ने मुझे घेर लिया, "कहाँ जाना है साहब ?" मैंने एक-एक के चेहरे पर निगाह जमाई। बूढ़ों, प्रौढ़ों, जवानों को छाँटा। फिर किशोर उम्र वालों को परखा—पिछले साल दस-ग्यारह का रहा होगा तो इस साल हद से हद बारह का होगा। चेहरा जंगली पर गया होगा या जंगली बहू पर···? किसी और पर गया हो तो···? मेरे मन में आग-सी जलने लगी। इस सवाल से कतराते हुए मैं आते-जाते हर इक्के वाले को देखने लगा। समय बीतता जा रहा था, चौराहा खाली पड़ता जा रहा था।

"किसी खास इक्के वाले को ढूँढ़ रहे हैं क्या ?" एक इक्के वाला मेरी बेसब्री को ताड़ते हुए पास आया।

"हाँ, अपने गाँव का वो जंगली का लड़का है न मृत्युंजय।"

"अरे वो मिरतुआऽऽऽ···तब तो आइ चुका साहेब ?" इक्के वाले ने हँसते हुए अन्य इक्के और रिक्शे वालों को भी बुला लिया।

"क्यों ?" मैं पहले ही अपने नाम की किरकिरी पर कुढ़ा हुआ था—मृत्युंजय से मिरतुआ !

"अरे ऊ तो बुढ़ाई बखत फिर से पढ़ने गया है। इक्का हाँकेगा वो ?"

"ससुर पढ़-लिखकर गवन्नर बनेगा जैसे !" एक दूसरे इक्के वाले ने कहा और सब ठठाकर हँस पड़े।

"क्या ?" उनकी तेज़ाबी हँसी के बावजूद दूर कहीं जलतरंग बज उठा था जैसे।

"अरे कोई नहीं, ओकर माई भी बुढ़ाई की बेला में पिरौढ़ पाठशाला में पढ़ने जाइ रही है।" इक्के वाले ने रास्ते में मुझे बताया। यह मुझे चकित कर देने वाली दूसरी सूचना थी।

घर आया तो मेरी खुशी छुपाए नहीं छुप रही थी। भाभी ने मुस्कराते हुए पूछा, "क्या बात है लल्ला, कोई लॉटरी-वॉटरी निकल आई क्या ?"

"लॉटरी तो मैं लगाता ही नहीं, भाभी !"

"तब कोई फिल्म बन रही होगी तुमरी···अरे हाँ, वो तुमरी हिरोइन है न, तुमको पूछ रही थी।"

"हिरोइन···?"

"हुँह, जैसे जानते-ई नहीं !···अरे, वो जंगली बहू···"

"मुझे ?"

"हाँ, वो बिस्स बंक की टिबिल गड़ रही है न, सो उसके अपरेटर के लिए अपने किसी आदमी की सिफारिश की खातिर।"

"तो इसमें भला मैं क्या कर सकता हूँ। प्रधान से कहती।"

"परधान के खिलाफ ही तो···वो हरिजन कोटे को गुड्डपकर किसी अपने आदमी को अपरेटरी दिवाय रहे हैं।"

"लेकिन···"

"लेकिन-सेकिन तुम जानो लल्ला ! ऊ तो कहती थी कि लेखक हो, तुमरे कहने से ये अनियाव नहीं होइ पाएगा।"

कुछ देर पहले मन के ऊसर पर जो फुहार पड़ी थी, वह झल्लाहट की उमस में ढल गई। कुछ समझती भी है यह औरत ? समाज में एक लेखक की औकात क्या है—खाक ! कहने से कोई फर्क पड़ने वाला नहीं। यहाँ तो सिर्फ और सिर्फ सामूहिक प्रतिरोध ही कारगर हो सकता है—एकता, संगठन, पार्टी···जबकि यहाँ···

उस औरत ने अच्छी साँसत में डाल दिया था मुझे। सीधे-सीधे 'ना' भी नहीं कर सकता था, मन कहता—'यह तो तुम्हारा ही भूत है, भुगतो इसे।' तर्क कहता—'शहर में रहकर गाँव में संगठन के 'क-ख' से शुरू कर, एक लंबी लड़ाई लड़ना तुम्हारे वश का रोग नहीं है, भावुक मत बनो। यह काम पार्टी का है। हद से हद तुम उन्हें और ज़िलाधीश को फोन करके आवेदन-निवेदन ही कर सकते हो।' तर्क से राहत मिली।

पार्टी वालों को मैंने कह दिया था, रहे डी०एम०, तो वे छुट्टी पर थे और जैसे मुझे छूत छुड़ाने का बहाना मिल गया।

वह तो भतीजा बीच में भाभी का इलाज कराने शहर आया तो उसी ने बताया कि प्रधान के ही आदमी की बहाली हुई है, ऑपरेटर के पद पर। वह गरीबों, हरिजनों और पिछड़ों को पानी देता नहीं, उसी का क्लासफेलो है, पर है गुंडा। सुनकर मन उदास हो गया। मैं अपने मन के भावों को छुपाने के लिए उठकर बरामदे में आ गया तो भाभी को उसे कोसते हुए सुना, "तुझे और कोई बात नहीं करनी थी ! ऊँट जैसा हो गया और अकल रत्ती-भर नहीं। अब ये इस बार गाँव नहीं जाएँगे।"

"क्यों ?" भतीजा पूछ रहा था।

"अरे, जंगली बहू ने सिफारिश करने को कहा था। अब क्या सोचती होगी, यही सोच सालती रहेगी इन्हें।"

"अरे नहीं अम्मा, कक्का को तो वो अभी भी देवता ही मानती है। कहती थी कि ऐसा

तो हो ही नहीं सकता कि उन्होंने विरोध किया ही न हो। ट्यूबवेल की ऑपरेटरी से ही प्रलय नहीं आ गया, आज हारे हैं तो कल जीतेंगे···कक्का, ओ कक्का···!" वह मुझे पुकारते हुए बाहर आया, मगर मैंने उसे आगे कुछ कहने से रोक दिया, "मैं डॉक्टर के पास जा रहा हूँ, तू भाभी को तैयार कर तब तक।" जैसे जंगली बहू का प्रकरण मेरे लिए कोई अहमियत नहीं रखता, लेकिन मन ही मन मैं एक अनजाने दबाव से खुद को मुक्त महसूस कर रहा था। बाहर निकला तो जैसे जंगली बहू मेरे आगे-आगे चल रही थी–वही आत्मविश्वास-भरे वजनी कदम, शून्य से भी खींचकर खुद को दिलासा दे लेने का वही तेवर। पर यह चरित्र तो मेरी कहानी की नायिका का था–मेरा गढ़ा हुआ चरित्र, यह खूबी इस जंगली बहू में कब और कैसे आ गई।

दुनियावी भीड़ और भरम में कभी जंगली बहू आगे-आगे चलती हुई दिखती तो कभी पीछे-पीछे, कभी समानांतर साथ-साथ तो कभी गुम भी हो जाती। मगर किसी न किसी बहाने उसका अहसास मुझे ज़्यादा ही घेरता चला गया। मन में उसको लेकर ढेरों सवाल उठते, कभी दिल खोलकर बात करने की इच्छा भी ज़ोर मारती, मगर सामने आते ही मन जाने कैसा ठुस्स हो जाता।

वह गाँव के चौराहे पर आई थी, शायद कोई सामान लेने और चाय-पान की दुकानों पर गँवई राजनीति में डूबे लोगों को ज़ायका बदलने का मौका मिल गया था।

"अरे जंगली बहू, पंजाब से अपने मंसेधू को बुला लो अब।" पुल्ली पांडे ने अखबार लहराते हुए कहा।

"क्यों, उसका खर्चा आप चलाओगे ? खेत-खेतार, अगवाड़ा-पिछवाड़ कब्जिया ही लिए, मजूरी-धतूरी कायदे से करने दोगे नहीं, एक इक्का था, सो उतान पड़ा है। खुदई और मिरतुआ दोनों ही इसटूडेंट हैं···" झिन्नूसिंह ने तेज़ाबी चाशनी में उसे बदरंग करने में कोई कोताही नहीं बरती थी।

"सो तो समझा, लेकिन पंजाब में रोज़ आदमी कत्ल किए जा रहे हैं। अभी आज ही देखो, अखबार में बाईस आदमी मारे जाने की खबर छपी है, दस भैया लोग हैं।" खन्नू यादव ने आखिरी वाक्य पर कुछ ज़्यादा ही ज़ोर देकर उसे प्रभावशाली बनाया, तो हरवंश लाल को लगा, इस दौड़ में वही पीछे रह गए। बोले, "अरे वो खुदई पढ़ी-लिखी है, अखबार पढ़ सकती है।"

"तो बुला काहे नहीं लेती उसे, अभी ऐसी ढली भी तो नहीं कि···" पुल्ली पांडे ने दोबारा कहा तो बिल्ली की तरह ऐंठकर सामने आ खड़ी हुई जंगली बहू, "बहुत दरद हो रहा है न हमरी खातिर ? च्च ! च्च !! यहाँ तुम ज़िंदा ही रहने देते तो वहाँ काहे को मरने जाते हम ?"

पान की दुकान की ओट से मैंने यह सारा वाकया देखा-सुना। मुझे दद्दा की बात याद हो आई–जब हाँका पड़ता है तो कमज़ोर जानवर भी जान बचाने के चक्कर में पानी और आग तक में फाट पड़ते हैं, यह तो फिर भी···

उसके जाते ही पराजित योद्धा धूल झाड़कर फिर से खड़े होने लगे थे।

"अघा गए न ?" झिन्नूसिंह ने कहा, "ऐसे ही एलेक्शन नहीं लड़ रही है वो।"

"तो तुम्हारी काहे फट रही है ?" पुल्ली पांडे ने टुहुँका।

"फटे तुम्हारी, मैं तो सदा से चाहता आया हूँ कि गरीब और हरिजन भाई लोग आगे आएँ।" शायद झिन्नूसिंह ने मुझे आता देख लिया था।

"शाबास मेरा वी० पी०…" पुल्ली पांडे ने कहा, "लेकिन वो हरिजन 'भाई' नहीं, 'बहन' है।"

"बहन हो तुम्हारी स्साले, मेरी तो…" झिन्नूसिंह दबी ज़बान से गुर्राए, फिर मुझे सामने पाकर मुद्रा बदलकर बोले, "अरे आओ भैया…हमारे गाँव की तुम्हीं तो एक नाक हो…"

"इनकी एक नाम और भी है, जंगली बहू !" रुन्नू यादव ने कहा तो पुल्ली और हरवंश ठहाके मारकर हँस पड़े।

झिन्नूसिंह ने उन्हें तरेरा, "चुप बे चरवाही, भिखमंगई और मुंसीगिरी के जाति के घृणित दायरे से ऊपर उठकर देखो, तब तुम्हें पता चलेगा, क्या है जंगली बहू। लेकिन भई वाह, क्या कैरैक्टर है ! आप इस पर कहानी क्यों नहीं लिखते ?"

फिर तो चारों तरफ से उसकी प्रशंसा के पुल बाँधे जाने लगे। कुछ ने मेरी पिछली कहानियों की चर्चा की, कुछ ने 'आगे क्या लिख रहे हैं ?' जानना चाहा। कुछ ने टी०वी० सीरियल और फिल्मों के बारे में पूछा, कुछ ने इनामों-इकरामों के बारे में। ये गाँव के मेरे पाठक मित्र थे। भावुक इतने कि सुभाष और भगतसिंह का नाम लेते ही श्रद्धा से गद्‌गद, पर कमज़ोर इतने कि ढलान पर पाँव नहीं टिक पाते थे इनके। जिन दिनों मैं कलम की नोक से क्रांति करने के जुनून में था, पाठकों की ऐसी पौधशालाएँ सजा-सजाकर, यदा-कदा जल छिड़ककर, आतुर बच्चे-सा रोज़ प्रतीक्षा किया करता, कल्ले फूटेंगे इनसे अब…पर मौसम पर मेरा नियंत्रण कहाँ…? उनकी बातचीत में मन रमा नहीं और मैं उनसे पल्ला छुड़ाकर भाग आया वहाँ से। इन भरी स्लेटों पर कोई भी लकीर बेअसर होकर रह जाने वाली थी। कोरी स्लेट तो बस एक ही थी—जंगली बहू।

पर कुछ दिन बाद मुझे अपनी खुशफहमी में संशोधन करना पड़ा। हरिजन और महिला के सम्मिलित कोटे के रूप में पंचायत का चुनाव जीत गई थी जंगली बहू। जंगली बहू की हर खबर को पहुँचाने वाले भतीजे को मैंने पकड़ा, "क्यों 'तेलीफूँक', यह मैं क्या सुन रहा हूँ ?"

तेलीफूँक की हँसी डायल-सी घनघनाई, "यह सब तुम्हारी कहानी का प्रताप है कक्का ! कहाँ वह एक मामूली गरीब औरत थी, जाति के हिसाब से भी…वही, और कहाँ अब ?"

"हूँ…!" मैं चुपचाप चलता रहा।

"क्यों, आप खुश नहीं हैं क्या उसकी जीत से ?"

"इसमें खुश होने की क्या बात है ?"

भतीजे का चेहरा यह सुनकर फक्क हो गया। मैंने धीरे-धीरे उसे समझाना शुरू किया, "यहीं सब गिरते हैं आ-आकर विजय !"

"आप इसे गिरना कहते हैं ?"

"उत्तेजित न हो। गिरना इसलिए है कि पंचायत में तो कर-वर पाएगी नहीं कुछ, हाँ, लूटने-खाने वाले गिरोह की सदस्या ज़रूर बन जाएगी। उलटे वे उसकी मुहर लगाकर अपना

कॉलर हिलाते फिरेंगे। वही कोटा, वही परमिट, वही सारे विकास के छद्म। खाद बड़ों के खेत में जाएगी, चीनी उन्हीं के घर, खड़ंजे उन्हीं की गलियों में बिछेंगे। मैंने कहा न, बहादुर हो पाना बहुत कठिन है विजय !"

भतीजा अवाक् होकर देखता रहा मुझे।

सुबह वह इलाहाबाद चला गया एडमीशन के सिलसिले में। लौटा पंद्रह दिन बाद। मैं उसी के चलते रुका पड़ा था। दूसरे दिन लौटने लगा तो वह बदहवास-सा भागता आया, "कक्का ! कक्का !!"

"अरे, बोलता क्यों नहीं ?"

"तुम एक बार पाकड़ के पेड़ तक चलो न !"

"क्यों, वहाँ फिर कोई प्रेतों की सेना उतरी है ?"

"ऐसा-ई समझ लो !" और मैं उसके पीछे लग गया। मैंने दूर से देखा, पाकड़ के छितनार पेड़ की उभरी हुई जड़ पर जंगली बहू अनमने भाव से बैठी हुई थी। सर झुका हुआ था, हाथ तिनके तोड़ते हुए ! ठीक दद्दा की मुद्रा—कत्ते से डोरी बुनते हुए, अंदर कुछ उधेड़ते हुए।

सहसा एक सवाल संशय के विवर से साँप की तरह सरसराया—'ऐसे में किसी ने देख लिया तो···?' और मैं हड़बड़ाकर उलटे पाँव लौट पड़ा। भतीजे से पूछा, "तुम यहाँ मुझे क्या दिखाने ले आए थे ?"

"उसे ही···वह ग्राम पंचायत की मीटिंग में जाने को निकली थी, लेकिन अब दुविधा में पड़ गई है। सोचा था, तुम समझाओगे तो किंचित् मान जाएगी।"

"क्या ?" मैंने चौंककर देखा उसे, "तो तूने उस दिन ग्राम पंचायत की व्यर्थता वाली बात भी पहुँचा ही दी न !"

"मैं क्या जानता था कि···!" वह अनुतप्त भाव से हकला रहा था।

"देख विजय !" अटपटी खीझ में मेरे शब्द-शब्द तड़क रहे थे, "एक बात कान खोलकर सुन ले; खबरदार, तो आज के बाद फिर कभी मेरे सामने जंगली बहू का नाम लिया !"

बाद में शहर आने के बाद मैंने अपनी उत्तेजना पर गौर किया तो मुझे अफसोस हुआ। हाय, यह मैंने क्या किया।

मेरी यह कचोट बनी ही रहती, अगर गाँव के किसी आदमी ने यह नहीं बताया होता कि आपसे किसने कहा कि जंगली बहू ने ग्राम पंचायत का बहिष्कार किया। वह तो हर मीटिंग, हर काम में साथ रहती है, अलबत्ता उस मुँहदूबर बेचारी की चलती नहीं बड़कवों के बीच में।

मेरा मन एक अनजाने अपमान-बोध से तिलमिलाया—तो उस दिन उसका दुविधाग्रस्त होना महज एक स्वाँग था ! वह तो शुरू से ही चाहती थी यही सब। अब भुगतो। यही होना था, यही हुआ। बहादुर होना बड़ा कठिन है। बड़कवों के बीच उसकी एक न चलने की बात पर कोई कमीनी तृप्ति भी मिली।

पर जंगली बहू तो जंगली लता थी। मेरी लाख बेमुरौवती के बावजूद मन के ऊसर को ढकती ही चली गई। सीधे आने के रास्ते बंद होते तो सपनों में आती। उम्र के कई-कई वर्ष

पीछे लौटकर समय के अंतराल के पार से कुहुकती—'तुम ऐसी काँकर-पाथर भाखा में काहें लिखते हो कि मेरी जैसी के पल्ले ही न पड़े !' मैं उससे नज़रें चुराने लगता तो नज़रों के ऐन सामने आकर खड़ी हो जाती। फिर बड़ी ढिठाई से मेरी कहानी 'जंगली बहू' के एक-एक रंग, एक-एक नक्श गहनों की तरह उतार-उतारकर धारण करती हुई पूछती—'देखो, अब मैं तुम्हारी कहानी वाली जैसी हो गई न ?...अभी नहीं ?' फिर उससे कुछ और उतारकर सजा लेती खुद को—'अब...?' देखते ही देखते पूरी तरह मेरी कहानी की नायिका में ढलकर पूछती—'और कोई कसर बची हो तो वह भी बोल दो...हाँ, याद आया। तुमने कहा था कि बहादुर हो पाना बड़ा ही कठिन है। क्या सच ?' पानी के स्रोत-सी बुलबुलाती उसकी जवान हँसी—'कोच्छ कठिन नहीं, मन में ठान लेने-भर की देर है, बस !'

ऐसे में रातों को चौंक-चौंककर उठ बैठता। यह तो अजीब आफत थी ! इस बला से मुक्ति पाने का उपाय क्या है—गाँव ? और इस बार मुझे फिर गाँव आना पड़ा। हालाँकि प्रकटतः मैं ऊसर में ट्यूबवेल गड़वाले का बहाना लेकर आया था, पर स्नायविक तनाव से मेरा बायाँ पाँव बुरी तरह टीस रहा था। भतीजा चुपचाप पाँव दबाए जा रहा था। भाइयों में कोई सहमति नहीं बन पाई थी।

"देह में ताकत नहीं क्या, ज़ोर से दबा न !" मैं उस पर बिगड़ पड़ा अनायास ही।

मुझे उसकी चुप्पी पर काफी गुस्सा आ रहा था। कहाँ तो कमबख्त तेलीफूँक देश, ज़हान-भर की खबरें बटोरे रहता मेरे लिए, कहाँ आज उसकी बकार नहीं फूट रही थी। मेरे डाँटने पर भी जब कोई प्रतिक्रिया न हुई उस पर तो नरम पड़ा।

"क्या बात है तेलीफूँक, तुम्हारे तार-वार ठीक-ठाक तो हैं ?"

"क्यों, क्या बात है कक्का ?" इस बार उसने हाथ रोककर देखा मुझे।

"डायल टोन नहीं आ रहा है। गाँव-जवार में सब ठीक-ठाक तो है ?"

"आप खुद ही जान जाएँगे।"

"तुम नहीं बताओगे ?"

भतीजे ने कनखी से मुझे एक बार ताककर सिर झुका लिया, "आप बुरा मान जाते हैं।"

"अरे नहीं, वह तो गुस्से में बोल गया था। तुम बोलो तो।"

"क्या बोलें कक्का ! कल ही अपनी बोरिंग होने वाली है और कल ही पानी के मुद्दे पर जंगली बहू का डी० एम० के सामने प्रदर्शन भी पंचायतघर पर।"

'ओऽऽऽ ! तो इस मोड़ पर आ गई है कहानी ! इस मोड़ पर तो मुझे जंगली बहू के पास होना ही चाहिए।' मैं सोच में पड़ गया।

सुबह निबटान के बहाने दक्षिण की ओर गया, मगर करील के झूलते परदे के पीछे कोई होता तब न। घर आकर विजय को मृत्युंजय को साथ लेकर पार्टी-ऑफिस जाने को कहा और वह लौट भी आया, मगर न जंगली बहू दिखाई पड़ी, न पार्टी वाले।

दस बजते-बजते लगा, धूल का कोई बगूला दक्षिण से उठकर पूरब-उत्तर की ओर बढ़ रहा है। हाँ, यह जंगली बहू ही थी—प्रौढ़ाओं, वृद्धाओं और किशोरियों का तीस-एक का जत्था।

सड़क के चौराहे से लेकर दुकानों, फसलों, झाड़ियों के पीछे सर ही सर थे। घूँघट वाली औरतें तक हुलक रही थीं यह अजूबा देखने को। मैं हर दल की ओर खुश्क हलक लिए भटक रहा था, पर ठीक-ठीक पता नहीं चल पा रहा था कि वे किधर हैं। मरदूद पार्टी वाले जाने कहाँ मर गए थे। संगठन तक नहीं बना पाए गाँव में। तभी दो मोटर साइकिलें फट-फट करती आकर रुकीं—झिन्नू और रिन्नू ! डूबते को तिनके का सहारा ! मैंने दोनों के कंधों पर अपने दोनों थके हाथ रख दिए, "आपको किस तरफ होना चाहिए आज ?"

"देखिए, आत्मा तो जंगली बहू के ही साथ है।" झिन्नू ने कुछ सोचते हुए कहा।

"और शरीर···?"

"आपसे वर्ण-वर्गविहीन समाज पर लंबी बात करेंगे। बस आज ज़रा···"

"क्यों, आज क्यों नहीं ?"

"डर है कि कहीं ताव आ गया तो बंदूक उठा के सबको भून देंगे।"

पुल्ली पांडे इधर ही आ रहे थे। "अरे पुल्ली !" किसी ने पांडे को पुकारा, "इस लछमीना किरोती पारटी में तिउराइन डंडा से टटोल-टटोलकर कहाँ आ गई ?"

झिन्नू ने पुल्ली की ओर देखा, "क्या पांडे···?"

पुल्ली की आँखें बिल्ली-सी घूर रही थीं। बोले, "तिउराइन ही नहीं, तुम्हारी काकी भी लाठी टेकते चली आ रही है। लिखा-पढ़ी का काम होशियारी से करना चाहिए।"

"ठीक है, उनकी लाश को भी चमार ही कंधे देंगे।"

मोटर साइकिलें स्टार्ट हुईं और आगे बढ़ गईं। मैं अकेला रह गया।

औरतों का जत्था पंचायतघर तक आ गया था। जंगली बहू ने तिउराइन और झिन्नू की काकी को हाथ पकड़कर बैठाया। एक प्रौढ़ा ने सकुचाती खीं-खीं करती किशोरियों को डाँटा तो वे भी सर झुकाकर पंचायतघर के दूसरी ओर गौरैयों-सी भरभराकर बैठ गईं।

प्रधान और सरपंच का दल अब नमूदार हुआ था। वे सिंह की तरह इधर-उधर ताकते हुए सबके सलाम कबूलते बढ़े आ रहे थे। पीछे-पीछे बीस-बाईस लाठी और बंदूकधारी सतर्क निगाह से दूर-दूर तक का जायज़ा लेते चल रहे थे।

पंचायतघर का दरवाज़ा चर्र-से खुला। प्रधान ने प्यार से झिड़का, "क्या बात है जंगलिया बहू, तमाशा करके ही मानेगी ?"

"हम गरीब-गुरबा का तमाशा करेंगे बाबू साहेब, हम तो जिलाधीस से सिर्फ फरियाद करेंगे और चले जाएँगे।" जंगली बहू का स्वर निर्विकार था।

"अरे तो का परधान और दूसरे लोग मर गए थे कि सीधे ज़िलाधीश के पास जाइ रही हो ?" मिसिर जी ने तमककर कहा।

जंगली बहू ने कोई जवाब न दिया।

"तुम तो ग्रामसभा की मेंबर हो। अगर कोई शिकायत थी तो वहीं नहीं बोल सकती थीं ?" सरपंच ने समझाना चाहा।

जंगली बहू फिर भी चुप्पी मारे रही।

"तुम्हारे इसी झगड़ालू चरित्तर के चलते जंगलिया भागा रहता है।"

जंगली बहू का चेहरा तमतमा आया, होंठ फड़के, मगर वह इस बार भी ज़ब्त कर गई।

"देखिए, आप लोग भी सुन लीजिए, पीछे मुझे दोष मत दीजिएगा। हमने गाँव की खातिर ज़िले और राजधानी से लड़-लड़कर घूस तक दे-दिवाकर क्या नहीं हासिल किया। ज़्यादा चीनी, ज़्यादा कपड़ा, ज़्यादा खाद। किसलिए, अपने लिए''? आप ही के लिए एक और बड़ी योजना हमने सैंक्शन करवाई। हमारे काम-काज से खुश होकर आज ज़िलाधीश साहेब खुद यहाँ आ रहे हैं, पानी की टंकी का शिलान्यास करने। यह औरत हर बात पे खुच्चड़ करती रही, और आज तो''" प्रधान ने कहा तो मिसिराइन ने बाकी बात लपक ली, "आज तो ई रंडी धोती खोलकर गाँव की इज़्ज़त का झंडा उड़ाने पर तुली हुई है।"

"हाँ, आजी !" इस बार जंगली बहू ने गरदन मोड़ी, "हम तो रंडी हैं और तुम द्रौपदी और कुंती हो के भी सतवंती ! तुमरी इज़्ज़त बचाने को सब तैयार हैं और हमरी कोई इज़्ज़त हई नहीं, हो गई छुट्टी ! हाँ, अपने खेल में हमें शामिल करना तुमरी मजबूरी ज़रूर है, जिससे कि बाहर दिखा भी सको। अंदर-अंदर लूट भी सको। खेत तुम हथिया लो, रोज़ी-रोटी तुम बटोर लो, तेल-पानी तुम सोख लो, चीनी और खाद तुम भकोस लो। अघा जाओ तो बिलैक कर दो। इसीलिए ज़्यादा चीनी, ज़्यादा खाद, ज़्यादा कपड़ा चाहिए तुम्हें।"

"और तुम लोगों को कुछ नहीं मिला ?"

"मिला, जो तुमरे गुलाम बनकर रिरियाए, उन्हें मिला। बाकी जो भी माँगने आए, उन्हें टरका दिया गया, ये इतनी मेहरारू तुमरे सामने हैं, बताएँ''!"

प्रधान गुस्से के मारे काँपने लगे तो झिन्नूसिंह और पुल्ली पांडे उठे। उन्होंने उन्हें धीरे से समझाया, "कुछ समझने की कोशिश करो बाबू साहब, यह औरत तो चाहती है कि बना-बनाया खेल बिगड़ जाए। आप उसके मुँह क्यों लगते हो ? जाकर स्वागत की तैयारी करो, इसे हम सँभालते हैं।" फिर वे मिसिराइन के पास आए "नीच के मुँह लगकर देख लिया न, अब घर जाओ।" मिसिराइन गईं नहीं तो उन्हें गरगराता हुआ वहीं छोड़कर वे जंगली बहू के पास आए !

"सलाम भाभी !" दोनों का सम्मिलित अभिवादन। जंगली बहू ने उन्हें तिरछे तरेरा।

"हम लोग तुम पर गर्व करते हैं, तुम्हारी कसम जो झूठ बोलें, पढ़ी-लिखी समझदार, गाँव के हर ज़ुल्म का डटकर विरोध करने वाली''!" झिन्नू ने कहा।

जंगली बहू चुपचाप सुनती रही।

"तुम इतनी बहादुर और समझदार होकर भी ऐसी बेवकूफी करने पर क्यों तुली हुई हो। आखिर पानी की टंकी से तो दक्षिण पट्टी वालों का ही लाभ है। जहाँ रेह उड़ती है, वहाँ फसल लहलहाएगी।" पुल्ली ने जोड़ा।

"पानी मिलना ही होता तो बिस्स बंक की टूवैल से ही नहीं मिल जाता ?" जंगली बहू ने पूछा।

"वो तो उँचास है, पानी चढ़ता ही नहीं।" झिन्नू ने रोका।

"तब फिर दोबारा वही गलती क्यों ? इस निचास में पानी की टंकी क्यों बनाई जा रही

है ? उसी दच्छिन पट्टी में एक टूवैल गाड़कर सिंचाई और पीने के पानी का परबंध क्यों नहीं कर दिया जाता ?"

"पानी का लेबेल..."

"पानी ना होता तो विजय की टूवैल वहीं गाड़ी जाती ?"

"ओह, तुम समझती क्यों नहीं भाभी, हाकिम-हुक्काम बड़ी मुश्किल से तैयार होते हैं, इस बार टंकी का शिलान्यास होने दो, वहाँ ट्यूबवेल गड़वाने का ज़िम्मा मेरा..."

"ऐसे ही नियाव करने वाले होते तो बबुआन तुमरी काकी ठेघते-ठेघते यहाँ परदसन करने न आती।"

मैं बाग-बाग हो गया। किस सफाई से जंगली बहू ने शोषकों की वैष्णवी चाल का करारा जवाब दे दिया।

झिन्नूसिंह तिड़िक पड़े, "तुम बड़की लीडर बन गई न ?" पुल्ली पांडे बोले, "तुझको इसीलिए एलेक्शन जितवाया कि तू हमरे मूँड़ पे चढ़कर मूते ?"

"नहीं, इसलिए कि तुमरे मूत को भी चरनामृत मानकर माथे से लगाकर पी जाएँ।"

इतना सुनना था कि बौखला पड़े झिन्नूसिंह, "अब क्या देखते हो, खदेड़-खदेड़कर मारो एक-एक को...!" और उन्होंने खुद अपनी काकी को गठरी की तरह उठाया और मोटर साइकिल पर लादकर चलते बने। पीछे से हरवंश ने गठरी थाम रखी थी कि कहीं गिर न जाए। तिउराइन उनकी दुर्गति देखकर खुद ही लाठी टटोलकर खिसकने लगीं। कुछ का हाथ पकड़कर मिसिराइन ने खींचा, कुछ पर लाठियाँ पड़ीं। किशोरियों का दल पहले ही भरभराकर उड़ गया। देखते-देखते जंगली बहू की सारी जुटाई फौज छूमंतर हो गई। साही की तरह अपने काँटों को फुलाए अकेली रह गई वह। उसके चेहरे पर पराजय की छाया गाढ़ी होती जा रही थी। मुझे लगा, यही सही वक्त है उसके पास खड़े होने का। मैंने कदम बढ़ाए भी, लेकिन तभी विजय बदहवास-सा मेरे पास आया, "कक्का, जल्दी चलो, बड़के बाबूजी और बाबूजी में ट्यूबवेल की ज़मीन को लेकर मारपीट हो गई है।"

मैं उधर भागा। मेरे पहुँचने के पहले दोनों भाइयों में मारपीट बंद हो गई थी, मगर दोनों ही घायल जंगली भैंसे-से हुंकार रहे थे। वे अब इस ज़िद पर अड़ गए थे कि ट्यूबवेल गड़ेगी तो उनकी बताई जगह पर, नहीं तो नहीं गड़ेगी।

"खेत सूखे पड़े रहेंगे ?" मैंने समझाने की कोशिश की।

"पड़े रहें। आज राई-राई, रत्ती-रत्ती बाँट लो, तभी पानी पीना।"

"बाँट लो।"

पत्नी अलग खड़ी चीखे जा रही थी, "मेरा हिस्सा पहले फरिया लो तब बाँटना।" तांडव हो रहा था। मैं इन तीन तरफ के थपेड़ों में पस्तहाल था।

अपने पारिवारिक बवंडरों में खोए हुए मैंने दद्दा के टीले पर से देखा था—डी० एम० के शिलान्यास के बाद के लौटने का नज़ारा। आगे-आगे झिन्नूसिंह और रुन्नू यादव मोटर साइकिल से उन्हें एस्कोर्ट करके लिवा जा रहे थे, पीछे पुलिस की जीप के साथ कई और जीपें

और पैदल लोग। कुछ लोग दौड़-दौड़कर गाड़ियों के पास जाते और लौट आते। सारा दृश्य विवाह के बाद वर-वधू की विदाई जैसा था।

सबके पीछे, सबसे अलग, अपने लड़के मृत्युंजय के साथ सुस्त, भारी कदमों से लौट रही थी जंगली बहू। मैं उस पर पड़ने वाली ज़हरीली बौछारों की तिलमिलाहट वहीं से महसूस कर सकता था।

वही अंतिम दृश्य था उसके धुंध में विलीन होते जाने का। उसके कुछ ही दिन बाद वह अदृश्य हो गई।

शहर जाने वाली बस पर सवार होते हुए तो उसे कइयों ने देखा था, मगर इसके आगे क्या हुआ, कोई नहीं बताता। पता नहीं, वह कहाँ जाने को निकली थी और कहाँ चली गई ! कुछ लोग कहते हैं, अपने किसी यार के साथ भाग गई। कुछ का अनुमान है कि पंजाब जाते समय, उग्रवादियों के हाथों कत्ल कर दी गई। मगर ज़्यादातर लोगों का अनुमान है कि उसका अपहरण करके हत्या कर दी गई।

हर तरह से कोशिश करके थक-हार गया, पर कुछ नहीं हुआ। अनुताप अंतःस्राव-सा रिसता रहता आठों पहर। मेरी स्थिति पागल प्रेमी-सी हो गई। मैं अकेले में उसे संबोधित करते हुए रोता, "तुमने मेरे द्वारा गढ़े हुए हर सच को झूठ में बदलने से रोका और मेरी उम्मीदों से भी आगे निकलती गईं। एक बार फिर मेरी गढ़ी हुई उम्मीद को सच में बदल जाओ। तुम्हें उसरहटे की उड़ती चिरपिपासित रेह की सौगंध, अब कभी तुम्हें खोने नहीं दूँगा।"

मगर वह होती तब तो जवाब आता। मैं बार-बार बर्राता—'यह जीवन व्यर्थ गया। काश, इसे फिर से जिया जा सकता।' तभी एक विचार धूप के चकत्ते-सा खिला—'जंगली बहू ने तो कभी यह शिकायत नहीं की। चालीस के पार बिलकुल धूल से ही तो शुरू किया था उसने और हर शिखर लाँघती गई थी। फिर तुम्हें ही…?' लगा, सारी तंद्रा टूट गई, सारा भरम छूमंतर।

पुनश्च—जंगली बहू की कथा वहीं शेष रह गई थी।

आगे की ये बातें अस्पताल में लिखवा रहा हूँ विजय से, तीन माह बाद। बोलने में कष्ट हो रहा है, सो मुख्तसर में…

उस घटना के बाद ही मैंने अखबारों में रपट दी। वह वहाँ नहीं छपी तो पंफ्लैट छपवाकर बाँटा। उसके बाद ही मुझ पर हमला हुआ। मारने वाले मुँह ढके हुए थे। मुझे लाठियों से धुनकर वे चले गए, ताकि मैं मर भी न पाऊँ, जी भी न पाऊँ। दर्द और दवा के बीच नीम बेहोशी में झूलते हुए दिनों में अस्पताल में कौन-कौन मुझे देखने आते रहे, मुझे नहीं मालूम। पर एक दिन वह आई थी, बेटे के साथ। रात थी या दिन, सुबह थी या शाम—कुछ पता नहीं। आते ही रो पड़ी थी फूट-फूटकर, "मैंने तुम्हें मरवा डाला !"

"पगली कहीं की !" मैंने प्यार से झिड़का उसे, "तुमने तो मुझे पुनर्जीवित कर दिया जंगली बहू !"

पता नहीं किसने किसको जन्म दिया, मैंने उसे या उसने मुझे !

सागर सीमांत

झीने कुहरे से बुनी चाँदनी रातों में जिस राह से अंडे देने के बाद इलिस मछलियाँ समुद्र में लौटती हैं, जिस राह के दोनों ओर धुंध-भरी सुबह की कुनकुनी धूप में कछुए अपनी पीठ सेंकते मिलते हैं और केकड़े अपने बिलों में कुलबुलाया करते हैं, जहाँ बालू या पंक में अपने अंडे गाड़कर मादा घड़ियाल फिर समुद्र में चल देती है, उसी राह से आई थी नसीबन बी आज से पच्चीस साल पहले, सुदूर मुर्शिदाबाद से।

सामने कोसों दूर फैला पानी, पानी में हलकी-हलकी लहरें। नसीबन ने किलककर पूछा था, "आ गया सागर-संगम ?"

डाँड खेना रोककर बताया था करीम ने, "नहीं, वह तो केओड़ाखाली में है। यह तो अभी हिलसा ही है, तुम्हारी गंगा।"

"मेरे मन में वर्षों से देखने की चाह है, कैसा होता होगा सागर-संगम, जहाँ नदी समुद्र से मिलती है।"

"ठीक है, मैं बता दूँगा।"

"वह भी कोई बताने की चीज़ है ?"

"तो ?"

"महसूसने की चीज़ है, सिर्फ महसूसने की···"

"अच्छा !" करीम ने शरारत से झाँका था नसीबन की उल्लसित नज़रों में···और शर्म से लाल हो आई थी नसीबन।

कहते हैं, बाघघाट पर एक बाघ-बाघिन पानी पीने आए थे। यहाँ मीठा पानी तो मिलने से रहा, सो खारा पानी पीना पड़ता है। खून भी खारा होता है। सो खारा पानी पीते-पीते खून का चस्का लग जाता है। मगर बाघ बाघ होता है, आदमी नहीं।

बाघिन ने पूँछ डुलाई, 'खारा खून ! खारा खून !' मगर बाघ, जो नसीबन को देखते ही भूख-प्यास भूल बैठा था, बोला, "इसे मारने का जी नहीं करता, तुझे जितना खारा खून चाहिए, बोल, ला दूँगा, बस इसे छोड़ दे तू।" फिर दोनों केओड़ाखाली तक पहुँचाने आए थे इन्हें।

घड़ियाल निगलने को लपके थे, वे भी मोहित हो पीछे-पीछे तैरते रहे। इलिस मछलियों के जाल के बंद अपने आप खुल गए। वे भी पूँछ डुलाते हुए पीछे हो लीं। केकड़े माला बनाकर चल रहे थे कि कहीं किसी की नज़र न लग जाए। हवा झिटक रही थी, झाऊ, ताड़ और नारियल के पेड़ झूम रहे थे, सागर की लहरों में उस दिन कई गुनी शोखी आ गई थी, चाँद खुद उन्हें पहुँचाने आया था, उस ताड़ के पेड़ तक। सबसे मिलाई हो गई आते-आते।

केओड़ाखाली में अब तो डाक बँगले, टूरिस्ट लॉज, सरकारी दफ्तर और बहुत कुछ हो गया है, उन दिनों सिर्फ बीस एक मछुआरों के झोंपड़े थे। उन्हीं में से एक झोंपड़ी थी नसीबन की भी···

नसीबन इतनी सुंदर कि जिस दर से गुज़रती, वह दर खुशगवार हो उठता। हँसती तो फिज़ा महक उठती और गुनगुनाती तो हवा में मिठास घुल जाती। पेड़-रूख, फूल-पत्ते, हवा-समुद्र–कौन नहीं था उसका चहेता, मगर वह थी सिर्फ करीम की। कहते हैं, पशु-पक्षी के मादा जोड़े अपने नरों से पूछते हैं, 'तुम मुझे करीम-सा प्यार क्यों नहीं करते ?' नर जवाब देते, 'तुम नसीबन बन जाओ, फिर देखो।'

तो ऐसी थी नसीबन, जिसकी एक आँख में गंगा मचलती रहती तो दूसरी में समुद्र–एक मायका, एक ससुराल···और नसीबन-करीम का प्यार ! जिसने सागर-संगम देखा और महसूसा है, वही समझ सकता है उसे–जहाँ लाड़ में कभी नदी ठेलती है समुद्र को, कभी समुद्र ठेलता है नदी को। समुद्र में जब ज्वार आता है, फूलकर ढक लेता है हिलसा को, नदी समा जाती है उसकी गोद में···और जब समुद्र स्खलित होकर सिकुड़ता है, नदी फूली-फली वैभवशालिनी-सी बड़ी दिखने लगती है। न सागर सागर रह जाता है, न नदी नदी; सागर नदी बन जाता है, नदी सागर।

दो साल तक मन-प्राण एक बने रहे नसीबन-करीम के···

तभी आ गया वह भीषण तूफान ! वैसा तूफान केओड़ाखाली में न कभी आया था, न फिर कभी आएगा। सब कुछ उलट-पुलट गया उस तूफान में।

दो दिन पहले ही नौ मछेरे समुद्र में गए थे, उनमें से एक करीम भी था। तूफान की उस रात को कभी नहीं भुला सकते केओड़ाखाली वाले, न ही भुला सकती है नसीबन।

एक-एक कर सभी अपने घरों से बाहर निकल आए थे। सहमी-सहमी आई थीं औरतें, हिलते-काँपते आए थे बूढ़े। बच्चे तक घरों में रुकने को तैयार न थे। जवान मर्दों को छोड़, सारा केओड़ाखाली गाँव हाट के चबूतरे पर आ जमा हुआ था। सामने विकराल समुद्र था हिलकोरे लेता हुआ। उसके शोर में कोई भी आवाज़ साफ-साफ सुनाई नहीं दे रही थी।

धीरे-धीरे पौ फटी थी, हालाँकि सूरज बादलों के जाल में फँसा रह गया था। हलकी खूनी सुरमई उजास में समुद्र का साँवलापन दूर-दूर तक पसरा हुआ था। सीप-सी खुली पलकें दूर छिटक गए अपने मोतियों की तलाश में बावरी बनी जा रही थीं। सब उधर ही ताक रहे थे, उस संधि-रेखा को; वहाँ, जहाँ आकाश और समुद्र मिलते हैं। वहीं से उभर सकता था कोई धब्बा, कोई बिंदु। मगर कहाँ···? कुछ भी नहीं। लहरों की क्रुद्ध पछाड़ों को छोड़कर बाकी सब धुंध में समाता जा रहा था।

"हे अल्ला, एवार की हॅबे (अब क्या होगा) ?" एक ही जानलेवा खलबली सबकी धड़कनों में।

"आमार लोकटा के फिरिए दाऊ (मेरे आदमी को लौटा दो) !" एक ही मनौती सबके अंतस में···और एक ही डर सबको डरा रहा था, "अगर वह न लौटा तो···?"

नसीबन का दिल बैठने लगा। अभी तक समुद्र में गए नौ जनों में से एक का भी पता नहीं चला था, उसके मरद करीम का भी नहीं।

बेचारा करीम ! सुनसान रात ! दूर-दूर तक फैला अथाह पानी ! एक डरावने जिन्न-सा समुद्र, जिसकी चौड़ी हथेली पर निरीह मछुआरे ! रात के आखिरी पहर में हवा झिरकी होगी। नींद से बोझिल पलकें खुली होंगी और आकाश में एक भी तारा नज़र नहीं आया होगा। बिजली की कौंध से आँखें झुलस गई होंगी। जो जगे होंगे, हड़बड़ाकर जाल-वाल का मोह छोड़कर लपके होंगे तट की ओर। कितनी दूर है किनारा, किस ओर…? समुद्र खौलने लगा होगा, नावें उलट-पलट हुई जा रही होंगी और फिर नाव ज़िंदगी गुडगुड़ाकर डूबती कलशी की तरह…!

ओह ना ! ऐसा नहीं हो सकता। उसने क्या बिगाड़ा है किसी का ?

"तुमी केने गेले (तुम क्यों गए) ?" कहकर वह फफक पड़ी।

"जाना ही पड़ता है बोउ (बहू), धीरज रखो। जो अल्ला उन्हें ले गया है, वही उन्हें सही-सलामत लौटाकर ले भी आएगा।" बूढ़ी नज़्मा ने उसे पकड़ लिया !

"इतना जानती तो…!"

"हाँ, जानती तब न ! समुद्र का मिज़ाज भला कौन जान सका है ! जब गए थे, सब ठीक-ठाक था और आज रात से…"

"समुद्र का मिज़ाज तो थोड़ा-बहुत समझ भी लें, लेकिन महाजन का मिज़ाज…?" बूढ़ा नूर सबसे अलग अकेले बड़बड़ाए जा रहा था।

"यहाँ तो नावें चटर्जी बाबू की, जाल चटर्जी बाबू के। हम लोग क्या हैं—सिर्फ भाड़े के टट्टू ! नाव भर-भरकर चाँदी-सी चमकती मछलियों की ढेर लदी आती है और हमारे हिस्से क्या आता है ?—छाई (खाक) ! आधी तो इसी हाट में तोलवा लेता है, बाकी आधी में बाँट लो। फिर थोड़ा-थोड़ा कहाँ बेचोगे ? दो औने-पौने दाम में उन्हीं को। फिर उतरो समुद्र में उसी महाजन के लिए। गहरे पानी की मछली है महाजन। मछली के तेल में मछली तलने वाला। जो बिकी बिकी, न बिकी तो सुखवाकर बेच लेगा। फिर भी मुँह ऐसा बनाएगा जैसे हमीं उसका हक मार रहे हैं। हमसे घृणा भी करता है, हमें छोड़ता भी नहीं। भला रेडियो से खबर नहीं आई होगी ? ज़रूर आई होगी ! लेकिन कैसा चुप्पी साध गया ? हत्यारा बामन !"

जब से नूर का लड़का समुद्र में डूबा, नूर का दिमाग गड़बड़ा गया है, लेकिन नसीबन को उसकी बात कहीं से भी अटपटी नहीं लग रही थी। वह खुद बार-बार साझे के नाव के सौदे को बार बार कोस रही थी।

"लो, चटर्जी बाबू आ रहे हैं, साथ में गाँव के बचे हुए लड़के और कुछ लोग हैं। देखें, क्या खबर लाए हैं।" भरभराकर उठते हैं लोग। उस तक पहुँचने की हड़बोंग मच गई है। भीड़ में कुचली जाती है नसीबन।

"कौन-कौन आया है ? मौलाबक्स, गनी, महेश सिराज, जोधन…?"

"और फेकन, जैनुल और करीम…?"

"फेकन और जैनुल की लाश मिली, पुलिस ले गई, करीम भी शायद…"

"दुर बोका !" डाँटती है धीरे से नज़मा बूढ़ी, "धीरे बोल ! उसकी बहू के पेट में बच्चा है। सुन लेगी तो असर पड़ेगा।"

फेकन और जैनुल के घर की औरतें रोने-पीटने लगी हैं। सब सुन लिया है नसीबन ने। अब सुनने को रह क्या गया है ?

झाऊ की एक मोटी टहनी उड़कर उनके पीछे गिरी। बूँदें पड़ने लगीं। "अपने-अपने घर जाओ, तूफान ज़ोर पकड़ चुका है। बाकी लोगों की खोज अब बाद में की जाएगी।" चटर्जी बाबू कहकर चले जा रहे हैं। लोग अपने-अपने घरों को भाग रहे हैं।

इस हलचल-भरी भागमभाग में बिलकुल तनहा है नसीबन—टूटी डाल-सी पड़ी हुई। बारिश की बौछारों के साथ-साथ छटर-छटर बालू, तिनके, मछलियों के चमटे बरस रहे हैं बदन पर। समुद्र में और बाहर मौत की रंगहीन आतिशबाज़ी-सी छूट रही है। अंदर-बाहर भीषण तूफान में फँसी है जान !

"बोउदीऽऽऽ (भाभीऽऽऽ) !" फातिमा की टूटती-जुड़ती आवाज़ टेर रही है।

"करीम बोऽऽऽ !" आवाज़ चिथड़ा-चिथड़ा होकर उड़ रही है।

"नसीबन बीऽऽऽ नसीऽऽऽ ओ माँ !" फातिमा की आवाज़ को ठोकर लगती है, "मैं तुझे कहाँ-कहाँ ढूँढ़ आई और तू यहाँ सिजदे पर बैठी है ?"

नहीं बोलती नसीबन, बोलती हैं उसकी हिचकियाँ।

"क्या पागलपन है ? इस प्रलयंकारी झड़-झंझा में तेरे शहीद हो जाने से भी कुछ नहीं होने वाला बोउदी। अपने लिए न सही, अपने और करीम दा के बच्चे के लिए तो ज़रा सोच ! फिर तूने कैसे मान लिया कि सब कुछ खत्म हो गया ? चल।" उसने उसका हाथ पकड़कर खींचा।

"ना, मुझे छोड़ दे।"

"तू ऐसे नहीं मानेगी ?" फातिमा ने दोनों हाथों से उसे उठाकर खड़ा किया। नसीबन 'ना-ना' किए जा रही थी। हवा के तेज़ झकोरों में उस निर्जन समुद्र-तट पर लगभग नंगी, उड़ते केश, उड़ती साड़ी में एक-दूसरे से झगड़ती वे दो चुड़ैलों-सी लग रही थीं।

फातिमा ने उसे ज़िद्दी पशु-सा झोंपड़ी के बाड़े में ठेला, तो दोनों सखियाँ गड़-गड़ काँप रही थीं, "आने दे करीम दा को, तुझे खूब पिटवाऊँगी। खुद के साथ-साथ मेरी और मेरे पैदा होने वाले भतीजे की भी जान लेने पर तुली हुई थी।"

फातिमा ने तरस खाती नज़रों से उसे देखा, "मुर्शिदाबाद की इस लड़की को आज तक समुद्र का सही अहसास नहीं आया।"

सच ! नसीबन को समुद्र का पूरा अहसास आज भी कहाँ आया ? उसे तो लगता—गंगा की तरह ही समुद्र का दूसरा किनारा भी कहीं न कहीं होगा ज़रूर, जहाँ गाँव होंगे, खेत-खलिहान, पेड़-रूख और लोग-बाग होंगे। रहीं मछलियाँ, तो वहाँ भी नदी में जाल लेकर दूर-दूर तक चले जाते बाबा, काका, चचेरे भाई और दूसरे लोग, कई-कई दिन बाद लौटते होंगे ? ऐसा कैसे हो सकता है कि पानी में एक बार गए तो फिर पानी ही पानी मिलता जाए ! लोग लाख बताते,

दूसरे किनारे की मौजूदगी को वह कल्पना से निकाल न सकी।

बेचारी नसीबन ! उसे क्या पता कि समुद्र का दूसरा किनारा ढूँढ़ते-ढूँढ़ते उम्र बीत जाएगी और किनारा नहीं मिलेगा।

फातिमा ने जबरन कपड़ा बदल दिया। लालटेन जला गई। चाय ले आई। मछली की मूँड़ी का झोल, भात और मछली की चटनी भी···मगर नसीबन ने छुआ तक नहीं। एक-एक कर कई आँखें सांत्वना देने आईं, मर्द भी, उसने सुना तक नहीं। उसे सुलाते-सुलाते फातिमा खुद सो गई, मगर वह सोई तक नहीं।

आँखें खुली हैं, कान खुले हैं, खिड़की की झिरी खुली है। बाँस-पुआल की छाजन के परखच्चे उड़ रहे हैं। धार-धार चू रहा है पानी। रह-रहकर बिजली चमकती है, बादल गड़गड़ाते हैं, मगर धुंध-भरी बौछारों में न वह आकृति चिलकती है, न ही वह आवाज़। उसका झोंपड़ा एक जर्जर नाव बन गया है, जिस पर मानो इस तुमुल शोर से चल पड़ी है वह, समुद्र में खोए अपने स्वामी के संधान में।

एक दिन बीमा, दो दिन बीते···महीने बीते, बरस बीते, लेकिन करीम नहीं लौटा। उसकी आँखें आज भी समुद्र पर स्थित हो जाती हैं—वहाँ, जहाँ आकाश और समुद्र आपस में मिलते हैं, वहीं कहीं से उभरेगा कोई बिंदु, कोई धब्बा। मगर हर बिंदु, हर धब्बा आज तब छलावा साबित हुआ। न करीम लौटा, न उसकी नाव।

तूफान, वैसे पाँचवें दिन ही थम गया था। जिन झाऊ और नारियल के पेड़ों को उखड़ना था, वे उखड़ गए, जिन्हें टेढ़ा होना था, टेढ़े हो गए और जिनका सब कुछ झर गया था, मगर ठूँठ बने खड़े थे, खड़े रहे। नसीबन भी···नहीं-नहीं। उसे ठूँठ कैसे कहें, उसके पेट में तो बच्चा था। फिर उसका तो एक बूढ़ा बाप भी है अभी मुर्शिदाबाद के नूरपाड़ा में। खबर भेजी है, आ रहा होगा।

ढहे कगारों से बच-बचकर, बहते परनालों को लाँघते, पानी से नम बालू पर चलकर एक-एक कर लोग पहुँचे थे समुद्र के पास। अंग्रेज़ी साल का पहला दिन था। सैलानियों की भीड़ उगते सूरज को देखने के लिए उमड़ी पड़ी थी। इतने-इतने लोग, मगर एक अपने के बिना सभी बेगाने !

घंटे-घंटे पर महाजाल खींचने वालों की पाली बदल रही थी। सूरज कुहरे को भेदकर नौ बजे ही निकल सका। नौ बजे ही महाजाल किनारे आया। तट पर सैलानियों की भीड़ समुद्र के ऊपर मछलियों के लोभी परिंदे। दोनों की किचकिच में कुछ भी सुन पाना मुश्किल। अचानक उसे खयाल आया, कोई उससे पूछ बैठे कि वह क्या देखने आई है तट पर—'मछलियों की तरह जाल में फँसी हुई नुची-चुँथी करीम की लाश ?' तो वह क्या कहेगी ? घबराकर उसने नज़रें फेर लीं। लौट फिर भी न पाई। थोड़ा आगे चलकर एक बड़ी चट्टान पर जाल की ओर पीठ करके बैठ गई। लहरें बार-बार उसकी साड़ी भिगो रही थीं। हर लौटती लहर, आने वाली लहर से टकराकर पानी की दीवार बनाती हुई एक परदा तान रही थी। उसी परदे पर झिलमिला रहे थे बीते हुए दृश्य।

वह भी तो ज़िंदगी का एक महाजाल था, जिसमें फँसाकर मुर्शिदाबाद से केओड़ाखाली खींचकर ले आया था करीम ! उस जाल को आधा चाँदनी ने बुना था, आधा कुहासे ने। चटर्जी बाबू की मछलियों का सौदा करने गया था करीम और फेंटा बाँधे अल्हड़ किशोरी को देखा और उसका सौदा कर आया। बूढ़े बाप को पाँच सौ रुपए गिने थे उसने। शुरू में समुद्र देखकर आंतक से भर गई थी वह—'मा, गो कॅतो जल (हाय माँ, कितना पानी) ! कैसी भयंकर गर्जना !' करीम भी कितना हट्टा-कट्टा ! पसीने से चिकचिकाती देह, जैसे चाँदनी रातों में चिकचिकाता बलशाली साँवला समुद्र ! फिर धीरे-धीरे उसने दोनों की थाह मानो पा ली। समुद्र भी गंगा जैसा ही एक बड़ी गंगा है और करीम भी उसके मायके नूरपाड़ा के गाँव के मनचलों-सा एक साधारण युवक। इस साधारण युवक से खुलते-खुलते खुल गई वह। शुरू में बड़े कौतूहल से निहारती रहती समुद्र को। उसने करीम से कहा भी, 'समुद्र पृथ्वी के गढ़े में पड़ा एक भयानक जीव है, जो हर बार बाहर निकलने को छटपटाता है, हुंकारता है, पंजे मारता है, अप्राण कोशिश करता है गढ़े से निकल पाने के लिए, लेकिन निकल नहीं पाता। कितना भयंकर लगता है इस जीवन-मृत्यु के जाल में फँसा हुआ समुद्र, साथ ही कितना लाचार भी !'

'सब सुधर जाएँ, तू नहीं सुधरने वाली···' करीम 'ही-ही' करके हँस पड़ा था, 'ये सारी कविताई मुर्शिदाबाद वालों को सुनाना, जिन्होंने सिर्फ गड़हा देखा है, समुद्र नहीं।'

'और केओड़ाखाली वाले—? धरती देखी है उन्होंने ? समुद्र हो या समुद्र का बाप, अँटना तो उसे पड़ेगा ही किसी न किसी चीज़ में ?'

'उफ ! तेरे दिमाग में मैं समुद्र अँटा नहीं सकता, मेरी बेगम, तू चल एक बार मेरे साथ।'

'हुँह, जैसे गई ही नहीं पानी में कभी ! अरे, जितनी मछलियाँ तुम्हें यहाँ हिस्से में आती हैं, उतनी तो मैं गंगा के किनारे-किनारे मशहरी के जाल में पकड़ लेती थी।"

'इत्ती बहादुर थी, तभी पकड़ी गई मेरे जाल में !'

'तूने मुझे जाल डालकर पकड़ा या मैंने तुझे···?' उसने उसे ऐसी सलोनी आँखों से देखा कि वह निहाल हो गया। उसे बाँहों में कसकर चुंबनों की बौछार लगा दी।

'अच्छा, सच-सच बताना, कैसा लगता है कई-कई दिन समुद्र में गुज़ारना ?'

'बहुत अकेला !'

'रात को डर नहीं लगता ?'

'कुछ दूर आगे जाते ही समुद्र उतना भयंकर नहीं रह जाता, जितना कि तट पर। रात लालटेन जला लेते हैं, कुछ पका-खा लेते हैं, फिर बैठकर झख मारते हैं। नाव ऊपर-नीचे होती रहती है लहरों पर।'

'मैंने पूछी डर की बात।'

'डर तो लगता ही है कभी-कभी, शार्क, टाइगर माछ, बोआल का डर, किसी नाव या स्टीमर का डर, तूफान का डर···ऊपर सिर्फ तारे होते हैं, नीचे मत्स्यलोक—इलिस, टेंगड़ा, बोआल, पाब्दा, शंख, तोपसे लोआ, चाँदा और कितनी-कितनी तरह की मछलियाँ !'

'राखो (रख दो) !'

आवाज़ की कर्कशता पर वह स्मृतियों से यथार्थ में लौटती है। मौलाबख्श किसी छात्र पर बिगड़ रहा है, जिसने जाल से कोई तारा-मछली निकाल ली है।

"ना, इसे मैं नहीं दूँगा।" छात्र देने से इंकार करता है।

उसे याद आया, छह महीने पहले वह करीम का खाना लेकर आई थी तो उसने भी जाल से ऐसे ही तड़पती हुई एक सुनहरी मछली को निकाल लिया था।

'रख दे।' करीम ने चटर्जी बाबू के डर से मीठे से डाँटा था।

'ना, इसे मैं पालूँगी।' तत्काल उसे उसने ग्लास में साफ पानी डालकर छोड़ दिया।

'तू तो खुद सोना-माछ है, तुझे दूसरी सोना-माछ की क्या ज़रूरत ?'

'समुद्री माछ तो है नहीं बेचारी, जाने किस नदी-नाले से बहकर चली आई और उससे भी बड़ा आश्चर्य यह है कि अभी तक ज़िंदा कैसे बची है इस खारे पानी में। मैं इसे गंगाजल में रखूँगी।' हँसते हैं मछुआरे उसके इस बचकानेपन पर।

'मुर्शिदाबाद की गंगा की सोना-माछ है करीम बौ। लड़की को ससुराल में चाहे जितना सुख-संपत्ति क्यों न हासिल हो जाए, वह अपने मायके का ही गाएगी—चाहे वह जैसा भी हो।' बूढ़े नूर ने फब्ती कसी।

'एह ! मेम बनने चली है मछेरन।' करीम ने भी मज़ाक किया, मगर नसीबन मानी नहीं। दारू की बोतल में गंगाजल भरकर उसने छोड़ दिया सोना-माछ को। एक दिन तो वह अपनी पूँछ हिलाती तैरती रही, किस-किसको बुलाकर नहीं दिखाया उसने, फिर शिथिल पड़ने लगी।

'बीमार कर दिया न तूने इसे गंगाजल में डालकर ? अरे, अब इसे समुद्र का खारा पानी ही रास आएगा।' लाचार होकर वापस समुद्र में छोड़ देना पड़ा उसे। इस बात को लेकर महीनों हँसी का पात्र बनी रही वह केओड़ाखाली में।

उन्हीं दिनों चक्कर आने लगे थे उसे। उल्टियाँ होने लगी थीं। करीम को काहे का पता होता ! उसे तो जब देखो, समुद्र ही दिखाई पड़ता, सिर्फ समुद्र ! समुद्र के सिवा जैसे बाकी दुनिया का अस्तित्व ही नहीं था उसके लिए। मर्द था न। वह तो जब एक दिन जाल लेकर समुद्र में जाने लगा तो नसीबन ने उससे इसरार किया, 'यहाँ 'केओड़ा' का फल कहीं नहीं मिलता ?'

'गाँव का नाम तो वही है, मगर केओड़ा के गाछ उत्तरी द्वीपों में ही रह गए हैं अब। लेकिन तुझे इसकी क्या ज़रूरत आ पड़ी ?'

'चटनी खाने को जी चाह रहा था।'

'यह केओड़ा की चटनी का रोग तुझे कब से लग गया ?' जवाब में झुक आई लाज से नसीबन की नज़र, 'बोका कोथाकार (बुद्धू कहीं का)।' कहकर अंदर भाग गई थी वह। करीम ने जाल रख दिया और उसे बाँहों में भरकर बच्चे-सा उठा लिया।

'ओह, छोड़ ना, कोई देख लेगा।' 'आह', 'ऊह' के साथ वह फुसफुसाई।

'नहीं छोड़ूँगा, पहले बता, बात क्या है ?'

'समुद्र के सिवा तू कुछ भी नहीं जानता ?'

बुद्धू की तरह इंकार में सर हिला दिया करीम ने।

'तो सुन,' नसीबन ने उसके सीने में सर गड़ा दिया, "तुझे याद है, एक सोना-माछ की जान बचाकर मैंने सवाब लूटा था ?"

'तो ?'

'वह सोना-माछ मेरे पेट में कुलबुलाने लगी है।'

'ऐं !' चकित-सा देखता रहा करीम नसीबन के चेहरे को, जिस पर सवाब का ज्वार मचल रहा था। बाहर मौलाबक्स और उसके समुद्र जाने वाले साथी आवाज़ दे रहे थे, मगर वह जैसे बहरा हो चला था। शरारत से बोला, 'देखें, वो सोना-माछ है कहाँ ?'

'धत्त !' लाज में नहा गई वह। करीम ने उसे गोद में उठा लिया, फिर लगा चूमने उसके अंग-अंग, जैसे वही उसका शिशु हो।

'छोड़ ना ऊँह ! कोई देख लेगा।'

'देख लेगा तो देख ले। अब तो तेरे लिए केओड़ा लाना ही पड़ेगा, कहीं भी मिले…'

'लेकिन एक बात याद रखना।'

'क्या ?'

'मैं उसे तेरी तरह मछेरा नहीं बनने दूँगी, हाँ !'

'जो हुक्म बेगम साहिबा !' करीम ने नाटकीय अदा से कोर्निश की और चला गया।

[और नसीबन, मुर्शिदाबाद वाली नसीबन, केओड़ाखाली वाली करीम बौ गुनगुनाती रही—

गंगा-सागर तरंगे प्राण-पद्म भासाइलॉम रे
मागो राखिओ जतने बुके निया
मागो दुलाओ आशार देउ दिया रे-रे
हे-हे-हे !

('माँ गंगे, तुम्हारी लहरों पर मैंने अपने प्राण का कमल तैरा दिया है। इसे जतन से सीने से लगाए रखना, माँ इसे आशा की लहरों से झुलाती रहना…')]

मगर ऐसा हुआ नहीं। कहाँ चूक हो गई नसीबन से…? नसीबन से चूक हुई या करीम से ? या फिर नियति ही निर्मम थी ? करीम समुद्र में जो गया कि फिर न लौटा।

फिर पैदा हुआ शफीक ! अभागा, बाप का मुँह तक न देख सका। नसीबन से समुद्र की शुत्रता हो गई। उसने प्रण ठान लिया कि अपने बूते बेटे को समुद्र में हर्गिज नहीं जाने देगी। समुद्र ने लाख बुलाया, फुसलाया, मिन्नतें कीं, फिर भी नहीं।

पड़ोसियों ने कुछ दिन तक मदद की। किसी के यहाँ से भात, किसी के यहाँ से सब्ज़ी, किसी के यहाँ से मछली, किसी के यहाँ से गुड़-छेने की मिठाई…चटर्जी बाबू भी बीच-बीच में कुछ भिजवा दिया करते। मगर ऐसे कितने दिन चलते !

फातिमा ने एक दिन पूछा, "कुछ सोचा है ? तेरे साथ-साथ तेरे बेटे की ज़िंदगी का सवाल भी है।"

"बेटे की ही ज़िंदगी का सवाल तो है।"

"और तेरा…?"

"मेरा क्या है !"

"ओऽऽऽ ? अरी ओ कविताई करने वाली मुर्शिदाबाद वाली, ज़मीन पर आ, ज़मीन पर। दो दिन पेट को भात न जुटे तो सारी अकल ठिकाने लग जाती है···या तो तू किसी की बन जा···अभी बहुत नमक बचा है इस देह में, लार टपकाने वाले भी कई हैं···"

"ओह फातिमा !"

"ठीक है, इत्मीनान से सोचना, मगर एक बात कहे देती हूँ कि मैं अब तेरे साथ सोने वाली नहीं। मेरे आदमी का मुँह कद्दू-सा लटका रहता है। तू या तो कोई पहरेदार रख या खुद कर अब !"

"क्या करूँ ?"

"वो बाद में सोचना, अभी चटर्जी बाबू के सूखी मछलियों के धंधे में लग जाना क्या बुरा है ?"

"मुझे घिन आती है उस काम से, कोई और धंधा बता न !"

"बहुत-से काम हैं, तू नाव बना सकती है, जाल बुन सकती है, समुद्र में जा सकती है, आढ़त में काम कर सकती है : मर्द है न तू !" फातिमा के तंज पर हाथ-पाँव ढीले हो आए उसके।

दूसरे दिन फातिमा काम पर जाने लगी तो उसके पीछे-पीछे उसका साया नहीं, नसीबन थी। फातिमा ने पीछे मुड़कर देखा तो चहक उठी, "आ गई लाइन पर ! खैर, अच्छा किया। मगर यह तेरा बच्चा···चल, इसे भी सँभाल लेंगे मिल-जुलकर। लेकिन एक बात, रात को घर में सोने के लिए किसे कहेगी ?"

"क्या ज़रूरत है ?"

"ज़रूरत है बीबी !"

"तो फिर नूर-बूढ़े को कह देते हैं। बाबा तो झाँकने भी नहीं आए आज तक," फातिमा ने कुछ सोचा, फिर कहा, "हाँ वो ठीक रहेगा। वो बूढ़ा भी है, रात-भर बड़बड़ाता भी रहता है। जब से उसका बेटा हाफिज समुद्र में गया, वह पगला गया है। इस मायने में तुम दोनों के दुःख एक जैसे हैं।"

नूर-बूढ़ा बाहर बरामदे में सचमुच रात-भर बड़बड़ाता रहता—समुद्र की बात, मछलियों की बात, अपनी और बेटे की दुस्साहसिक समुद्री यात्राओं की बात, चटर्जी और अन्य महाजनों के प्रति नफरत की बात, इस्लाम की बात। पता न चलता, कब वह जगते हुए बड़बड़ा रहा है, कब सपनों में। नसीबन को लगता, उसकी संतप्त रूह नूर के कंठ से बोल रही है। यूँ उसके आ जाने से वह निश्चिंत हो गई थी, वरना बेटे के साथ सूखी मछलियों का काम करते-करते वह भी अकेले में सूख जाती।

यह धंधा भी अजीब था। जो मछलियाँ न बिकती, वहाँ उलीच दी जातीं। नसीबन, फातिमा आदि औरतों का काम था उन्हें अलगाना। फिर उनकी आँतें आदि निकालकर नमक लगाकर धूप में सूखने के लिए छोड़ देना। इलिस को तो नमक मिलाकर बालू में गाड़ देते, फिर कई

दिनों बाद निकालते। नन्ही-नन्ही मछलियों को यूँ ही धान की तरह फैलाकर सूखने के लिए छोड़ देते। दूर-दूर उड़ती उनकी बिसाइन दुर्गंध। कभी-कभी तो लाख नहाने के बावजूद उसे लगता, गंध कहीं चिपकी हुई रह गई है। रात बेटे को सीने से चिपकाए सोते वक्त भी दुर्गंध का वहम होता, वह शफीक को सूँघती, बिछावन झाड़ती, मगर 'बू' के स्रोत का अनुमान न लगा पाती। उधर नूर-बूढ़ा बड़बड़ाता रहता, करीम की याद को हवा देता रहता। इधर शफीक को थपकी देते उसके हाथ शिथिल होने लगते। वह सोचती, 'करीम जैसा शौहर एक विशाल समुद्र की तरह होता है, जिसमें छोटी-बड़ी मछलियों की तरह कितनी ही इच्छाएँ किल्लोल करती रहती हैं। समुद्र से निकलते ही मछलियाँ मर जाती हैं और उस मर्द की हिफाजत से निकलते ही औरत की इच्छाएँ।'

करीम के बाद क्या बचता था नसीबन की ज़िंदगी में। बाप !

कहते हैं, किस-किससे संदेशा नहीं भिजवाया बाप को—मछलियों से, केकड़ों से, घड़ियाल से, बाघ-बाघिन से, हवा से, चाँद से···मगर सब लौट आए खाली हाथ। पहले तो मान जागा कि अगर बाप इस बात पर मान किए बैठा है कि वह क्यों नहीं आई एक बार भी उसकी खोज-खबर लेने, तो उसे भी मान करना आता है।

लेकिन अब उचाट रातों में शफीक के रह-रहकर गोद में चौंकने में, लहरों के घर्र-घर्र बजती आवाज़ों में, नूर-बूढ़े की असंबद्ध बड़बड़ाहटों में बाप का करुणा से भीगा चेहरा तेजाब-सा गलाने लगता उसके मान को। निकाह से पहले पाँच सौ रुपए उन्होंने लिए थे करीम से। कितना-कितना कोसा होगा गाँव वालों ने उन्हें इसके लिए। शायद इसी लाज से नहीं आ पाए बेटी की ससुराल। हाय बाबा, तुमने कितनी हतक सही होगी बेटी के लिए !

बाप याद आया तो सब कुछ याद आया—मुर्शिदाबाद की गंगा, उसके कछार, नूरपाड़ा, पेड़-पल्लव, पशु-पाखी लोग-बाग—वे सब जो प्रेम के ज्वार में पहले डूब गए थे।

उसने चटर्जी बाबू के लड़के से चिट्ठी लिखवाई और नूर-बूढ़े को बहुत आरजू-मिन्नत कर भेज दिया नूरपाड़ा। पानी का रास्ता ! दो दिन जाने में और दो दिन आने में—चार दिन की ही तो बात थी। मगर नूर-बूढ़े ने जो हाल सुनाया कि कलेजा फट गया। बाप रहमान मियाँ उसके वहाँ से आने के तीन महीने बाद ही अल्लाह को प्यारे हो गए। घर के खँडहर पर झाड़ियों का आलम था।

"हाय बाबा !" नसीबन के लिए अभी-अभी उसका बाप मरा था। उसकी एक आँख से गंगा बह रही थी, दूसरी से समुद्र ! फातिमा के गले से लगकर जार-जार रोती रही।

फातिमा ने कंधे थपथपाए, "ऐसे कब तक रोती रहेगी भाभी ! धीरज रख, तू गंगा की बेटी है। हिलसा की तरह, जिसका मूल स्रोत कब का बंद हो चुका है, अब तुझे गंगा के मीठे पानी से नहीं, समुद्र के खारे पानी से ही संतोष करना होगा।"

अब तो मस्जिद की अजान तक से चौंक-चौंक जाती नसीबन। लोगों ने जान लिया था कि इसका न मायके में कोई है, न ससुराल में, और यह जान लेना कितना खतरनाक था।

राह में आते-जाते या काम पर मज़दूर उसे खा जाने वाली नज़रों से घूरते। शरीफ को दूध

पिलाते समय तो सीधे उसके आँचल में झाँकते। सब कुछ बूझकर भी वह अबूझ बनी रहती।

मजूरी लेने आती तो चटर्जी बाबू हुक्के का दम भरना भूल जाते। स्वर अनुतप्त हो उठता, "कैसी हो करीम बौ ?" पैसे गिनते हुए धीरे से पूछते।

"जी, ठीक।"

"कोई दरकार पड़े तो बोलना।"

"जी !" वह इतने धीमे से बोलती मानो गौरैया के पंख झरे हों। फातिमा पेट से थी, आखिरी माह चल रहा था और वह अकेली थी उस दिन। पैसे हाथ में लिए-लिए जाने क्या सोचते रहे बड़ी देर तक, फिर थमा दिए। बोले कुछ नहीं। सिर झुकाकर रोज़ की तरह बाहर निकलने को थी कि दरवाज़े पर पीछे से आवाज़ आई उनकी, "मछलियों का क्या है, सूख जाएँ, फिर भी बिक ही जाती हैं। मगर करीम बौ, मानुष का तन एक बार सूख जाए, फिर नहीं बिकता।"

साड़ी के अंदर-अंदर सारी देह सनसना गई सुनकर। फातिमा के पति मौलाबक्स ने, जो उससे उम्र में छोटा था, एक दिन अँधेरे में पकड़ लिया। उसकी साँसें गर्म थीं। उसे धकेल भागी थी उस शाम। और तो और, जिस रात पिता के समान नूर-बूढ़े ने बीड़ी जलाने के लिए माचिस माँगी और साँप की तरह जकड़ लिया, वह सन्न रह गई।

"मैं गरीब तुम्हारी बाँह पकड़कर समुद्र से बाहर निकलना चाहता हूँ। मुझे वापस समुद्र में मत ठेलो।" नूर-बूढ़ मिन्नतें कर रहा था और नसीबन···? सिर्फ रोए जा रही थी नसीबन !

"तुम चले जाओ चाचा ! फिर कभी न आना।"

रोते-रोते उसने कपाट बंद किया था। हाय री नसीब की मारी नसीबन··तू एक ऐसी मछली बनकर रह गई है, केओड़ाखाली में, जिसे फँसाने के लिए हर ओर चारे डाले जा रहे हैं, हर ओर जाल बिछे हैं, हर ओर घातें लगी हुई हैं।

ऐसा नहीं था कि कछुए की तरह गर्दन निकालकर कभी उसने अपनी देह की भूख-प्यास पर इधर-उधर ताका ही न हो, ताका, मगर जब भी ताकती, पानी में उतराने की आवाज़-सी होती, समुद्र की कब्र से सर निकालकर ताकने लगता करीम, टप-टप बरस रही होती बूँदें नहाए बदन से, उखड़ रही होतीं साँसें, चिपचिपाए बाल, भौंहें और बरौनियाँ—असहाय नज़रों से निहारने लगता करीम !

"हे अल्ला, यह क्या हो रहा है मुझे ?" वह कान-आँख बंद कर भागती। फिर शफीक को सीने से चिपकाए देर तक काँपती रहती कि कहीं दोनों ओर की लहरों के उफान में मन की डोंगी डूब न जाएँ।

आखिर सब कुछ छोड़कर झिनुक का धंधा अपनाया उसने। शफीक देखते-देखते सात साल का हो गया। अब वह आस-पास की चीज़ों के अलावा अपने बाप के बारे में भी परेशान कर देने वाले सवाल कर बैठता, "क्यों माँ, मेरे अब्बा समुद्र में डूब गए ?"

"किसने कहा तुझसे ?"

"नूर-बूढ़ा कहता था।"

"झूठ कहता है। समुद्र में गए ज़रूर थे, पर···"

"डूबे तो नहीं न ?"

"नहीं।"

"फिर मैं नूर-बूढ़ा की मुंडी तोड़ दूँगा, झूठ क्यों बोलता था !"

"ना बेटा ! ऐसा न करना। समुद्र में गए आदमी को पता नहीं किस-किसकी दुआओं की ज़रूरत पड़े।"

"अच्छा माँ, समुद्र का दूसरा किनारा होता है ?"

"ज़रूर होता होगा।"

"पर लोग तो कहते हैं, नहीं होता।"

"क्या पता बेटा !"

"कोई बात नहीं, तू फिक्र न कर माँ, मैं नाव लेकर समुद्र में जाऊँगा और उन्हें खुद खोज ले आऊँगा।"

नसीबन का चेहरा भय से एकदम पीला पड़ जाता, "तू समुद्र में नहीं जाएगा, कह दिया न !" अबोध शफीक समझ न पाता कि माँ अचानक चिढ़ क्यों जाती है समुद्र के नाम से।

शफीक स्कूल जाने लगा था। एक दिन स्कूल से लौटकर उसने सवाल किया, "यह झिनुक क्या होता है माँ ?"

"क्यों, स्कूल में मास्टर मोशाय से यह सवाल नहीं पूछा था ?"

"पूछा था, लेकिन पहले तुम बताओ।"

"पानी के बहुत-से जीव दूसरे जीवों से अपनी रक्षा के लिए एक खोल बना लेते हैं, जैसे शंख, घोंघा, सीप आदि। झिनुक ऐसी ही चीज़ होती है, मैं तो इतना ही जानती हूँ।"

"लेकिन मास्टर मोशाय ने क्या कहा, मालूम···तोर माँ एकटा झिनुक (तेरी माँ एक झिनुक है)।"

अवाक् होकर देखने लगी थी नसीबन बेटे का मुख। उस रात वह यह लोरी गाना भूल गई, "मेघ मछली है, आकाश समुद्र, तारे झिनुक। एक-एक तारों का झिनुक निगलती जाती है मेघों की मछली !"

शफीक अब काफी कुछ समझने लगा था। चुपके-चुपके वह समुद्र के किनारे भी हो आता और वहाँ से झिनुक चुनकर लाता। एक दिन नसीबन ने ऐसा करते हुए रँगे हाथों पकड़ लिया उसे, "तू मेरी जान लेकर ही मानेगा क्या ? मना किया था न कि समुद्र के पास न जाना ?"

सिटपिटाकर खड़ा हो गया शफीक। साथ खेल रही फातिमा की बेटी गुलनार ने बताया, "कहता था, झिनुक बेचकर नाव खरीदेगा, फिर बाप को जाएगा ढूँढ़ने···"

नज़्मा बी ने समझाया, "काहे की ज़िद किए बैठी है करीम बौ, शफीक यहाँ का लड़का है, सागर की मछली को सागर में जाने से तू कब तक रोकेगी ?"

वही हुआ ! शफीक को बच्चे चिढ़ाते, "जा, माँ के आँचल में घुस के बैठ।"

बुझा-बुझा रहने लगा लड़का।

वह उसका सर सहलाते हुए तरह-तरह से समझाती, "तुझे क्या होता जा रहा है रे ? अरे,

समुद्र है ही कितना ? पूरी की पूरी धरती तो पड़ी है तेरे लिए। सारे बड़े लोग चटर्जी बाबू, बी० डी० ओ० साहब, मास्टर मोशाय तो धरती पर ही रहते हैं, इनमें से किसी को उतरते देखा है समुद्र में ?" मगर शफीक सोन-मछली-सा बीमार ही रहने लगा। 'इस पागल लड़के का क्या करे नसीबन ! अल्ला इसे अक्ल दे !'

आखिर खुद से काफी लड़कर उसने तैयार किया खुद को, "ठीक है, जो तेरी मर्ज़ी में आए, कर…पर दूर न जाना।"

और फिर वह दिन ! बन बीवी की इबादत कर, माँ सनका (समुद्र की देवी) को प्रणाम कर, मस्जिद में मत्था टेककर, लुके-छुपे काली मंदिर और दुर्गा मंदिर में मनौतियाँ कर जिस दिन उसने पहली बार शफीक को समुद्र में उतरने दिया, उसकी आँखें भर आईं।

ठीक करीम जैसा, वैसे ही नैन-नक्श, रंग सिर्फ गोरा। लगा, बेटा नहीं, मर्द को विदा कर रही है समुद्र में।

समुद्र ठीक उसी तरह छेड़ रहा था आँचल को, मगर आज उसे ढकने की सुधि नहीं थी उसे, "एह ! हत्यारा कहीं का !" उसके होंठों पर एक करुण आक्रोश बुदबुदाया, "लाड़ दिखाने की ज़रूरत नहीं। स्वामी को तो तू पहले ही निगल गया, इस बार बेटा सौंप रही हूँ–इकलौता बेटा, जिसे छोड़कर मेरा इस दुनिया में कोई नहीं है। अगर इसका कुछ हुआ न, तो सच कहे देती हूँ, अगली बार मैं खुद आऊँगी, देखूँगी, तुम्हारा पेट कितना बड़ा है !"

आँखें डबडबाई हुई थीं, मन सहम रहा था, कंठ पर अनायास ही वर्षों की भूली हुई प्रार्थना मचल रही थी–

गंगा-गंगार तरंगे, प्राण-पद्म भासाइलॉम रे
मागो राखिओ जतने बुके निया
मागो दुलाओ आशार देउ दिया रे रे हे हे हे !

पहले दिन वह तट पर तब तक खड़ी रही, जब तक लौट नहीं आया उसका बेटा। पहले कुछ ही दूरी से कुछ ही घंटों में लौट आया करता। फिर और-और दूर, और-और देरी से। फिर वह धब्बे में बदला, फिर बिंदु में और वहाँ उस संधि-रेखा पर झिलमिलाने लगा, जहाँ आकाश और समुद्र मिलते हैं। एक बेतुकी-सी उम्मीद उसे अब भी छेड़ती है–एक दिन वहीं-कहीं से अपने बाप को अगर साथ ले आए तो !

इंतज़ार करते-करते उम्र कहाँ की कहाँ जा पहुँची। अब तो कुछ भी अच्छा नहीं लगता। कहीं भी नहीं। खुद अपने ही मन की थाह नहीं मिलती कि वह क्या चाहती है। शफीक जवान हो चला है, उसके रंग-ढंग अजीब होते जा रहे हैं। उसकी शादी के प्रस्तावों पर भी तय करना है। फातिमा होती तो सही सलाह देती, वह भी तो पिछले साल खुदा को प्यारी हो गई। अकेली ज़िंदगी पूरी तरह उचाट है।

डॉक्टर को दिखाया तो उसने बताया–कोई बात नहीं, मासिक बंद होने के समय ऐसा होता है। तो क्या उसकी बाट जोहते-जोहते सचमुच ही रीत गई उमर ? समुद्र के खारे पानी में खील-खील होकर बिखर गई उर्वरा शक्ति ?

बाहर पानी बरस रहा है। शफीक कहीं अड्डा मारने गया है। सूने बिस्तर पर औंधी पड़ी कसमसाती हुई हिसाब लगा रही है वह। शफीक बीस का हो गया, यानी करीम को गए बीस साल गुज़र गए। देखते-देखते गुज़र गए बीस बरस। इन बीस बरसों में कितनी ही बार लगा है, वही जानी-पहचानी आवाज़, वही परिचित मर्दानी देह-गंध उसे सहला रही है—"नसीबन ऐ नसीबन !" मगर⋯

"नसीबन ! ऐ नसीबन !"

अरे, यह कैसी आवाज़ है। कान लगाकर टेर सुनती है।

"नसीबन बी, दरजा खुलो (दरवाज़ा खोला)।" इस बार टेर के साथ दस्तक भी।

वह ठीक-ठीक तय नहीं कर पाती, आवाज़ स्वप्न से आ रही है या हकीकत से, अंदर से आ रही है या बाहर से ?

"नसीबन बी !"

इस बार उठ बैठती है वह, जैसे कोई कब्र से उठकर बैठता हो। धूल और मलबे की परतें झरती हैं। बीस बरसों के पार से टेर रही है वह आवाज़।

"के (कौन) ?"

"आमी करीम, तोमार करीम (मैं करीम, तुम्हारा करीम) !"

हड़बड़ाकर लौ को तेज़ करती हुई लालटेन लेती है, दरवाज़ा खोलकर लालटेन उठाती है, "के ?"

बारिश और पसीने से नहाया, पकी दाढ़ी, गंजी चाँद के गिर्द सफेद बालों वाला झुर्रियाया स्थूल चेहरा लालटेन की गर्द रोशनी में चिलकता है, जैसे स्याह समुद्र में चाँद का बिंब झिलमिला रहा हो। वह जिस सलोने चेहरे की दीवानी थी, वह चेहरा कहाँ गया ?

"तुमी (तुम)⋯?"

"हें (हाँ)⋯"

"किंतु तुमी जे⋯(लेकिन तुम तो⋯)"

"मोरी नी (मरा नहीं) आंटके पड़े छिलॉम (अटक गया था) !" प्रश्न भी आधे थे, उत्तर भी, लेकिन दोनों मिलकर पूरे हो गए, जैसे एक लंबी डुबकी के बाद अभी-अभी निकलकर आया हो करीम।

हरहराकर टूटता है बीस बरसों का बाँध, "जभी तो कहूँ, लोग जितना भी कहते, मुझे यकीन था, तुम आओगे, ज़रूर आओगे एक न एक दिन !" बाँहों में पिघल रहे हैं तन-मन। आँसू थमते नहीं, "तुम कहाँ रह गए शफीक के अब्बा ? इतने दिन कहाँ लगा दिए रास्ते में ?⋯देखो-देखो, मुझे देखो, खुद को देखो⋯क्या बाकी बचा है इन खँडहरों में⋯?"

दरवाजा खुला रह गया था। बाहर से आकर शफीक भौचक्का खड़ा है, "के ?"

"तोर बाबा (तेरा बाप) !⋯वही बाप, जिसके डूबने की बात पर तू नूर-बूढ़े की मुंडी तोड़ देने पर आमादा हो जाया करता था, जिसे खुद समुद्र से ढूँढ़ लाने की बातें किया करता था।"

शफीक न खुद को तोल पा रहा था, न उस बूढ़े आदमी को, जिसे—उसकी माँ उसका

बाप बता रही थी, न माँ को, न माहौल को और करीम···? करीम ने मुड़कर बेटे को देखा तो अपनी ही भूली हुई छवि तिर आई बीस साल पहले की—वही चेहरा, सिर्फ रंग माँ का, जैसे समुद्र में धुलकर और निखर आई हो। चकित, स्नेहिल नज़रें, थरथराती बाँहें फैलीं, "आमार छेले (मेरे बेटे) !" और उन बाँहों में अब नसीबन भी थी, शफीक भी।

बेटे ने पूछा, "लेकिन इतने दिन बाद···?"

करीम ने बताया, "उस रात तूफान आते ही मुड़ा घर की ओर, मगर नाव भटक गई। मैं बाँग्लादेश की समुद्री पुलिस द्वारा पकड़ लिया गया। वह एक लंबी दास्तान है।"

"थाक (रहने दो), अभी तुम क्लांत हो। जैसे भी हो, लौटकर आ ही गए हो मेरे पास—यही बहुत है।" नसीबन के वजूद में वर्षों पहले का पत्नी का अधिकार-दर्प फिर वापस लौट आया एक ही दिन में। वर्षों तपस्या की, पर अब उसकी उजड़ी दुनिया फिर से आबाद हुई, तो ऐसी आबाद हुई कि पूछना नहीं। औरतें आशीष देतीं, "तेरा सुहाग अमर रहे। सब अल्लाह की मेहरबानी है। सूरज कभी-कभी तीसरे पहर को भी निकलता है, लेकिन जब निकलता है तो··सारा मलाल निकल जाता है।" नसीबन की चाल-ढाल, बोली-बानी सब बदल गई। जीर्ण-शीर्ण ढोल-सी··उसने अपने छल्ले कसे और बजती रही केओड़ाखाली में—तीन दिन। कहते हैं, तीन दिनों में फिर से जवान हो गई नसीबन बी···! और तीसरी रात !

"मैं तुम्हें एक बात बताना चाह रहा था··एक ज़रूरी बात।" करीम ने हिचकिचाते हुए कहा।

"तो कहो न !" नसीबन उसके बाहुपाश में थी।

"कैसे कहूँ ?" इन तीन दिनों में यह कहने के लिए खुद को हर तरह से तैयार किया था उसने।

"क्यों, क्या हुआ ?"

"वो यूँ कि मुझे तो बाँग्लादेश की पुलिस ने पकड़ लिया था, मगर पुलिस के चंगुल से छुड़ाया एक हाकिम ने।"

"खुदा उस रहमदिल हाकिम पर मेहरबान रहे।"

"उस हाकिम की एक बेटी थी, शर्त थी निकाह कर लेने की।"

"नसीबन चौकन्नी हो उठी, "हाय अल्ला ! फिर···?"

"फिर उससे बेटी हुई··एक-एक कर तीन बेटियाँ ! नसीबन की बाँह ढीली पड़ गई।

"बेटा एक नहीं। बेटे के लिए दूसरी शादी की। उसे भी दो बेटियाँ। तीसरी की, उसे भी···"

नसीबन को लगा, उसने मुर्दे को जकड़ रखा था अब तक, परे छिटक गई।

"मुझे मालूम था, यह सब जानकर तुम्हें अपार दुःख होगा, लेकिन किस्मत की भूलभुलैया के आगे मैं मजबूर था। सज़ा भी मिली, इतनी दौलत कि चटर्जी बाबू तक गुलामी करें, मगर वारिस··एक नहीं, बेटा तो बस एक है, शफीक, जो तुमने दिया है।"

"तो ?" उसके गले में जैसे मछली का काँटा आ धँसा हो।

"देखो, मैं नमकहराम नहीं हूँ। खुदा गवाह है। तुम भी चलो और शफीक भी, ताकि बुढ़ापे में मैं सुकून से मर सकूँ। कौन भोगेगा इतनी संपत्ति···?"

"बीस वर्षों बाद क्या यही कहने आए थे इत्ती दूर से ?"

करीम झुक आता है नसीबन के कदमों पर, "देखो, मैं तुम्हारा कसूरवार हूँ, लेकिन जो हुआ उसे लौटाया नहीं जा सकता। हालात के हाथों मजबूर हूँ। मुझे माफ करना।"

परे खिसकना चाहा नसीबन ने, लेकिन करीम के गिजगिजे हाथों की जकड़न कायम थी। सर उठाकर करीम डबडबाई आँखों ने नसीबन की जलती आँखों में ताका, "देखो, झूठ न बोलना। हमने कभी तो सच्ची मुहब्बत की थी तुमसे ? क्या उस चाहत की थोड़ी भी कीमत नहीं···?"

"कीमत ?" मुँह फेर लिया नसीबन ने, "तुम तो चटर्जी बाबू से भी बड़े महाजन निकले !"

उसने हाथ बढ़ाकर खिड़की खोल दी, "हटो, कोई देख लेगा।" करीम ने पाँव छोड़ दिए, "मगर कुछ बताओ भी तो···"

"मैं तो जाने से रही।"

"और शफीक ?"

"शफीक की बात शफीक से पूछो।"

"शफीक से पूछा था, उसने तुम पर छोड़ रखा है।"

एक छनछनी-सी फैल गई नसीबन के दिलो-दिमाग में, "मेरे ही घर में यह सारा कुछ होता रहा, और मुझे पता ही नहीं।"

"शफीक !" वहीं से पुकारा नसीबन ने।

बगल के कमरे से शफीक उठकर आ खड़ा हुआ।

"पूछो इससे।" नसीबन ने कहा।

"बोल बेटा, चलेगा ?" करीम ने बेहद आजिज़ी से पूछा।

झुकी रही शफीक की नज़र।

—पर इसके 'ना' कहने में इतनी देर क्यों हो रही है ? मर्दों की दुनिया। पता नहीं, कहाँ-कहाँ डूबता-उतराता रहता है यह लड़का। उसकी झुकी नज़र के हर स्याह कोने में ढूँढ़ने लगती है उसे···चटर्जी बाबू की नातिन को घूर रहा था, वहाँ केओड़ाखाली वालों से मार-पीट की नौबत तक आ गई, जो किसी तरह टली। फातिमा की बेटी गुलनार ससुराल से आई तो उसके घर में ही दिन-रात घुसा रहता। चली गई, सो जान बची। उधर पता नहीं, मीटिंग, तकरीर और अड्डेबाज़ी में कहाँ-कहाँ फँसा रहता है। कुछ दिनों से मस्जिद भी कुछ ज़्यादा ही जाने लगा है, इतना मज़हबी तो था नहीं वह। सोचा था, मरद जात है, जवान हो चला है, बाँधकर तो रख नहीं सकती उसे, शादी करते ही खुद बँध जाएगा। प्रस्ताव भी आए, मगर पेशतर इसके कि कोई तय-तमाम कर पाती, आ पहुँचा उसका बाप, महाजन बाप, कर्ज़ वसूलने के लिए। भोलाबासा (प्रेम) का ऋणशोध ! छी !

"अरे कुछ बोलेगा भी 'हाँ', 'ना' ?"

"तू चलेगी ?" शफीक ने इस बार तितली की तरह पलक फड़काकर उसे देखा।

"नहीं।"

"क्यों ?"

"अरे तू अपनी बोल न।"

नसीबन और करीम, दोनों की धड़कनें शफीक के जवाब पर केंद्रित हो गईं।

"हाँ !" शफीक का जवाब झन्न-सा बजा नसीबन के सर पर।

"क्या ?" नसीबन ने पूछा, जैसे यकीन नहीं आया उसकी 'हाँ' पर।

"हाँ।"

"तू भी···?" बस इतना कह पाई नसीबन। इस छोटे-से सवाल में पाँच सौ रुपयों में भेड़-बकरी की तरह उसका सौदा करने वाले उसके बाप से लेकर बेमुरौवत और बेवफा हो आए पति और बेटे और दुनिया-जहान-भर के मर्दों के प्रति उसके त्याग-तपस्या, अरमान, अधिकार और अहं के टूटते महलों की सारी चरमराहटें समाई हुई थीं।

करीम के चेहरे पर राहत छलछला आई, बोला तो उदारता में शब्द-शब्द भारी हुए जा रहे थे, "मैं तो कह रहा हूँ कि तुम भी···" बात अधूरी रह गई करीम की।

नसीबन ने बात काटकर दो टूक लहजे में कहा, "ठीक है जाओ···लेकिन एक शर्त है।"

"क्या ?" दोनों के मुँह से एक साथ निकला।

"तुम दोनों को अभी इसी वक्त निकलना होगा।"

"लेकिन क्यों ?" बाप-बेटा दोनों अवाक्।

"खुदा मुझे इस झूठ और बेदर्दी की जो भी सज़ा देगा, मैं सर झुकाकर कबूल कर लूँगी, दोज़ख देगा, उसका भी डर नहीं। इस दोज़ख से बढ़कर कोई और दोज़ख क्या होगा···लेकिन केओड़ाखाली वालों के सामने सर उठाकर चलने के लिए इतना हक तो दो कि मैं यह कह सकूँ कि मेरा मर्द और मेरा बेटा बेवफा नहीं थे, भागे नहीं, ···डूबकर मर गए होंगे समुद्र में।"

नसीबन की कहानी अब सिर्फ माझियों के गीतों में ही रह गई है—

'के जास रे भाटी डाँग बोइया/आमार भाई बोल रे।
कँइयो नागर नितो बोइल्या···—के जास रे।
प्राण कांदे। कांदे रे प्राण। प्राण कांदे रे···। पोड़ा मॅन रे बुझाइले
बोझे नाऽऽ। कांदे रेऽऽऽ। सुजन माझी रे, भाई रे कइयो गिया/ना
आसिले, सपने ते देखा दिते बोइल्या···/के जास रे।···'

(कौन नाविक जा रहा है डोंगी खेते हुए···मेरे भैया बोल ना···कौन जा रहा है ? कहना उस प्रेमी से, नित्य प्राण रोता है, रोता है प्राण, प्राण रोता है रेऽऽऽ ! समझाने पर भी नहीं समझता यह दग्ध मन···रोता है रेऽऽऽ ! ऐ मेरे भले नाविक, मेरे भाई, कह देना उससे जाकर—न आ सके तो सपने में तो दिखाई दे जाए···कौन जा रहा है ?')

नाविकों का कहना है—इसी जगह आते ही कोई उनके कपड़े खींचने लगता है।

जब भी आसपास के गाँवों में समुद्र के विस्तार का ज़िक्र आता है, नसीबन का ज़िक्र आए बिना नहीं रहता, "झूठ कहते हैं लोग कि समुद्र का दूसरा किनारा किसने देखा है, नसीबन के

बाद भी ऐसा कोई कह सकता है भला !"

और बेचारी नसीबन ! नसीब की मारी नसीबन…! मर गए बाघ-बाघिन। मर गईं इलिस मछलियाँ, मर गए केकड़े, मर गए घड़ियाल, वह एक सुनसान रात थी। कहते हैं सिर्फ नूर-बूढ़े ने उन तीनों को समुद्र तक आते देखा था या फिर चाँद ने, जो खुफिया की तरह झाऊ के झाड़ों में छुपा हुआ था।

करीम और शफीक वहीं से 'बोट' पर सवार हुए। नसीबन वहीं खड़ी रह गई, उस शिला के पास। ज्वार आया हुआ था। बोट आगे बढ़ा। भीट के उन नारियल के पेड़ों तक जाकर बाप-बेटे ने एक बार मुड़कर देखा नसीबन बी को। वे आँखें सूखी थीं। एक हूक उठी नसीबन के कलेजे से, "या खुदा, इन खुश्क आँखों को इक कतरा पानी तो बख्श !" …फिर वह समुद्री शिला में तब्दील हो गई और वे दोनों बाप-बेटे नारियल के पेड़ों में ! उसके पहले न वह शिला वहाँ थी, न वे नारियल के दोनों पेड़ वहाँ…चाँद झाँक रहा था दोनों पेड़ों के बीच से उस शिला को और लिख रहा था वह विरह-कथा हवा के जरिए लहरों पर।

बूँद-बूँद पानी जमा होता है उन पेड़ों के फलों में। पीने वाले कहते हैं—खारा होता है, पानी नहीं, आँसू जो हैं…

और वह शिला ! असंख्य छोटे-छोटे गढ़े हैं उसमें, जिनमें झिनुक अटक रहते हैं। लहरें रोज़ भिगो जाती हैं उसे, फिर दूर चला जाता है समुद्र, सूख जाता है सारा पानी। क्या एकबारगी पत्थर ही हो गई है नसीबन ? नहीं, ध्यान से कोई देखे, ऊपर-ऊपर से बिलकुल सर्द, सख्त और शुष्क, मगर नीचे ? थोड़ा पानी तब भी बचा रह जाता है, अंदर कहीं।

आरोहण

बस उन्हें देवकुंड के स्टॉप पर उतरकर आगे बढ़ गई, तो रूप सिंह की नज़र सबसे पहले अपने गाँव की ओर उठ गई। पूरे ग्यारह साल बाद लौट रहा था वह अपने गाँव, माही।

एक अजीब किस्म की लाज, अपनत्व और झिझक उसे घेरने लगी थी। कोई उससे पूछे कि वह इत्ते साल कहाँ रहा, या कि इत्ते सालों बाद लौटकर आया ही क्यों, तो वह क्या जवाब देगा ? कोई खतो-किताबत भी नहीं। पता नहीं, कौन कहाँ हो, कौन कहाँ ! ग्यारह साल कम भी तो नहीं होते।

एक दिक्कत और थी। ग्यारह साल बाद भी कोई मुकम्मिल सड़क न बन पाई थी माही के लिए। अकेले जाना होता तो गाँव के लिए क्या सड़क और क्या पगडंडी ! मगर साथ कोई और हो, तो सोचना पड़ता है कि अगला क्या सोचेगा। फिर साथ वाला भी कोई ऐसा-वैसा नहीं, शेखर कपूर था। एक तो उसके गॉड फादर कपूर साहब का लड़का, दूसरे आई०ए०एस० ट्रेनी ! अब ऐसे खासमखास मेहमान को पाँव-पैदल अपने गाँव लिवा जाना अपनी और अपने गाँव की तौहीन-ई कराना तो हुआ न !

शेखर अपने बाइनो क्यूलर से पहाड़ों और घाटियों को देखने में रमा हुआ था, मगर रूप··· ? आँखें बंद करके भी वह पंद्रह किलोमीटर और ग्यारह साल की दूरी से देख सकता था अपने गाँव को। यह दीगर बात थी कि उसके और माही के बीच अभी कई पहाड़, कई जंगल, कई नदियाँ और कई घाटियाँ थीं।

उसने अपने सामने किसी विशाल डायनासोर की तरह पसरे पहाड़ को देखा। फिर उसके पीछे की ज़र्द परतों को, जिन पर बादल और धुंध की फफूँदियाँ जड़ी हुई थीं। उसके हिसाब से अभी वह छह हज़ार फीट की ऊँचाई पर था और यहाँ से पंद्रह किलोमीटर चलकर दस हज़ार फीट की ऊँचाई पर पहुँचना था उसे। उसने कलाई पर बँधी अपनी इंपोर्टेड घड़ी पर नज़र गड़ाई। अभी सुबह के दस बजे थे, मगर पैदल चलना हो, तो शाम तो होनी ही होनी है।

चाय का गिलास थामते हुए उसने आसपास एक उड़ती-सी नज़र डाली और चाय वाले से पूछा, "यहाँ कोई घोड़ा-वोड़ा नहीं मिलता क्या ?"

"आप कने जाणा छावाँ (आपको कहाँ जाना है) ?"

"माही ! सरगी से पहले का गाँव !"

चाय वाला अपना सिर खुजलाने लगा। फिर जैसे खुद से दरियाफ्त करने लगा, "ह्याँ से डाक बँगला और मशरूम सेंटर तक तो जाते हैं, लेकिन माही···!" तभी जैसे कुछ याद आया उसे। अपने आगे बढ़कर गुमसुम-से बैठे नौ-दस साल के एक लड़के को पुकारा, "ओय महीप-ऽ !

तूई वकी जाणा छू (तू कहाँ जाएगा) ? अरे माही !"

लड़के ने, जो किसी बुज़ुर्ग की तरह पत्थर की सीढ़ियों पर अकेला बैठा हुआ था, अपनी उदासीन-सी गर्दन फेरी, मगर कुछ बोला नहीं। उड़े हुए नीले रंग की पहाड़ी पतलून और सलेटी स्वेटर में समेटी अपनी तमाम गंभीरता के बावजूद अपने सुंदर गोरे चेहरे की मासूमियत को अभी झटक नहीं पाया था वह। "ये जा सकेगा भला ?" शेखर ने अपना संदेह प्रकट किया, "जाएगा साब ! कैसे नहीं जाएगा ? ह्याँ सवारियाँ मिलती-ई कहाँ हैं ! आप लोग चले गए तो बैठ के मक्खी-ई तो मारणा है। घाट बटी झगड़ा करी के पइसा कमाणा के वास्तेई तो आई छों।"

चाय वाले का अनुमान सही था। लड़का वहाँ से चुपचाप उठकर चला गया, मगर थोड़ी ही देर में दो घोड़ों के साथ चढ़ाई चढ़ता हुआ आता दिखा। मेहनताना चाय वाले ने ही तय कर दिया था—दो घोड़ों के सौ रुपए।

चल पड़े वे—एक घोड़े पर शेखर, दूसरे पर रूप। महीप शेखर वाले घोड़े के साथ आगे-आगे पैदल चल रहा था। पहले पहाड़ तक रास्ता ठीक-ठाक था, मगर उससे उतरते ही धूप का उजला चंदोव जहाँ-तहाँ दरकने लगा था—धूप की सुनहरी पट्टियों के बीच छाया की स्याह पट्टियाँ, मानो धारीदार खालों वाला वह विशाल जानवर बैठकर पगुरा रहा था। पता नहीं, कौन किसका पैवंद था, उजाला अँधेरे का या अँधेरा उजाले का ?

चढ़ाइयाँ और ढलानें ! बीच-बीच में जहाँ-तहाँ उगे छोटे-छोटे घरौंदे, जैसे मशरूम सेंटर के कुकुरमुत्तों की फसल दूर तक छिटक गई हो।

सामने के पहाड़ों पर बादलों के पंख लग गए थे, जो झर-झरकर उनके अगल-बगल उड़ रहे थे। नीचे घास, लताएँ और पेड़ों की कहीं फीकी, तो कहीं चटक हरियाली समेटे पहाड़, कहीं कच्चे, कहीं पक्के ! नीचे कोई नदी बह रही थी, शायद सूपिन ! शाप की मारी अभागिन सूपिन ! घाटी से किसी अदृश्य नारी-कंठ का कोई गीत उमड़ रहा था, पतला दर्दीला सुर—

"ऊँची-नीची डाँडियों मा,
हे कुहेड़ी ना लाग तूँऽऽऽ !"

वे पहाड़ के नीचे नदी के बगल के पथरीले रास्ते पर जा रहे थे। घोड़ों के खुरों से खट-खट, खर्र-खर्र के अस्फुट ताल के ऊपर फैलता-सा वह गीत, जैसे कोई रंग पसर रहा हो धीरे-धीरे !

"ऊँची नीचे पाँखों मा,
हे घसेरी ना जाय तूँऽऽऽ ?"

गीत जैसे जीवन और मृत्यु, इस लोक और उस लोक से परे किसी अलग ही अमूर्त लोक में उड़ रहा था।

"ऊँची-नहची डाँडियों मा
हे हिलाँस ना बास तूँऽऽऽ !"

"इसका मतलब क्या हुआ यार ?" शेखर ने पीछे मुड़कर रूप से सवाल किया।

"मतलब ? मतलब···कुहरे से सवाल कर रही है कोई घास गढ़ने वाली पहाड़ी लड़की कि ऐ कुहरे, ऊँची-नीची पहाड़ियों में तुम न लगो जाकर। इस पर कुहरा घास वाली लड़की से कहता है कि ऊँची-नीची पहाड़ियों में तू न जाया कर। इसी तरह वह हिलाँस नाम के परिंदे को भी आगाह करता है कि ऊँची-नीची पहाड़ियों में अपना बसेरा न बनाया करे।"

"मगर तेरी आवाज़ भर्रा क्यों गई बताते-बताते ?" शेखर ने पीछे मुड़कर ताका।

"यह एक दर्द की टेर है, शेखर साहब···! आपने वो गीत सुना होगा, बहोत पुराना गीत···छुप गया कोई रे दूर से पुकार के···"

"दर्द अनूठा हाय दे गया प्यार के !" शेखर ने गीत पूरा किया।

"हाँ ! वही ! ये ठीक है कि मैंने कोई बसेरा नहीं बनाया यहाँ, उड़ गया, मगर बाबा और भूप दादा ने तो···कुहासे का होना क्या मायने रखता है इन पहाड़ों में, इसे तो कोई पहाड़ी ही समझ सकता है। रिश्ते तक धुँधला जाते हैं साहब ! नेह के नाते तक नज़र नहीं आते। पास में कोई अपना खड़ा है और उसे आप देख तक नहीं पाते, पहचान तक नहीं पाते।"

थोड़ी देर तक कोई कुछ न बोला। सिवाय खुरों की आवाज़ों और गीत के धीमे पड़ते लय के, जिसकी हिलकोरों में अग-जग डूब-उतरा रहा था, सारी ध्वनियाँ सो गई थीं।

कुछ देर बाद अचानक चलते-चलते ठमक गया रूप, "यहीं, इसी जगह मैंने धकेला था भूप दादा को।"

"धकेला था···? क्यों ?" शेखर भी रुक गया।

"वो, मैं भाग गया था घर से देवकुंड। भूप दादा मुझे खोजते हुए आए और मैं पकड़ा गया। कहीं मैं फिर भाग न जाऊँ, सो लौटते वक्त तेरी कलाई पकड़ रखी थी उन्होंने। उनसे छुटकारा पाने को मुझे कुछ न सूझा, तो मैंने धक्का दे दिया उन्हें—यहाँ, इसी जगह ! वे सँभल न सके, फिसल गए। मेरा हाथ उनके हाथ में था, सो मैं भी खिंच गया। इस ढलान पर हम दोनों ही लुढ़कने लगे। नीचे एक पेड़ था, अब नहीं है, उसने जैसे थाम लिया हम दोनों को। पेड़ के इस तरफ भूप, उस तरफ मैं। झूलने लगे हम दोनों, बीच में थे हमारे हाथ। बहोऽऽऽत सख्त जान थे भूप दादा। बहोऽऽऽत मज़बूत पकड़ थी उनकी, मगर वे ऊपर से जितनी सख्त जान थे, अंदर से उतने ही नरम। उन्होंने समझा कि वे यूँ ही अपनी गफलत से फिसले थे, कि खुद को कसूरवार भी समझ रहे थे कि अगर उन्होंने मेरा हाथ छोड़ रखा होता, तो शायद मैं गिरने से बच जाता। खैर, जैसे-तैसे हमें खींचकर ऊपर ले आए और हाथ छोड़ दिया···।"

"ज़्यादा चोट तो नहीं लगी, भुल्ला ?" उन्होंने अनुतप्त भाव से पूछा। वे खीझ-भरी हँसी हँस रहे थे और मेरे बदन को परख रहे थे। पत्ते निचोड़कर उन्होंने मेरी और अपनी खरोंचों पर लगाया। ये दाग अभी भी रह गए हैं।" रूप ने बाँहों की ओर इशारा किया, "उन्होंने उस दिन से जो हाथ छोड़ा कि फिर नहीं पकड़ा।"

महीप रुककर उन्हें देखता रहा, मगर उसने घोड़ों को हाँका नहीं। रूप ने खुद ही एड़ लगाई, तो चल पड़ा घोड़ा, "बाप रे, ओह, कैसे चढ़ी थी चढ़ाई हमने उस दिन, क्या बताएँ ! पूरे आधे घंटे लग गए हमें ऊपर आने में।"

"अगर उस वक्त रॉक क्लाइंबिंग जानते होते, तो इतनी मुश्किल न आती।" बच्चे की तरह बोल उठा था शेखर।

"वो सारी ट्रेनिंग तो आपके पापा की मेहरबानी है। मैं आज जितनी ऊँचाई तक जा सका हूँ, उस सबका···! मगर उनसे मुलाकात तो इस वाकये के साल-भर बाद हुई।"

"अच्छा मान लो, आज तुम्हें इस पर चढ़ना होता, तो कैसे चढ़ते ?"

रूप ने एक उस्तादाना उड़ती हुई नज़र से पीछे मुड़कर देखा, फिर कहा, "पहले आप बताइए। देखें, कितना जान पाए हैं आप ?"

पर्वतारोहण का प्रसंग छिड़ जाने के बाद न रूप को बाकी किसी चीज़ की सुधि रह जाती थी, न शेखर को और यह आरोहण ही दोनों को एक सूत्र में जोड़े हुए था। "मैं···?" शेखर ने नीचे देखे बिना ही 'ऊँऽऽऽ ! ऊँऽऽऽ' 'हाँ' करते हुए प्रशिक्षणार्थी की तरह सैद्धांतिक बातों को याद किया, "सबसे पहले तो कोई दरार तलाशते। फिर रॉक पिटन लगाते।"

"यहाँ···? खैर, चलिए मान लिया, मगर अगर दरार न मिली तो···?"

"तो ड्रिल करके लगाएँगे।"

बुज़ुर्ग की तरह मुस्कराया रूप, "खैर, आगे ?"

"रॉक पिटन, फिर ऐंकर, फिर आगे-आगे डिसेंडर···नो नो, रोप लैडर—रस्सी की सीढ़ी।"

"नो !" आधिकारिक भाव से रोक दिया रूप ने, "कोई भी चढ़ाई हो, फर्स्ट वाच, देन गार्डेनिंग—चौरस या समतल बनाना, फिर यह देखना होगा कि पत्थर किस जाति का है, इग्नियस है, ग्रेनाइट है, मैटामारफिक है, सैंड स्टोन है या सिलिका, क्या है ! वरना अव्वल तो सपोर्ट नहीं बना पाओगे। बन भी गया, तो फ्रीरैपेलिंग नहीं होगी।"

शेखर ने रूप की परिपक्व बुद्धि पर प्रशंसा में आँखें नचाईं, "यस, यस।"

दोनों आरोही अति उत्साह में थे। आरोहण के दुस्साहसिक अभियानों पर बहस करते-करते उन्हें इतना भी भान न हुआ कि ढलान से उतरकर कबके वे बीच के मैदान में चले आए थे और अब वह मैदान भी दोनों ओर की पर्वत-शृंखलाओं के कसते चले जाने से सँकरा होता चला आ रहा था।

"अब तक आपके सामने ईजी सवाल थे, अब कुछ मुश्किल सवाल। इस पहाड़ पर चढ़ना हो और इस पहाड़ से उस पहाड़ पर सीधे ऊपर ही ऊपर जाना हो, खयाल रहे, दोनों के बीच सूपिन है—कैसे करेंगे ?" रूप की उँगली पहाड़ों की ओर उठ रही थी।

"एक मिनट, मुझे उतर जाने दो।" शेखर ने घोड़े से उतरकर पहाड़ों पर गर्दन उठाई। एक पिरामिडनुमा था, एक तनिक फ्लैट, जिसकी शृंखला दूर तक नज़र आ रही थी। दोनों ही पर नीचे से काफी ऊपर तक देवदार खड़े थे, जिन्हें मज़ाक-मज़ाक में वह 'पहाड़ के रोएँ' कहा करता था। रूप का इशारा शायद उसके कटे अंश की ओर से चढ़ने का था। लाइम स्टोन के चक्कर में किसी ने उसके बीच का एक बड़ा भाग कटवा डाला था।

"ये तो लाइम स्टोन है, सीकरी जीन ?"

"बस ?"

"नहीं ओवर हैंगिंग भी है।"

"हाँ, है, तभी तो टफ है। इस पर चढ़कर ऊपर ही ऊपर नदी को क्रॉस करते हुए आपको दूसरे पहाड़ तक जाना है।"

शेखर अभी सोच ही रहा था कि महीप ने उकताकर टोक दिया, "साब, जल्दी करो।"

उन्हें पर्वतारोहण के अध्याय को बंद कर फिर से घोड़ों पर सवार होना पड़ा।

नीचे की सँकरी नदी से बचते हुए पहाड़ से सटे बेहद सँकरे रास्ते से उन्हें चलना पड़ रहा था। शेखर डरकर घोड़े से उतरना चाहता था, मगर महीप ने रोक दिया, "बैठे रहो साब !" अब वह घोड़ों को पुचकारते हुए निर्देश देते हुए चल रहा था, "सँभली के हीरू, सँभली के···ओय वीरू दाएँ चल, दाएँ···अरे ले जाता है नदी मा···दाएँ-दाएँ···सँभली के।" मगर जब सामने भेड़ें आ गईं और भेड़ों के साथ-साथ भोटिया कुत्ता भी, तो उन्हें उतर जाना पड़ा। महीप की चौकन्नी नज़र कुत्ते पर थी, जबकि उन दोनों की कुत्ते के पीछे भेड़ें हाँक रही चौदह-पंद्रह साल की सलोनी लड़की पर।

"अमा रूप !" शेखर ने धीरे से कहा।

"हूँऽऽऽ !"

"पहाड़ की तो एक से बढ़कर एक चढ़ाइयाँ चढ़ी हैं···"

"हाँ !"

"कभी प्रेम की भी चढ़ाई चढ़ी कोई ?"

"उस उमर में ?"

"अरे, कोई तो मिली होगी, जिसे देखकर मन में कुछ-कुछ हुआ होगा कभी ?"

"थी तो, मगर उम्र में मुझसे काफी बड़ी।"

"इत्ती···?" शेखर ने लड़की की ओर इशारा किया।

"हाँ !" रूप को मानो रस्सी की सीढ़ी मिल गई, जिससे उम्र के चौबीसवें शिखर से नीचे उतरने लगा वह, "भेड़ें चराने के दौरान ही हमारी मुलाकातें होतीं।"

"इतनी ही हसीन भी थी न ?"

"उह ! ये क्या है उसके सामने। शैला तो इतनी सुंदर थी कि उसकी गुलामी बजा लाने में ही मैं खुद को धन्य मानता, जबकि वो खुद बैठकर स्वेटर बुना करती। मैं उसकी भेड़ें हाँका करता, उसके लिए बुरूँस के फूल तोड़ लाता, जो उसे बेहद पसंद थे, सेब या आड़ू कहीं मिल गए, तो सबसे पहले उसे लाकर देता।"

"और बदले में वह क्या देती ?" शेखर ने ठिठोली की।

"वह···? कभी-कभी देवता को बलि चढ़ती, तो मांस का प्रसाद, मक्की की रोटी वगैरह भी। मुझे बाद में मालूम पड़ा कि वह स्वेटर भूप दादा के लिए बुना जा रहा था। फल, फूल, मांस और रोटी भी उन्हीं के लिए आती, वे न आते तो मुझे···! राम-सीता की जोड़ी का मैं सिर्फ लक्ष्मण था और जिस दिन भूप दादा न आते, आखिर तक उसे खुश रखने की मेरी तमाम कोशिशें

बेकार चली जातीं।" रूप एक झेंप भरी हँसी हँसकर चुप हो गया।

महीप ने कनखियों से रूप को देखा, फिर घोड़ा पकड़कर चलने लगा।

"तेरी इस लव स्टोरी में तो कोई दम नहीं, कोई और नहीं मिली क्या कभी ?" शेखर ने बुरा-सा मुँह बनाया।

"मिली क्यों नहीं, उस दौरान कइयों से साबका पड़ा, कइयों का संग-साथ रहा, अब तो सब ब्याहकर अपने-अपने घर चली गई होंगी, बाल-बच्चेदार वाली हो गई होंगी, मगर शैली जैसी एक भी नहीं। एक वही तो थी, जो मुझ पर शासन करती थी। रुकिए, मैं आपको वो जगह दिखाता हूँ, जहाँ..." महीप मुड़कर रूप को देखने लगा, जैसे उसे बातों में रस मिल रहा हो।

अचानक रूप को खटका हुआ, यह कहाँ आ गया वह ! यहाँ तो झरने झर रहे हैं, चारागाह का नामोनिशान नहीं। बोला, "ए लड़के, तू हमें कहाँ लिवा जा रहा है ?"

"माही !" महीप बोला।

"मगर उस रास्ते में पहाड़ों के बगल में एक छोटा-सा मैदान हुआ करता था। वहाँ भेड़ें चराने आते थे लोग।"

"पहाड़ के 'धँस' में वो सब कब का दब-ढक गया साब !"

"लो शेखर साहब," पस्त हो गया रूप, "भूप दादा की और मेरी प्रेमिकाएँ, प्यार की निशानियाँ, वो मुकामात सब के सब दब-ढक गए भू-स्खलन में। अब तो नए रास्ते हैं और इन्हीं से होकर चलना है।"

"कुछ भी हो, तुम्हारा इलाका है बड़ा खूबसूरत—स्वर्ग जैसा।"

"हाँ, वो क्या कि पांडव इसी रास्ते गए थे स्वर्ग को। इधर का सबसे आखिरी गाँव सुरगी है, सुरगी यानी स्वर्ग। उनके कुछ आगे स्वर्गारोहिणी !"

"जब बर्फ पड़ती होगी, सारा इलाका बर्फ से ढक जाता होगा ?"

"जभी न लैंड स्लाइड हुआ।"

"वह बात नहीं, मैं तो इस लड़के के रोज़गार के बारे में सोच रहा था। इतनी कच्ची उम्र, उस पर यह घोड़े वाला धंधा, खतरनाक रास्ते। सोचो, हम जवान होकर भी घोड़े पर जा रहे हैं और यह पंद्रह किलोमीटर पैदल ! फिर इसे लौटना भी है पंद्रह किलोमीटर अभी।"

"पेट के लिए क्या-क्या नहीं करना पड़ता है।"

"वो तो हुई है, वही मैं सोच रहा था कि बर्फ के दौरान क्या करता होगा यह।"

"येऽऽऽ ! हिलांस की तरह जा छुपता होगा अपनी माँ की गोद में।" अपनी बात के समर्थन में उसने लड़के को पुकारा।

"ओ...महीपऽ !"

"जी साब !"

"तेरे पाँव में दर्द होता होगा, आ जा, कुछ देर तू घोड़े पर बैठ जा, हम पैदल चलते हैं।"

"नहीं साब ! लौटते बखत तो चढ़ के आना-ई है।"

"ये हीरू-वीरू का संग-साथ कब से लिया तूने ? किस गाँव का है ?"

"इससे यह भी तो पूछो कि हीरू-वीरू के अलावा इसके घर-परिवार में और कौन-कौन हैं ?" शेखर ने कहा।

"साब, बात मत करो। रास्ता भौत-ई खराब है।" कहकर महीप ने उनके सवालों पर विराम लगा दिया। ऊपर से पत्थर गिरे हुए थे और वह आगे-आगे घोड़ों को पुचकारते, निर्देश देते चल रहा था, जो उसके लिए इस समय उनके फालतू सवालों से ज़्यादा महत्त्वपूर्ण था।

आगे एक झरना था और एक उजड़ी पनचक्की। जगह थोड़ी चौड़ी थी। पानी रास्ते को काटकर बह रहा था। घोड़ों ने मुँह लगा दिया तो उन्हें उतरना पड़ा। महीप चुपचाप पानी पिलाता रहा हीरू-वीरू को। फिर वह खुद पानी पीने लगा।

"वो भी क्या संयोग था शेखर साहब !" रूप जैसे अतीत में लौट आया था, "आपके पापा इधर ट्रेनिंग के लिए न आते, न रास्ता भटकते; न रास्ता भटकते, न मेरी ज़रूरत होती। मैंने भी न वो चुस्ती दिखाई होती पहाड़ पार करने में, न वो खुश होकर अपने साथ मसूरी लिवा जाते। फिर तो हम कपूर साहब के और मूसरी के ही होकर रह गए साहब ! ग्यारह साल बीत गए, तब हम इसी लड़के की तरह हुआ करते थे।"

उसके मन में आया कि कपूर साहब की तरह इस लड़के को भी वापसी में साथ लिवाता जाए तो कैसा रहे, मगर लड़का एक ही घुन्ना है, कुछ बोलता ही नहीं।

"साब, इत्ती-इत्ती देर करोगे तो हम लौटेंगे कैसे ?" महीप ने उन्हें चेताया तो वे एक-एक कर फिर सवार हुए घोड़ों पर।

"मगर इस पहाड़ को हम पार कर पाते, तो दो किलोमीटर की दूरी और कम हो जाती।" रूप ने शेखर से कहा। फिर महीप से जानना चाहा, "अब तो माही मुश्किल से डेढ़ किलोमीटर होना चाहिए।"

"बस, उस डाँडी (पहाड़) के पीछे।"

"तुमने बताया नहीं, तुम क्यों भाग आए थे अपने घर से ?" लड़के ने जैसे सुना ही नहीं। वह रास्ते में पड़े एक बड़े पत्थर को हटाने लगा था। पत्थर बड़ा था, लड़के की औकात से ज़्यादा, फिर भी वह पिला पड़ा था। उसकी सहायता के लिए अभी वह नीचे उतरने ही वाला था कि लड़के ने पत्थर को नीचे धकेल दिया। कुढ़ गया रूप, "अजीब होते हैं ये पहाड़ी लोग !" रूप ने कहा, फिर मन ही मन झेंप गया, 'वह भी तो पहाड़ी ही है।'

गाँव करीब आता जा रहा था। वर्षों की बंद स्मृतियों के कपाट खुल रहे थे—एक ओर सूपिन, दूरी ओर ज़ंगल, पीछे हिमांग का ऊँचा पहाड़, नीचे होंगे अपने खेत, अपना घर, अपने लोग, बाबा, माँ, भूप दादा और लोग। कितनी दूर है केदार काँठा, कितनी दूर है दुर्योधन जी का मंदिर ! ऐ मेरे प्यारे वतन, ऐ मेरे बिछड़े चमन···

बहुत पुराने लोगों में से किसी-किसी ने लाल पलटन के अंग्रेज़ों को देखा था, नयों ने नहीं। सो, दो गोरे संभ्रांत अजनबियों के आगमन पर गाँव के कुछ लोग अपने-अपने घरों से निकल आए थे। हालाँकि यह सितंबर का महीना था और दिन के अभी तीन ही बजे थे, मगर यहाँ ठंड काफी

थी और लोगों ने ठंड से बचने के लिए 'चुस्ती' या ऊन का 'लावा' पहन रखा था। उनकी आँखों में भय, संशय और कौतूहल थे। रूप की नज़रें इनमें से एक-एक चेहरे को टटोल रही थीं।

लड़का एक सयाने सईस-सा अपनी थकान भूलकर अपने हीरू-वीरू की पीठ, पुट्ठों और टाँगों को थपथपा रहा था। रूप ने सौ का एक नोट निकाला और कुछ सोचकर रख लिया और दस की गड्डी से बारह कड़क नोट निकालकर लड़के को थमाते हुए बोला, "देखो, तुम भी थके हो और तुम्हारे घोड़े भी। फिर बच्चे हो, शाम होने वाली है, रास्ता ख़तरनाक है। ऐसा करो, आज रात यहीं रुक जाओ, सुबह चले जाना।"

लड़के ने कोई प्रतिक्रिया व्यक्त नहीं की, तो रूप ने उसे पूरे तौर पर आश्वस्त कर देना चाहा, "यहाँ मेरा घर है, तुम्हें कोई तकलीफ न होगी।"

लड़के ने फिर भी कोई जवाब न दिया, बल्कि पीठ फेरकर नोटों को गिनने में मशगूल रहा। उसकी इस धंधेबाज अदा पर रूप ने मुस्कराकर शेखर की ओर देखा, फिर कदम-कदम चलकर एक बूढ़े के पास पहुँचा। बूढ़ा चकमकाया हुआ-सा अपने पोपले मुँह और झुर्रियों के दलदल में डूबती आँखों पर हथेलियों से सूरज का ओट बनाकर उसे ही देखे जा रहा था। "कणे जाणा छावाँ साब ?" (कहाँ जाना है साब) रूप ने बताया, "बाबा, यहाँ ग्यारह साल पहले कोई रामसिंह हुआ करते थे···जिनके भूप सिंह और रूप सिंह दो बेटे थे। वो हिमांग पहाड़ के नीचे उनका घर है।"

बूढ़े के चेहरे पर अपरिचय की शिला हिलकर रह गई, मगर टली नहीं, तो रूप को जितनी भी गढ़वाली याद रह गई थी, उसे जोड़ने-सजाने लगा, "बाबा, यक भूप सिंह, रूप सिंह दुइ भाई होंदा छै ?"

"हाँ," इस बार बूढ़े के होंठ हिले, "लेकिन रूप तो भौत पहली भागी गेई छाइ।"

"अगर मी बोलुलूँ कि मी वुई रूप सिंह छौ तो ?" (अगर मैं बोलूँ कि मैं वही रूप सिंह हूँ, तो ?)

"तूऽऽऽ ! न आऽऽऽ ! मजाक करी छूँ साब ?"

"तब तो ई भी मजाक ई छै जो आप दादा तिरलोक सिंह जी छूँ ?" रूप ने हँसते हुए आगे बढ़कर उनके पाँव छुए। बूढ़ा तिरलोक अभी भी इस आत्मीयता को पूरी तरह से आत्मसात् नहीं कर पा रहा था, किसी दूसरे आदमी ने हिंदी में पूछा, "मगर, आप थे कहाँ इतने दिन ?"

"पर्वतारोहण संस्थान।"

"वो क्या चीज च ?" तिरलोक ने जानना चाहा ?

"पहाड़ पर चढ़ना।"

"के वास्ताँ (किसलिए) ?"

गड़बड़ा गया रूप उनकी इस ज़िरह पर, "बाबा, वो कोई छोटा-मोटा काम नईं। सरकार इसी के लिए चार हज़ार तनखा देती है हमें।"

"ल्या सुण ल्या एकइ बात।" तिरलोक बूढ़े ने सबसे सुनाकर कहा, "यह कहता है कि

यक रूप सिंह छै ! चलो मान लिया ! लेकिण फिर बोलूँ छै कि सरकार याको सिर्फ म्याल चढ़न कूँ वास्ते चार हज़ार तणखा देवे छूँ। यक क्या बात हुई ? कैसी अहमक है यक सरकार भी !" शेखर की उपस्थिति में अपनी ऐसी किरकिरी होते देख खिसिया गया रूप।

"आप कभी नीचे नहीं गए न ?"

"के वास्ताँ नीचे ?"

"तभी !" उसने बुरा-सा मुँह बनाया, "खैर, अभी आज्ञा दें। घर जाऊँ, बाद में मिलते हैं।"

"ग्यार··· ?"

"हाँ, घर ?"

"ग्यार तो ऊपर उड़ी के चली गेछू बेटा ! वोऽऽऽ उदिर।" तिरलोक सीधे हिमांग पहाड़ पर टाँगना चाह रहे थे अपनी नज़र, मगर बादलों के गाढ़े लिहाफ के चलते उसकी शिनाख्त ओझल थी।

"और बाबा और माँ ?"

"वो तो और भी ऊपर !" तिरलोक की उँगली सीधे आसमान की ओर उठी हुई थी, "भौत साल पहले-ई।" एकाएक जैसे सफेद हो गया रंगीन स्क्रीन। उदास हो गया रूप। शेखर ने उसके कंधे पर सहानुभूति में हाथ रखा।

कुछ देर बाद रूप भर्राए गले से डरते-डरते पूछने लगा, "भूप दादा तो हैं न ?"

"भूप-अ ? रुको, बुलाते हैं। अरे भूप-अ-अ ?"

बूढ़े तिरलोक की आवाज़ प्रतिध्वनि बनकर लौटती रही। जवाब में कहीं से कोई आवाज़ नहीं आई। रूप ने डरते-डरते शेखर की ओर देखा। उसे संदेह हो रहा था कि क्या वाकई भूप दादा ज़िंदा हैं भी या बूढ़ा तिरलोक महज़ उनकी आत्मा का आह्वान कर रहा है।

"कितने लोग हैं वहाँ ?" शेखर ने पूछा।

एक औरत ने बताया, "अरे वो हैं, उसकी घरवाली, एक लड़का, लेकिन वो तो···" आगे के शब्द रोक लिए थे उसने जबरन।

"लड़का भी है ?"

"लो ! अरे वोई लिवा आया न घोड़े पर आपको।" किसी लड़के ने बताया।

"वोऽऽऽ !" रूप ने मुड़कर देखा, महीप वहाँ नहीं था। काफी दूर पर एक घोड़े पर बैठा कोई नन्हा सवार दूसरे को हाँकते हुए ढलान में तेज़ी से उतर रहा था। उनकी आँखों में उसका अक्स छोटा होते-होते पहाड़ की ओट में तिरोहित हो गया तो शेखर ने कंधे उचकाए, "स्ट्रेंज !"

"भूप तो यक किसी से बात-ई नी करता। यू ऐसा कर, शाम होणे वाली है। देर न कर। जा चढ़ जा इस म्यांल (पहाड़) पर।"

"इस पर···?" वह कुछ परेशान हुआ।

"क्यों ? अभी तो तू कै रहा था कि तूणे बड़े-बड़े पहाड़ चढ़े हैं और सरकार यक नाम का वास्ताँ तुझे चार हजार तणखा देती है।"

"वो बात नहीं दादा जी, पहाड़ों पर तो हम पत्तरों, खूँटों, रस्सों, कुल्हाड़ी और दूसरी चीज़ों

के सहारे चढ़ते हैं। यहाँ तो साथ लाए नहीं।"

"ओऽऽऽ !" तिरलोक की आँखें झुर्रियों के दलदल के ऊपर उछल आईं, "इत्ता सारा इंतज़ाम होवे, तब तो तू चढ़ पावे म्याल पर !" तिरलोक हँस पड़ा, दूसरे बच्चे, बूढ़े भी। औरतों ने हँसते-हँसते मुँह फेर लिए।

"अरे, वो देख, भूप तो इधर-ई आ रहा है।" किसी प्रौढ़ की आवाज़ आई, तो उस दिशा में सबकी नज़र मुड़ गई।

पहली नज़र में वह पूरा का पूरा दिखा नहीं। पाँव किसी डिबके की ओट में थे, सिर किसी डाल की ओट में। सिर्फ उसके हाथ और बीच के अंश ही दिख रहे थे। पता नहीं, उसका मायावी कद अंदर ज़मीन में कितनी गहराई तक गया था और आसमानों में ऊपर कितनी ऊँचाई तक।

धीरे-धीरे चलकर वह सामने आया, तो कतई असाधारण नहीं लगा। हालाँकि उसकी चुस्ती और स्वेटर, मफलर में दरमियाने कद की मामूली-सी शख्सियत के बावजूद उसका तिलस्म अभी भी बरकरार था।

गोरा-चिट्टा चित्तीदार चेहरा, मानो ग्रेनाइट पत्थर को तराशकर गढ़ा गया सख्त लंबोतरा चेहरा, उसकी अजीब-सी स्थितप्रज्ञ आँखें मद्धिम-मद्धिम जलती हुईं, भौंहों पर कटे का निशान, वही है, बिलकुल वही। ग्यारह सालों में और भी ठोस, और भी सख्त हो आए थे भूप दादा।

"दादा !" रूप जा झुका भूप के कदमों पर, "मैं रूप हूँ, तुम्हारा भगेड़ा भाई।"

भाई ने भाई को देखा। जाने क्या-क्या देखा, कहाँ-कहाँ तक देखा, फिर देखते-देखते नज़रों की बर्फ पिघलने लगी, "कब आया ?"

"अभी।"

"अकेले ?"

"नहीं, ये मेरे साथ हैं–कपूर साहब, जो मुझे लिवा गए थे, उनके लड़के शेखर साहब। आई०ए०एस की ट्रेनिंग ले रहे हैं मसूरी में।"

शेखर ने हाथ जोड़कर नमस्कार किया। भूप ने कोई उत्तर न दिया। वहाँ तिरलोक दादा जी समेत गाँव के ढेर सारे लोग थे, मगर वह जैसे शिलाओं के बीच खड़े थे, उन्होंने किसी से कोई बात नहीं की, न किसी ने उनसे।

"भुइला (अनुज) ! चल ग्यार (घर) चल !" कहकर उन्होंने दोनों के बैग कंधे पर डाल लिए और बिना उनकी सम्मति का इंतज़ार किए, बिना इधर-उधर नज़र डाले वापस मुड़ गया।

शेखर ने धीरे से रूप के कान में कहा, "गोया, यह माही हमारा बेस-कैंप था और हिमांग हमारा डेस्टीनेशन।" रूप ने होंठों पर उँगली रखकर उसे चुहल करने से मना किया।

ऊँचे हिमांग की तलहटी में छोटे-से भूखंड पर बसा वह गाँव किसी आदिम गाँव-सा लग रहा था। खड्ड, झाड़-झंखाड, बगल में बहती सूपिन का शोर। बीच-बीच में बादल के टुकड़े आ-जा रहे थे, जिनसे आँख-मिचौली खेलता उनका वजूद फिर से मायावी लगने लगा था। कभी-कभी तो भ्रम होता कि बादल तैर रहे हैं या वे।

चढ़ाई शुरू हो गई थी। प्रायः खड़ी चढ़ाई पहले तो पेड़ और पत्थरों के सहारे चढ़ते रहे वे, फिर रुक गए। "क्या हुआ ? आगे नहीं चढ़ पा रहा है ?" भूप ने ऊपर से पूछा, "बस, इत्ता-भर पहाड़ीपन बचा रै ग्या ई ? है ना !" फिर वे नीचे उसके पास आए। उन्होंने गले के मफलर की मज़बूती परखी, फिर उसे कमर में बाँधकर दोनों छोरों को दिखाते हुए कहा, "भुला, ले पकड़ इसको।" फिर उन्होंने शेखर की ओर देखा, जो और भी नीचे खड़े हाँफ रहा था, "पहले इसे चढ़ा लें, फिर आपको…" शेखर ने हामी भरी।

अब भूप आगे-आगे चढ़ रहा था, उनकी कमर में बँधे मफलर का छोर पकड़े-पकड़े रूप पीछे-पीछे। बाप रे ! बिना किसी आधुनिक उपकरण के। सिर्फ पेड़ों-पत्थरों के नाम मात्र के सपोर्ट पर शरीर का संतुलन बनाते हुए चढ़ना। बीच-बीच में रुककर हिदायत भी देते जाते थे, "देख, ए थई मजबूती से पकड़ी के राखी। इन न हवा कि गिर गैल सूपनि माँ (देख, इसे मज़बूती से पकड़े रखे, ऐसा न हो कि जा गिरे सूपिन में।)

भूप दादा साँप थे, छिपकली थे, बनमानुष थे या रोबोट थे ? वे जिस धैर्य, आत्मविश्वास, ताकत और कुशलता से मांसपेशियों और अंगों का नायाब उपयोग कर रहे थे, वह उसके लिए हैरत की चीज़ थी। फिर अकेले का भार-मात्र होता तो भी एक बात होती। वह तो खुद के साथ-साथ उसे भी खींचे लिए जा रहे थे। बारह वर्ष पहले ठीक इसी तरह ढलान से ऊपर ले आए थे उसे। घंटा-भर लगा ऊपर पहुँचने में। उन्होंने वहीं से किसी को आवाज़ दी, शायद उन लोगों के आने की सूचना। फिर जवाब की प्रतीक्षा किए बगैर उसे हाँफता हुआ छोड़कर शेखर को ले आने नीचे उतरने लगे। देखते ही देखते हिमांग पर छाए बादलों में अदृश्य हो गए वो।

ऊपर रूप ने देखा कि पहाड़ की पीठ पर कुछ दूर तक ज़मीन प्रायः समतल बनी हुई थी, जिसमें मकई की फसल खड़ी थी। क्षेत्र के चारों ओर सेब और देवदार के पेड़ थे। सेब के पेड़ों में तो फल भी लगे हुए थे। पेड़ ज़्यादा दिनों के नहीं थे, यह देखने से ही लग रहा था। उसने गौर किया, ऐसे ही पेड़ नीचे भी कुछ दूर तक फैलते चले गए थे। पूरे क्षेत्र की परिक्रमा करता हुआ वह आधी दूर तक पहुँचा होगा कि उसे एक गुफानुमा आश्रम दिखा। उसी के बगल में दो छानी (छप्पर का झोंपड़ा) भी। यही घर है शायद ! एक छप्पर के नीचे एक औरत खड़ी थी, नाटी, गोरी, जवान 'चुस्ती' और लाल फुल-स्वेटर में। वह उसे हैरानी से घूर रही थी। उसने अनुमान लगाया कि यह भाभी हो सकती हैं, मगर झिझकवश आगे बढ़ गया। आगे हिमांग के ऊपर वाले अंश से कोई झरना झर रहा था, जो खेतों से गुज़रते हुए सूपिन में गिरता था।

हवा में बर्फीली शाम की ठंडक बढ़ गई और देखते-देखते कोहरा इतना घना हो गया कि लगता था, पृथ्वी पर पहाड़ की इस पीठ को छोड़कर बाकी कुछ भी नहीं, कहीं भी नहीं।

शेखर को लेकर आ गए थे भूप। आते ही उन्होंने भाभी-देवर के बीच संवादहीनता की जड़ता को ताड़ लिया और बोले, "रूपऽ ! तेरी बाबी (भाभी)।"

रूप ने आगे बढ़कर उस औरत के पाँव छुए। बूँदाबाँदी शुरू हो गई थी। पति-पत्नी गृहस्थी के सामान को समेटने में लग गए। रूप को शेखर गुफा में बिछे पटरों पर ही लेट गए।

"रूप !" शेखर ने पुकारा।

"ऊँऽऽऽ !"

"यार, इट वाज ए रेयर एक्सपीरिएंस।"

"हाँ !"

"वो महीप घोड़े वाला लड़का तेरी इन्हीं भाभीश्री का लड़का है ?"

"बताया तो यही गया।"

"उहूँऽऽऽ, मुझे लगता है, कहीं कोई गड़बड़ है।

"हूँऽऽऽ", नींद की झील में डूब गया रूप का जवाब। जाने कब तक सोते रहे वे। रात के किसी पहर जगाया था भूप ने, "लो, यकी खा लो, यकी पड़े रहो, भौत जोरों की बारिश है बाहर !"

सचमुच, बाहर वर्षा कहर ढा रही थी।

सुबह उठे तो आसमान साफ था। पूरब की दो पहाड़ियों के बीच, धुंध के परदे के पीछे से किसी बच्चे की तरह झाँक रहा लाल-लाल सूरज। धुंध अरुणाभ हो रही थी। धीरे-धीरे छँटी थी कुछ धुंध ! नीचे झाँकने पर माही के छोटे-छोटे घरौंदे अजीब-से लग रहे थे, मानो भूरे पानी के गहरे तल में पड़े मछली, सीप, घोंघे की तरह हलका-सा आभास मात्र हो रहा था इन सबका।

"भाई से मिलकर कैसा लगा, रूप ?" शेखर ने एकांत में पूछा।

"भाई···? बस, थोड़ी-सी ही धुंध छँटी है अभी।"

"हूँ। कहते हैं, लियार्नोदविंची ने पहाड़ को देखकर कहा था कि मेरी मोनालिसा यहाँ है, मगर इसे पाने के लिए मुझे ढेरों पत्थर-मिट्टी के मलबे हटाने हैं। तुम्हारा भाई भी इस पहाड़ में है, मोनालिसा नहीं, साक्षात् शिव, मगर उस तक पहुँचने के लिए ढेरों मलबा हटाना पड़ेगा तुम्हें अभी।"

रूप कुछ बोला नहीं, चुपचाप टहलता रहा।

नाश्ते पर पहली बार सब साथ बैठे, आग के गिर्द। भुनी हुई मक्के की बाल और चाय। भाभी सेंक-सेंककर दिए जा रही थीं। वे नमक-मिर्च के साथ चबाते जा रहे थे।

"यहाँ इस पहाड़ पर कैसे आना पड़ा दादा ?" मलबा हटाने की रूप की एक अदद कोशिश।

"यहाँ···?" भूप ने मक्के के हाथ को गरम करते हुए जैसे पीछे दूर तक देखा, "आज इतणे वर्षों बाद यही पूछणे के लिए आया है ?"

"मुझे और शर्मिंदा न करें।"

"तो सुण भुइला, तूने सिर पर पहाड़ टूटने की कहावत तो भौत सुणी होगी, सुणने में भौत भारी नहीं लगती, लेकिन इसकी सच्चाई तो वो-ई जाणे हैं, जिस पर सचमुच का पहाड़ टूटा हो।" भाभी और भुने हुए भुट्टे दे रही थीं, उन्होंने मना कर दिया, "तेरे जाणे के बाद अगले साल भौत बरफ गिरी। ये हिमांग पहाड़ उसका बोझ न उठा सका, धसक गया और अपने तीस नाली खेत, मकान, माँ, बाबा, सब दब गए मलबे में.। मैं ही किसी तरह बच गया, छानी पर था, इसलिए।

वहीं से तबाही देखी थी मैंणे लाचार, असहाय। तू होता, तो पहाड़ का मलबा क्या था, पहाड़ तक हटा लेते दोनों भाई। खेत भी खींचकर निकाल लेते, माँ-बाबा के भी, लेकिन नहीं हो सका। वही पहाड़ कबर बन गया सबका।" भूप थोड़ी देर के लिए चुप हो गए।

"तू तो पैले ही भाग चुका था मुझे अकेला छोड़कर। फिर मैं भौत भटका, भौत छटपटाया, लेकिन कहीं सहारा न मिला। सहारा देता भी कौण ? सबी अपणे-अपणे से-ई तबाह। दस-दस किलोमीटर तक जगह-जगह धँसाव हुए थे। रास्ते बदल गए, झरने बदल गए, नदियाँ बदल गईं। इतनी बड़ी तबाही हो चुकी थी और मैं खिसियाई आँखों से इस हिमांग को देखा करता, मौत की तरह फैला हुआ म्याल।"

भाभी चाय दे गई थीं। दूध के अभाव में लाल चाय। भूप ने पहले गिलास की चाय में भाप से अपनी पनियाई आँखों को सेंका, फिर गिलास को दोनों हाथों में दबा लिया। पता नहीं, किस आत्मीय ऊष्मा की तलाश थी उन्हें। वे हैरान हो उनकी इस विचित्र लीला को देख रहे थे।

"तुझे बचपण में बाबा की सुनाई हुई कहानी याद है ?" वे रूप की ओर मुखातिब हुए तो उनकी आँखें कुछ ज़्यादा ही चटक हो आई थीं, "वो एक नन्ही चिड़िया वाली, जिसे गिद्ध ने कहा था, 'मैं तुझे खा जाऊँगा' नहीं ? खैर, मैं याद दिलाता हूँ। गिद्ध के ऐसा कहने पर चिड़िया डर गई। पूछा, 'क्यों ?' गिद्ध बोला, 'इसलिए कि तू मुझसे ऊँचा नहीं उड़ सकती।' यह अजीब ज़बरदस्ती का तर्क था। नन्ही चिड़िया ने धीरज धरकर पूछा, 'और अगर मैं तुझसे ऊँचा उड़कर दिखा दूँ तो ?' गिद्ध उसके बचकाणेपन पर हँसा, 'तो नहीं खाऊँगा।' फिर तो दोणों में ठण गया मुकाबला। गिद्ध के सामने भला उस नन्ही चिड़िया की क्या बिसात ! लंबे-लंबे डैने फहराए और उड़ गया ऊपर, ऊपर और–और ऊपर ! चिड़िया डर गई। फिर भी उसने धीरज न छोड़ा। ऐसे ही मरणा है, वैसे भी, तो क्यों न मौत से दो-दो हाथ करके-ई मरूँ। कम से कम मरणे का मलाल तो नहीं रहेगा। फिर तो पूरी ताकत लगा दी उसने उड़ने में, लगा कि पराण ही निकल जावेंगे। जाण पे खेल गई चिड़िया और सारी ताकत लगाकर उड़कर जा बैठी गिद्ध की पीठ पर। गिद्ध अपणी बेहिसाब ताकत के गुरूर में उड़ता रहा, आकाश से भी ऊँचा, लेकिन चिड़िया को अब कोई डर न था। वह हर हाल में उससे ऊँचाई पर थी, मौत की पीठ पर ही जा बैठी थी वो।"

कहानी खत्म कर अपने सामने के मंज़र को देखने लगे भूप। उन्होंने बीड़ी सुलगा ली। दो-एक कश खींचे, फिर बोले, "तो भुइला, इसी तरह मैं भी आ बैठा मौत की इस पीठ पर, उसी की, जिसने मेरा सब कुछ निगल लिया था। धीरे-धीरे मलबा हटाता रहा यहाँ का। थोड़ी-बहुत खेती शुरू करी। अकेला-अकेला लगा तो एक औरत ले आया नीचे से।"

"कौन, शैला…?" रूप चौकन्ना हो उठा सहसा।

"हाँ, अभी तक तुझे याद है ?" इस बार भूप के चौंकने की बारी थी। एक क्षण को वह तराशा हुआ चित्तीदार चेहरा स्निग्ध होता-सा लगा, फिर उस पर नामालूम-सी धुंध छा गई, "शैला के आने से खेती फैल गई। बर्फ जमी न रहे, सो हमने खेतों को ढलवाँ बणाया, मगर एक मुसीबत,

पाणी कहाँ से आए। एक दिन पाणी की खोज में हम चढ़ गए इस हिमांग के साबुत ऊँचे हिस्से पर। वहाँ हमने देखा कि एक झरणा यूँ ही उस तरफ सूपिन में गिर रहा था। उसे मोड़ लेने से पाणी की समस्या हल हो सकती थी, मगर बीच में ऊँचा था याणी के पहाड़ काटणा था। हमने क्वार के दिन चुने, जब रातों को बर्फ जमने लगती थी, दिन को पिघलने लगती थी, मगर थोड़ी-थोड़ी। याणी इतना भी नहीं कि धार तेज हो, इतना भी नहीं कि बर्फ जमकर सख्त हो जाए। बड़ी मेहनत की हम दोणों ने, मगर झरने को मोड़कर लाने में सफल हो ही गए आखिर।"

"जाड़े में तो जम जाता होगा। फिर बर्फ से ढक जाता होगा यह सब ?" शेखर ने पूछा।

"अभी-ई जम गया जी।" भूप ने कहा, "लेकिण गर्मी पाएगा तो पिघल जाएगा।"

"अभी का ये हाल है तो ज़ाड़े में तो खून ही जम जाता होगा।"

"ये पेड़ लगा रखे हैं न ! काफी लकड़ी जमा कर लेते हैं। चौबीसों घंटे आग जलती रहती है। बर्फ से आग को भिड़ा देते हैं।"

"मगर भाभी गईं कहाँ, मेरा मतलब शैला भाभी···"

"वो-ई तो बता रहा था कि तेरी बाबी के आणे से खेती का काम कैसे बढ़ता गया। काम हम दोनों के बूते का न था। फिर उसको बच्चा भी होने वाला था, तो हम ले आए दूसरी औरत, ए तेरी दूसरी बाबी। शैला से एक बेटा हुआ महीप। फिर एक दिन, महीप अभी नौ साल का ई था कि उसकी माँ को जाणे क्या सूझा कि एक दिन हयाँई से कूद गई सूपिण माँ।"

स्तब्ध रह गए रूप और शेखर। सिर्फ झरने के सूपिन में गिरने के शोर को छोड़कर कोई आवाज़ नहीं थी कहीं। "तब से," एक गहरी साँस लेकर बोले भूप, "बेटा जो नीचे उतरा, तो फिर ऊपर नहीं आया, मैंने लाख मनाया, फिर भी···कल भी उसे आया देखकर-ई नीचे उतरा था। उसके पीछे-पीछे दूर तक गया, मगर उसने सुणकर भी नहीं सुणा, देखकर भी नहीं देखा, लौट गया घोड़ों को भगाते हुए। मुझी को गुनहगार समझता है अपनी माँ की मौत के लिए।"

"चाह !" भूप की दूसरी पत्नी ने शायद विषयांतर करना चाहा।

"अरे, रहणे दे, ये साहब लोग हुए न, काली चाह नहीं पसंद करते।"

"आप एक भेड़ या बकरी तो रख ही सकते थे, उन्हें चढ़ने-चढ़ाने में भी मुश्किल न आती, दूध भी मिल जाता।"

"पाली थी न।"

"दिख तो नहीं रही।"

"देवता को बलि चढ़ा दिया, उसके बच्चे को भी तुम्हारे माही वालों ने।"

धुंध काफी कुछ छँट चुकी थी।

अब समझ में आया कि भूप दादा ने कल क्यों बात नहीं की माही वालों से। रात की बारिश से भीगी सलेटी मिट्टी पर सुबह की आलोक-छाया में चलते हुए नीचे पसरी घाटी को दूर-दूर तक देख रहे थे वे। उनके पीछे हिमांग का बाकी साबुत पहाड़ था, जिससे नीचे उतरता झरना हिमायित होकर चाँदी की राह-सा चमक रहा था। इतनी ऊँचाई पर और इतनी ठंड में उसका जम जाना लाज़िमी था। वे हिम के पिघलने का इंतज़ार कर रहे थे और शेखर उनके

अंदर के हिम के पिघलने का इंतज़ार। आखिर दोनों ही पिघले।

"तू गया। तेरे पीछे माँ गई। बाबा गए। फिर शैला गई। सबसे आखिर में महीप भी चला गया हमें छोड़कर।" वे रुक-रुककर बोलते हैं, "तू कहेगा, चढ़ सिर्फ मैं रहा था, बाकी उतर रहे थे; मैं कहता—नहीं, अपणे-अपणे हिस्से की चढ़ाई तो सभी चढ़ रहे थे। चढ़ने का सबका अपणा-अपणा तरीका है।"

थोड़ी देर तक हिम के पिघलने को वे यूँ ही देखते रहे। फिर फावड़ा उठाकर किनारे के कटाव को ठीक करने चल पड़े। इस समय वे अकेले थे। उनका यह रूप उन दोनों में दहशत भी भर रहा था, सम्मोहित भी कर रहा था।

"उफ् ! कितने अकेले लग रहे हैं भूप दादा इस वक्त !" रूप ने धीरे से कहा।

"ऊँचाइयाँ तनहा भी तो करती हैं, खासकर बौनों के देश में।" शेखर दार्शनिक हो उठा।

"इतनी ऊँचाइयों पर तो सभी बौने होने लगते हैं शेखर साहब ! पेड़-पौधे, वनस्पतियाँ, जीव-जंतु, आदमी सब कुछ !" रूप ने भी उसी लहजे में कहा, "यह तो कहिए कि प्रकृति के किस चमत्कार के तहत बौनी ही सही, यहाँ मक्के की जैसी-तैसी फसल भी है, सेब भी है, देवदार भी—मरियल ही सही, हैं तो, वरना ऊँचाइयों पर कुछ भी नहीं उगता, न पेड़-पौधे, न फसल, तृण तक नहीं, सिर्फ एक फसल होती है वहाँ—बर्फ !"

"यहाँ की नेचर मुझे कुछ टिपिकल लग रही है। लगता है, कहीं कोई सल्फर स्ट्रीम है, गर्म धारा। यहाँ कोहरा भी कुछ ज़्यादा है—शायद इसी वजह से।" शेखर ने कुछ सोचते हुए कहा।

रूप उसकी बात से शायद ही आश्वस्त हो पाया। उठकर टहलने लगा, "मैं यहाँ ग्यारह सालों तक रहा हूँ शेखर साहब ! मैंने यहाँ सिर्फ बर्फ देखी है, सिर्फ बर्फ ! बर्फ एक रेगिस्तान की तरह पसरी रहती है चारों तरफ ! जब पिघलती है, तभी कुछ हो पाता है। मुझे डर है, बर्फ का कहीं और विस्तार हुआ तो जो पैदा हो रहा है, वह नहीं हो पाएगा। हिमालय तो लगातार ऊपर-ई उठता आ रहा है न ! तब ऐसे में दादा का क्या होगा ?"

"तुम नाहक डर रहे हो अभी से। आदमी बहुत बड़ा होता है, आदमी की उम्र से। फिर तुम्हारे भूप भैया···मैं जितना ही इस आदमी को देखता हूँ, उतना ही हैरान रह जाता हूँ। प्रत्यक्षतः बहुत ही मामूली, मगर फिर भी विराट्, कोई माया नहीं, फिर भी अद्भुत मायावी, बुनियादी रूप से एक पर्वतारोही, मगर अपने आप में खुद एक पहाड़, ऐसा पहाड़ जहाँ से सारी धाराएँ फूटती हैं।"

कटाव की मरम्मत कर आग के पास फिर लौट आए थे भूप।

"भूप सिंह, एक बात पूछूँ ?" शेखर ने उन्हें देखते हुए कहा।

"पूछो।"

"आप पहाड़ हैं या पहाड़ पर चढ़ने वाले ?"

"हम···? आपको क्या लगता है ?"

"दोनों ही।"

हँस पड़े भूप। शायद पहली बार ! बोले, "हम कहाँ के पहाड़ हुए भुइला, हम तो चढ़ने

वाले-ई हुए।"

रूप को भाई की यह हँसी कहीं दूर से आती लगी, डरावनी ऊँचाइयों और फैलती दूरियों से निरंतर क्षीण होती हुई-सी।

"दादा !" रूप का गला भर आया, "बहोत दुःख झेले आपने, बहोऽऽत ! दुखों का पहाड़ लेकर चढ़ते रहे पहाड़ पर। अब बस करो। मैं तुम्हारा छोटा भाई, तुम्हें अपने साथ लिवा जाना चाहता हूँ। मुझे सरकार की ओर से पक्का क्वार्टर मिला हुआ है। जितनी तनख्वाह मिलती है, उसमें आराम से रह लेंगे हम सभी।"

भूप गंभीर हो गए। न 'हाँ' कहा, न 'ना'।

"एक बार चलकर देख तो आइए कि आपका भुइला कैसे रहता है।"

भूप फिर भी निर्विकार बने रहे तो शेखर ने कहा, "भूप भैया, मेरे पापा कहा करते थे कि क्लाइंबर, माने चढ़ने वाले को अपनी सारी ताकत एक ही चढ़ाई में खत्म नहीं कर देनी चाहिए। कुछ ताकत बचा के रखनी चाहिए, आने वाली चढ़ाइयों के लिए भी···"

"आई०एस० साहब, वो आपके बाबा का तरीका होगा, शौकिया चढ़ने वालों का तरीका। मेरे बाबा का तरीका तो वो-ई है—गिद्ध और नन्ही चिड़िया वाला। जहाँ ज़िंदगी और मौत में ज़ंग छिड़ी हो, वहाँ···"

बैलों की डकार में अधूरा रह गया वाक्य।

"ओह ! इन बंदों को तो मैं भूल-ई गया, आज," भूप को जैसे उनकी सुधि अब आई हो, फिर ज़ोर से बोले, "सुण लिया, सुण लिया।"

रूप और शेखर ने एक-दूसरे की ओर हैरान होने वाली नज़रों से देखा, "तो बैल भी हैं यहाँ ! मगर ये आए कैसे ?"

बैलों को बाहर धूप में निकालकर बाँधा भूप ने। छोटे नाटे, पर पुष्ट बैल। उनकी पत्नी ने भोजन बनाना छोड़कर हाथ में घास लाकर डाल दिया उनके सामने।

"भूप भैया, ये बैल कैसे आए यहाँ ?" शेखर ने पूछा।

"कैसे आए···? आप-ई बताओ जी ! सुना, बड़ा 'मैंड' (माइंड) रखते हैं आई०एस० वाले।"

शेखर कुछ इस कदर पराभूत था कि भकुआ गया।

"अजी, कंधे पर ढोके ले आए इन्हें, और कैसे।" भूप ने कहा।

"कंधे पर ?···इन्हें ?"

"क्यों ? मैं अपनी दो औरतों को कंधे पर लाद के ला सकता हूँ, आप दोणों को ला सकता हूँ, इन्हें नी ला सकता ? अजी देखो, इत्ते बड़े बैल तो चढ़ नी सकते न ! सो, नीचे से एक छोटा बछड़ा ले आए पहले, फिर दूसरा। फिर वे हयाई पलकर बैल बने।"

"लेकिन ये नीचे कैसे उतरेंगे ?"

भूप ने कोई जवाब न दिया। हँसुए से मकई की डंठलों को काटते रहे।

"ये पहाड़ कभी भी धँस सकता है।"

"मालूम है।" उनका यह छोटा-सा वाक्य बेहद ठंडा था। बहुत देर तक मँडराता रहा उसका आतंक।

"यह तो सरासर खुदकुशी है।"

"तुम कैते हो, खुदकुशी है, मैं कैता बचने का मुकाम।"

"दादा, इन्हें देखकर आपका अकेलापन और गहरा गया हमारे सामने। आप समझते क्यों नहीं कि आपने औरों से खुद को काट लिया है।" रूप की आवाज़ भर्रा रही थी।

"मैंने···? ना ! पिछले साल गर्मियों में नीचे आग लगी। इसी झरने को मोड़कर बुझाई थी हमने आग। अभी कल ही नीचे नहीं गया था ?"

"मगर आपने किसी से बात तो नहीं की न ?"

"नी की। दुःख था, लेकिन देवता जानते हैं, जो कभी उनका बुरा सोचा हो मण में। ह्याँ, जहाँ हूँ, बुरा सोचूँगा भी कैसे ? मुझे तो सबी पर दया आती है, ह्याँ से नीचे देखणे पर।"

"मगर यहाँ आप अकेले हैं।"

"कौण कैता है, अकेला हूँ ? ह्याँ माँ हैं, बाबा हैं, शैला है—सोए पड़े हैं सब। ह्याँ महीप है, बल्द हैं, मेरी घरवाली है, मौत के मुँह से निकाले गए खेत हैं, पेड़ हैं, झरणा है। इन पहाड़ों में मेरे पुरखों, मेरे प्यारों की आत्मा भटकती रहती है। मैं उनसे बात करता हूँ। मैं अकेला कहाँ हूँ ?"

"दादा ! ये सब देख-देखकर, सुन-सुनकर मेरा कलेजा मुँह को आ रहा है। अभी से भी बची-खुची ज़िंदगी के साथ इंसाफ किया जा सकता है।"

भूप ने अपनी भीगी पलकें ऊपर उठाईं, तो वे अंदर जल रही थीं, "भौत इंसाफ किया तुम सबी ने मेरे साथ—भौत। अब माफ करो भुइला ! मेरी खुद्दारी को बखस दो। अब तो जिंदा रहणे तक न ई बल्द उतर सकदिन, न हम !"

नस्ल

जिस दिन संग्रामपुर कोलियरी के ओवरमैन जमनालाल के बेटे संजू का सेलेक्शन आई०आई०टी० में हो गया, लोगों को लगा कि जमनालाल का कद कस्बे में सबसे ऊँचा हो गया है। हालाँकि वह अभी भी पाँच फीट चार इंच के डँसे चेहरे वाले इंसान ही थे, उसी तंग और खस्ताहाल क्वार्टर में रह रहे थे और कुल मिलाकर परिवार और रिश्तेदारों के बोझ से गरीबी के दलदल में धँसते ही जा रहे थे। फिर तो संजू को इंजीनियर बनाने में उनके बालों का रंग उड़ गया, देह का मांस गल गया। चश्मे का पावर बढ़ गया···स्थिति और भी बदतर हो गई होती, अगर ऐन वक्त पर उनके बड़े बाबू सिन्हा जी ने संजू को कंपनी की स्कॉलरशिप न दिलवा दी होती। बड़े बाबू का एक ही स्वार्थ था—छोटा-सा, वह यह कि आगे चलकर संजू उनकी बेटी का हाथ थाम ले। इसके लिए बेटी प्रज्ञा को शिक्षित-प्रशिक्षित करना और एक अभियंता के लिए चल रहे दहेज के बाजार रेट के हिसाब से उन्होंने अपना पेट काटकर बूँद-बूँद संचय करना भी शुरू कर दिया था।

आखिर वह शुभ घड़ी आ ही गई, जिसका पाँच वर्षों से इंतज़ार था। संजू, न न संजय कुमार बल्कि यूँ कहें कुमार संजय ने प्रथम श्रेणी में प्रथम आकर डिग्री हासिल कर ली। मगर बड़े बाबू और जमनालाल यह देखकर हैरान रह गए कि अब इस दौड़ में एरिया मैनेजर वर्मा साहब खुद शामिल हो गए थे। बड़े बाबू कुछ महीनों तक यूँ ही कुमार संजय के पीछे-पीछे दौड़ते रहे, मगर अंततः पिछड़ते-पिछड़ते काफी पीछे रह गए। एरिया मैनेजर को, जिन्होंने कभी जमनालाल को एक छोटी-सी भूल के लिए सस्पैंड भी किया था, अब जमनालाल में अच्छाइयाँ ही अच्छाइयाँ नज़र आने लगी थीं। माइनिंग की सेकेंड क्लास सनद भी होती तो वह उन्हें मैनेजर बनवा देते। इसी बीच कुमार संजय ने एम०बी०ए० का 'एडमीशन टेस्ट क्वालीफाई' कर लिया। कुमार हाथ से जाने न पाए, इसलिए वर्मा साहब ने उन्हें एक बँगला एलॉट कर दिया। मगर तब तो वर्मा साहब के हाथों के तोते ही उड़ गए जब एम०बी०ए० होते ही कुमार संजय को हथियाने की दौड़ में डायरेक्टर और मंत्री तक शामिल हो गए।

संजू, उर्फ संजय कुमार उर्फ संजय उर्फ कुमार अब तक ऊँची उड़ती हुई पतंग था, जो आकाश में बिना नाथ-पगहे के झूल रहा था, जिसका लग्गा-झाड़ जितना बड़ा उतनी उज्ज्वल संभावनाएँ।

जमनालाल जी के ज़्यादातर रिश्तेदार निम्न-मध्यमवर्गीय या गरीब थे। उनकी एकमात्र विधवा बहन राधा देवी अपनी थुलथुल शरीर का बोझ लिए पाँच किलोमीटर पैदल चलकर आती। बहनोई कोलियरी में काम करते हुए मरे थे, मगर चूँकि नई बहाली बंद थी तो राधा देवी के

दोनों जवान बेटे बेकार और निठल्ले थे। जमनादास के तीन सालों में एक प्राइमरी स्कूल टीचर, एक चपरासी और एक कोर्ट के पास फुटपाथ पर चाय की दुकान चलाता था। इनके बेटे-बेटियों के कायदे का आदमी बनने का सवाल ही नहीं था। जमनालाल की बेटियाँ दो थीं—अनीता और सुनीता। दोनों संजू से बड़ी। पत्नी की ज़िद पर दोनों के जैसे-तैसे हाथ पीले कर चुके थे, मगर दोनों दामादों में एक का भी कोई कायदे का रोज़ी-रोज़गार न जुट पाया था। अगर चचेरे, ममेरे, फुफेरे वगैरह के सभी रिश्तेदारों और गाँव तथा शहर के नज़दीकी मित्रों की लिस्ट देखी जाए तो वह खासी लंबी थी। पता नहीं, कैसे इन सभी की प्रत्याशाएँ कुमार से जुड़ी हुई थीं, उसके नाम से ही मनहूस, मुरझाए चेहरों पर चमक आ जाती। जमनालाल जी अपने इन नाते-रिश्तेदारों के वक्त-बेवक्त आ धमकने से परेशान रहते, मगर मना नहीं कर पाते।

इन दिनों बाहर से आने वालों में कुछ अजनबी लोग भी शामिल हो गए थे। ये गाड़ियों वाले नफीस लोग थे, अकसर बाहर ही बाहर सड़क पर मँडराया करते।

"तुम्हारे भाव बढ़ रहे हैं, जमनालाल !" मित्रमंडली का कोई धीरे से टुहुँकता।

"मेरे भाव···? मैं तो अभी भी दलदल में हूँ यार, ये सब संजू के भौंरे हैं।" जमनालाल जिस माटी के बने थे, वहाँ खुशी शायद ही झलक पाती।

"भौंरे या गिद्ध ?" कोई टोकता, "देखना, इनमें कोई न कोई ऊपर से ले उड़ेगा और हम-तुम इसी दलदल में धँसे रह जाएँगे।"

जमनालाल डर जाते, फिर जैसे खुद को तसल्ली देते हुए कहते, "ऐसा होना तो नहीं चाहिए। संजू शुरू से ही रहमदिल और आदर्शवादी है। एक बार बचपन में उसने कहीं से गिरा एक दाना पाया, चीनिया बादाम का, मालूम है उसने क्या किया ? उसने मसलकर दो छाल बनाईं। पहले आधा सुनीता को दिया फिर आधा खुद खा लिया।"

"वाह ! ये कब की बात है ?" कोई पूछता।

"कब की ···?" जमनालाल सोचने लगते।

मित्र उन्हें पहेली में उलझाकर चल देते। वाकई···! तब के संजू और आज के कुमार में कितना फर्क आ गया है। !

कुमार अब कभी-कभी ही घर आता। शुरुआत के दिनों में रिश्तेदारों और उनके मित्रों से दो-चार बात कर भी लेता था, मगर बाद में उसे इनसे उकताहट होने लगी। लोग बातें करने को लालायित रहते, मगर वह बहाने बनाकर चल देता। फिर तो पर्चों और लेखों से ही उसकी गतिविधि का पता मिलता।

सबसे पहले उसका लेख *इकॉनॉमिक्स एज* में आया—'मूर्खता की कोई दवा नहीं।' जिसमें उसने भारत समेत तृतीय विश्व के लोगों के पिछड़ेपन का मूल कारण उनके जाहिल और अकर्मण्य बने रहने की प्रवृत्ति को बताया था और उनके औपनिवेशिक और सामंती शोषण को संदेह का लाभ देकर बरी कर दिया था। हाँ, बढ़ती हुई आबादी को उसने ज़रूर कोसा था, मगर इसे उनकी मूर्खता का प्रतिफल बताकर ही।

जमनालाल सोच में पड़ जाते। कहीं यह उनके और उनके रिश्तेदारों, मित्रों के द्वारा उसे

बार-बार घेरे जाने का अपने स्तर पर जवाब तो नहीं है !

उसका दूसरा पर्चा किसी विदेशी जर्नल में छपा था। शीर्षक था 'मुक्ति'। मुक्ति न को मार्क्सवाद से मिलती है, न ताल्सतायवाद से या गांधीवाद जैसे यूटोपिया से। मुक्ति की राह खुलती है टेक्नोलॉजी के विकास से। साम्यवादी लाख बहस करें, मगर क्या उन्होंने कभी इस तथ्य पर गौर किया है कि आदिम साम्यवाद तो मानव सभ्यता के शैशव काल में ही था, मगर यह साम्यवाद उन्हें मुक्ति के मार्ग पर ले जा पाया ? मुक्ति का साधन सही अर्थों में बने विज्ञान और टेक्नोलॉजी–आग का आविष्कार, नाव का आविष्कार, चाक और चक्के का आविष्कार, धातुओं की जानकारी, औषधियों की जानकारी और उनके उपयोग आदि। यूरोप में मुक्ति की दिशा में पहला बड़ा कदम पड़ा औद्योगिक क्रांति से। बाद में दूसरा बड़ा पग-निक्षेप बिजली के आविष्कार से और तीसरा आज इलेक्ट्रॉनिक्स, जींस, टिशू, अंतरिक्ष टेक्नोलॉजी में आए ज्ञान के विस्फोट से। ये मुद्दे न तो गांधीवाद के सीमित सोच की परिधि में आ सकते थे, न मार्क्सवाद की परिधि में, बल्कि कहीं-कहीं तो ये सत्याग्रह या आंदोलन की आदिम प्रवृत्तियों से विकास के रास्ते में निषेध, प्रत्याहार या अवरोध बनकर सामने आए हैं। जंगल में एक सियार ने कहा, 'हुआँ ···?' बस, बाकी सियारों ने आव देखा, न ताव, कर बैठे 'हुआँ···हुआँ···' हमें यह भेड़चाल छोड़ देनी होगी।

जमनालाल जी इसे पढ़ते हुए असुविधा महसूस करने लगते। वह शुरू से ही नैतिकतावादी रहे थे। इसी के दाएँ-बाएँ गांधीवाद से साम्यवाद तक उनका सफर तय होता था। अब भी जब इनके झंडाबरदार ही इनकी छीछालेदर करने पर तुले हुए थे, उनकी आस्था डगमगाई नहीं थी और उनके हिसाब से मानवीय मुक्ति का पथ इन्हीं से होकर ही जाता था। इस आलेख ने एक तरह से उनके सारे तर्कों को बुहारकर हाशिए पर फेंक दिया था।

आगे चलकर उसके कोयला, फाइबर टेक्नोलॉजी, एस०जी० आयरन, डीसल्फराइजेशन आदि के शोधपत्रों और लेखों ने धूम मचा दी। जमनालाल जी के रिश्तेदारों और मित्रों के लिए यह सारी उपलब्धि सिर के काफी ऊपर से गुज़र जाने की चीज़ थी। फिर भी वे मुंडी हिलाते, 'इसे कहते हैं दिमाग।' फिर वे अपने-अपने संस्मरणों की पोटली खोलकर बैठ जाते। बुआ कहतीं, "संजू को मैंने छह महीने गोद में खिलाया था, मालूम है छह महीने।" तो उनके दोनों बेरोज़गार बेटे उनका मुँह ताकने लगते। पड़ोसी शर्मा जी बताते, "मैंने उसे एक पहेली सिखाई थी, तीतर के दो आगे तीतर वाली।" चचेरे भाई बताते, "गाँव में एक बार वह सियार से डर गया था, मैंने सियार को खदेड़ा और उँगली पकड़कर घर ले आया।"

ऑफिस में लोग अकसर जमनालाल जी को घेर लेते और कुमार के बारे में पूछने लगते। एक दिन तो डायरेक्टर साहब ही, जो दौरे पर आए हुए थे, मज़ाक- मज़ाक में उनसे पूछ बैठे, "मिस्टर लाल, आपने कैसे पैदा कर लिया ऐसा तेजस्वी बेटा, वह गुर हमें भी तो बता दो, यार !"

जमनालाल झेंपकर रह गए।

"खैर, इस बार आए तो हमें फोन से इन्फॉर्म करना न भूलना।"

"जी सर !"

जमनालाल जी के पुराने दिनों के साथी, जब वह ओवरमैन हुआ करते थे, कभी-कभी उन्हें घेर लेते और अपना रोना लेकर बैठ जाते। जाते-जाते वे यह कहना न भूलते, "क्या पता इस अभागे देश का उद्धार आपके बेटे के ही हाथ लिखा हो।"

कुमार के पिता होने के नाते जमनालाल जी गद्‌गद हो उठते, इन प्रशंसाओं से। मगर प्रसन्नता के इन्हीं क्षणों में एक आशंका भी उन्हें सालने लगती, कहीं ये सारे के सारे लोग एक साथ कुमार के पास फरियाद लेकर पहुँच जाएँ तो…?

वही हुआ। पता नहीं, कुमार के आने की भनक कैसे मिल गई कइयों को, और लोग आने लग गए। बुआ, मामी, उनके लड़के, चचेरे भाइयों के लड़के, अनीता, सुनीता के घरवाले। मित्र और परिचितों में से भी कुछ लोग ताक-झाँक करने लगे थे।

भीड़ देखते ही बिदक गया कुमार। जैसे-तैसे सबसे कन्नी काटकर माँ के पास आया, "माँ, मैं यहीं रहूँ या होटल चला जाऊँ ?"

"तेरे लिए कमरा खाली करा रखा है, होटल में क्यों जाएगा ?" और कुमार कमरे में जो बंद हुआ तो भोर के तीन बजे ही बाहर आया, जब उसे वहाँ से बाहर निकलना था। बुआ और अन्य लोगों का मुँह यह सुनते ही कद्‌दू-सा लटक गया कि कुमार भोर के तीन बजे ही चला गया। "उसे बंबई की फ्लाइट पकड़नी थी। क्या कहें !" जमनालाल के स्वर में अपराध-बोध था।

"बहुत पछता रहा था बेचारा। चाहकर भी किसी से बात न कर सका।" माँ ने बात सँभालने की कोशिश की।

"कब तक लौटना होगा संजू का ?" बुआ ने भारी मन से पूछा।

"कुछ बताया नहीं।"

"तो भौजी, हम भी इन लोगों के साथ निकल लेते हैं।" बुआ ने अपना थैला सहेजना शुरू कर दिया। चचेरे-ममेरे भाई लोग भी तैयार हो रहे थे। माँ से कुछ कहते नहीं बन रहा था।

दसवें दिन लौट आया था कुमार। आते ही उसने बंबइया फिल्मी स्टाइल में माँ को उठा लिया, "माँ, मुझे नौकरी मिल गई, ट्रेनिंग के दौरान दस हज़ार तनख्वाह ! जेब खर्च और फ्लैट ऊपर से। फिर ट्रेनिंग के बाद…।" कुमार की आवाज़ धीमी पड़ गई। जमनालाल अपने चश्मे के पार से उसे घूर रहे थे। नज़र में सदा की तरह अपनत्व का कोई रंग न था। माँ को उसने धीरे से ज़मीन पर उतार दिया।

"इज़ देयर एनी थिंग रॉन्ग, पापा ?" कुमार ने कब पूछा और उसे अपने अभिजात अंदाज़ पर खुद ही कुढ़न हो आई। बाबूजी से पहली बार पापा का प्रमोशन।

जमनालाल ने सिर झुकाए हुए कहा, "तुमने किसी से कायदे से बात तक न की, संजू। मुझे मालूम है, तुम्हें इनके चेहरे तक देखना पसंद नहीं, मगर हम क्या करें, हमारी तो जड़ें इन्हीं में हैं।" उन्होंने साहस कर पहली बार असहमति दर्ज की, "इतनी तकलीफें उठाकर लोग तुमसे मिलने आए। सभी हमसे आग्रह करते रहे कि एक बार संजू को हमारे यहाँ भेज दें, हमारा भी मान ऊँचा हो जाए। उनकी नज़र में तुम्हारे लिए ऐसे ऊँचे आदर के भाव हैं और तुम्हारी नज़र में ?"

"अब रिश्तेदारियाँ निभाने का समय कहाँ है, पापा ! हाँ, इनकी प्रॉब्लम क्या हैं ?"

"प्रॉब्लम तो एक ही है, ये तुमसे सीधे-सीधे शायद न कहें, मगर अपनों में कोई सफल हो जाता है तो एक आशा जुड़ जाती है उससे—इमोशनल सिक्योरिटी जैसी कोई चीज़ मैं जानता हूँ, तुम चाहो तो भी कुछ विशेष नहीं कर सकते किसी के लिए, पर कुछ तो कर ही सकते हो। वह भी न कर सको तो दो शब्द तो बोल ही सकते हो, प्रेरणा और हौसलाअफज़ाई के !"

एक आज्ञाकारी सुशील बेटे की तरह चुपचाप सुनता रहा कुमार। जमनालाल कुछ और उत्साहित हो उठे, "वे सभी तो नहीं, मगर इनमें से ज़्यादातर लोग मेहनती, ईमानदार और सेहत-वेहत से भी दुरुस्त है, कमी है तो बस एक बात की—स्कोप।" उन्होंने कुमार के चेहरे पर एक नज़र डाली और तनिक भावुक हो उठे, "जब भी तुमसे कोई कुछ 'एक्सेप्ट' करता है या खुलेपन से तुम्हारी प्रतिभा की तारीफ करता है, तो नाज़ हो आता है। बस, एक ही अरमान है हमारा, तुम्हारी यह प्रतिभा ऐसे दीन-हीन जनों की बेहतरी में लगे।"

कुमार ने कोई टिप्पणी नहीं की। दूसरे दिन उसने अपना सूटकेस उठाया और चला गया।

कुमार आता रहा, जाता रहा। धीरे-धीरे आने का अंतराल बढ़ता गया। बहन, भतीजों और दामादों को जमनालाल कई बार आश्वस्त हो चुके थे, "कुमार के कान में बात डाल दी है, कोई न कोई उपाय ज़रूर करेगा।" मगर धीरे-धीरे ये आश्वासन उन्हें खुद ही खोखले लगने लगे थे। कुमार ने 'ना' नहीं कहा था तो 'हाँ' भी तो नहीं कहा था। पत्नी बार-बार उकसा रही थी, "औरों की नहीं तो अनीता-सुनीता के बारे में तो पूछ ही लो संजू से। अगले सप्ताह ही तो आ रहा है।"

"तुम्हीं क्यों नहीं पूछ लेतीं ?"

"मैं···? न बाबा, मैं ठहरी गँवार···तुम पूछा।"

जमनालाल पत्नी के दुविधाग्रस्त चेहरे को देखते रह गए। इस दुविधा के पीछे कहीं उन्हीं की तरह उसका भी डर तो नहीं झाँक रहा था, कहीं कुमार ने 'ना' कह दिया तो···?

अगले सप्ताह सिर्फ चार घंटों के लिए आया था कुमार, चार में से पौने चार घंटे तो इस कशमकश में बीत गए जमनालाल के कि अपनी बात कैसे रखें। आखिर जब वह जाने की तैयारी करने लगा तो बिना किसी भूमिका के हड़बड़ाकर बोल उठे, "बेटा कुमार, मैंने कभी तुम्हारे ममेरे, चचेरे भाइयों और बहनोइयों के रोज़गार के बारे में पूछा था।"

"तो क्या अभी तक वे सेटल नहीं हुए ?" कुमार ने जूतों के तस्मे बाँधते हुए पूछा।

"ना···जबकि वे मेहनती, ईमानदार और···"

"बहुत पहले से सुनता रहा हूँ आपसे।" कुमार ने जमनालाल की बात बीच में ही काट ली, "मेहनत करने-भर से अगर किसी की दशा सुधरनी होती तो रिक्शे वाले, भोटिया-मज़दूर या पत्थर तोड़ने वाले दुनिया के सबसे धनी आदमी होते, मगर क्या हैं ? ईमानदारी से ही प्रतिष्ठा मिलती होती तो ईमानदार ही देश-दुनिया के टॉप पर होते, वे कहाँ हैं ? इवेन हेल्थ या ब्यूटी की काउंट होती तो तमाम हेल्दी पर्संस और ब्यूटीफुल लेडीज़ ही सभी हायर पोस्ट पर बहाल की जातीं, मगर ऐसा है ?" कुमार ने घड़ी देखी और सूटकेस उठाते हुए व्यस्त भाव से कहा, "मुझे देर हो रही है, पापा !"

"मगर।"

"मैं जिस कंसर्न में हूँ, वहाँ इनकी सिफारिश नहीं कर सकता।"

"मैं इन्हें एक्जिक्यूटिव बनाने को नहीं कह रहा हूँ। ओनली ए प्लेस, ताकि वे अपने पाँव पर खड़े हो सकें।"

"ऐसी कोई जगह नहीं बनती। सॉरी पापा ! उन्हें हज़ार-दो हज़ार दे सकता हूँ, अपना छोटा-मोटा बिजनेस शुरू कर लें, चाय-पान की गुमटी बिठा लें, दिस मच।"

अवाक् रह गए जमनालाल। उन्हें याद आया—जगदीशपुर में, जहाँ भी उद्योग स्थापित हुए हैं, स्थानीय लोगों को रोज़गार नहीं मिला। हद से हद उन्हें चाय-पान की गुमटियों से ही संतोष करना पड़ा। अंदर की चोट थी, छुपा ले गए। कुमार का आना-जाना बंद हो गया। रिश्तेदार अब भी आते, मगर अब सिर्फ हाल-चाल पूछने के लिए ही। बिना किसी से पूछे कइयों ने गुमटियाँ लगाकर अपना ठाँव-ठिकाना कर लिया था। जमनालाल उनसे बात करने तक में शरमाते। जब कहीं कोई चारा नहीं चलता तो शुतुरमुर्ग बन जाने में ही भलाई है। झटका उन्हें तब लगा, जब दोनों बेटियाँ अनीता-सुनीता उनके घर पर एक-एक कर आ धमकीं और उन्होंने साफ तौर पर ऐलान कर दिया कि अब वे ससुराल तभी जाएँगी जब उनके पतियों के लिए मायके की ओर से कोई स्थायी रोज़गार का इंतज़ाम कर दिया जाएगा। उनका तर्क था कि मायके की संपत्ति पर उनका भी हक बनता हैं, कि अगर संजू की तरह उन्हें भी पढ़ाया गया होता तो वे भी कुछ कर गुज़रतीं, कि जमनालाल जी ने एक संतान को सब कुछ दे डाला, मगर बाकियों को उन्हें अपने हाल पर छोड़ दिया।

जमनालाल क्या जवाब देते ? इस बीच समय अपनी गति से चलता रहा। कुमार के लिए रिश्ते आ-आकर लौटते रहे। जमनालाल जी को रिटायर्ड होना था, हुए। रिटायर्ड होने के साथ ही बहुत-सी नई स्थितियाँ पैदा होनी थीं, हुईं, मगर अपने मन की बात किससे कहते ! अजय अलग गाँव में रूठा पड़ा था। दोनों शादीशुदा बेटियाँ क्वार्टर में ही मुँह फुलाए डोला करतीं। पत्नी के चेहरे पर इधर अर्से से हँसी नहीं देखी उन्होंने। सिर्फ एक आदमी के चलते सारा कुछ गड़बड़ाया हुआ था और वह आदमी कुमार केंद्र ही नहीं, परिधि से भी परे छिटककर अपना अलग परिपथ तलाश रहा था। अब तो फोन से भी मुश्किल से संपर्क हो पाता। बहुत भटकने के बाद मुश्किल से मुलाकात हो पाई कुमार से। वह उस समय होटल के हेल्थ क्लब में था।

"आप पापा ?" कुमार उन्हें देखते ही गड़बड़ा गया।

"हाँ !"

"हठात् ?···फोन तो कर सकते थे ? खैर, आ ही गए हैं तो···", कुमार ने इधर-उधर देखा, जैसे डर रहा हो कि कोई देख लेगा।

"खैरियत तो है ?"

"हाँ, मुझे तुमसे कुछ बातें करनी थीं, सो···"

"बोलिए पापा !"

"रिटायर्ड हो चुका हूँ।"

"मालूम है।"

"तुम्हारी बहनों को कब तक बिठाए रखूँ ?"

"जिस तरह के लल्लू-पंजू के गले में आपने बाँध दिया है, यह तो होना ही था, फिर भी वे अपने पाँवों पर खड़ी हो सकती हैं। स्टेनो, क्लर्की, मॉडलिंग कुछ भी कर सकती हैं।"

'मॉडलिंग !' जमनालाल को गाली जैसे लगे ये शब्द। और किसी ने कहा होता तो प्रतिकार भी करते, मगर यह उनका अपना बेटा ही बोल रहा था।

"तुम्हारी शादी के लिए रिश्ते आ रहे हैं। क्या कहूँ उन्हें ?"

"शादी ? मेरे पास वक्त ही कहाँ है कि ढोल की तरह लटकाए फिरूँ ?"

"किसी के लिए कुछ भी नहीं कर सकते ?"

"अगर आपका आशय रिश्तेदारों वगैरह की नौकरी का है तो···" एक क्षण को कुमार ने उन चेहरों को जेहन में उकेरने की कोशिश की, "मैं कैसे और कहाँ लगाऊँ···न पर्सनालिटी है, न इम्प्रेस करने लायक कोई दूसरी 'एबिलिटी'। यहाँ तो लोग बिकते हैं पापा ! जितनी ऊँची योग्यता, उतनी ऊँची कीमत।"

"तुम्हारी माँ को क्या कहूँ ?"

"कहिए कि मैं आऊँगा।" कहते हुए तनिक ठमका कुमार, "बल्कि यहीं चले आइए न आप लोग। मैं एक कॉटेज खरीद लेता हूँ।"

उसने तुरंत फोन उठाया, पता नहीं किससे बात की, "हाउसिंग एजेंट से बात कराइए।" फिर एक मिनट बाद हिदायत देने लगा, "हलो, मिस्टर अंसल, एक छोटा-सा कॉटेज···हाँ हाँ···फोर रूम्स, रिटायर्ड पेरेंट्स के लिए। लॉन और 'पांड' तो हो ही, नदी···? ऊँ···नो नो बाढ़-वाढ़ का सिरदर्द क्यों लेना ? पहाड़ ?···" फोन पर हाथ रखकर उसने पूछा, "पापा पहाड़ भी चाहिए ?"

जमनालाल भौचक रह गए, क्या कहें कुछ समझ न पाए, जैसे लॉन, तालाब, नदी, पहाड़, जंगल सब खिलौने हों, कहने-भर की देर है, कोई जिन्न उन्हें लाकर रख जा रहा हो। "आप तब तक मेरे रूम में चलकर फ्रेश-व्रेश हो लीजिए, मैं इन्हें सलटाकर अभी आया।" कुमार ने कहा और 'एक्सरसाइज फ्लोर' की ओर बढ़ गया।

जाते-जाते उन्होंने मुड़कर देखा, कुमार एक सरकने वाले कन्वेयर बेल्टनुमा चीज़ पर दौड़ रहा था। यह दौड़ भी रहा था और उसी जगह स्थिर-प्राय भी था। कैसे-कैसे उपकरण विकसित कर डाले हैं लोगों ने ! उन्होंने महसूस किया कि उसे चीज़ों को उनके करीब जाकर पकड़ने की ज़रूरत नहीं होती, चीज़ें खुद-ब-खुद चलकर उसके कदमों के नीचे आ जाती हैं। धरती, हवा, जल, सूर्य, मौसम, दूरियाँ, काल सब उसके गुलाम थे। वह धीरे-धीरे ऐसी दुनिया में जा रहा था, जो सितारों से ऊपर थी।

"पापा," ज़रा देर को आँखें झपकी थीं कि आवाज़ पर चौंककर उठ बैठे जमनालाल, देखा तो कुमार तरोताज़ा होकर कपड़े पहन रहा है और सामने टोस्ट, आमलेट, दही और फलों का रस ट्रे में आ गया है।

"मैं ज़रा जल्दी में हूँ। आप चाहें तो अभी रुक सकते हैं।"

"ना।"

"तब थोड़ी जल्दी करनी पड़ेगी नाश्ते में। एरोड्रोम जाते हुए स्टेशन पर आपको छोड़ दूँगा।"

"तुम निकल लो। मैं अभी ज़रा बड़े बाबू की बेटी के यहाँ हो लूँगा। शादी के बाद से यहीं रहती है कोलाबा में, अपने हस्बैंड के साथ ! याद है ? वही चाहते थे। उन्हीं की दिलाई स्कॉलरशिप पर तुम···।"

"पापा, आपने तो सिर्फ जूस लिया, ये मेनू पसंद नहीं तो कुछ और मँगवाऊँ।"

"ना।" बड़े बाबू की लड़की का प्रसंग काटे जाने पर ठेस लगी जमनालाल को।

"तो मैं चलूँ ?" नेपकिन से मुँह पोंछते हुए कुमार ने इजाज़त चाही।

"जाते-जाते सिर्फ दो बातें···एक ये कि मेरे लिए कॉटेज-वॉटेज-मत लेना, मैं अपनों से अलग रह नहीं पाऊँगा। दूसरा, तुम घर आ रहे हो या मैं दोबारा आ जाऊँ तुमसे मिलने ?"

"मैं दशहरे की छुट्टियों में आ रहा हूँ, बाकी बातें वहीं 'डिस्कस' कर लेंगे। सी यू पापा, बाई।"

जमनालाल की आवाज़ में धमक थी।

वहाँ से लौटते हुए उन्हें जाने क्यों लग रहा था, मानो वह अपने बेटे से मिलकर नहीं, किसी प्रबंधन मीटिंग से लौट रहे हों। मीटिंग, जो बीच में ही भंग हो गई थी।

क्या पता, जमनालाल के खुद आ धमकने की धमकियों का असर था या और कुछ, ठीक नवमी के दिन आ पहुँचा कुमार और जब तक जमनालाल जी मॉर्निंग वाक से लौटकर आए, उसका रंग पूरे घर पर छा चुका था। लोग उसकी लाखों की सालाना तनख्वाह और मुफ्त में मिलने वाली सुविधाओं में गोते लगा रहे थे। इतने पैसों का क्या करता होगा ? खाना क्या खाता होता ? आखिर वो काम क्या है, जिसके लिए इतने पैसे मिलते हैं ? फिर इतनी बड़ी रकम देता कौन है और क्यों ? जैसे सवालों के बुदबुदे उठ रहे थे, मगर थाह किसी को नहीं मिल रही थी। वह उनके लिए किसी अन्य लोक से आया हुआ जीव लग रहा था।

दूसरी ओर कुमार अपने छोटे बहनोई अजित को समझाने में मशगूल था, जो हिस्ट्री का टॉपर होकर भी अभी तक बेरोज़गार था, "बिजनेसमैन और कारखानों के मालिक आपके लिए शोषक हैं, पूँजीपति जोंक, नेता क्या कहते हैं, वाइरस, ऑफिसर्स कसाई, दलाल, आपकी डिक्शनरी की सबसे गलीज़ गाली। इसी ठसके में पड़े रहिए ज़िदंगी-भर, कोई पूछने तक नहीं आएगा। ज़माना बदल गया है बहनोई जी, दलाल अब गाली नहीं, ऑनर है।"

"सो आवर ऑनरेबुल साले साहब !" अजित ने कटाक्ष करते हुए टोका, "आपकी कंपनी के इलेक्ट्रॉनिक्स उत्पाद के चलते देशी बाज़ार का भट्ठा बैठ गया है। हज़ारों लोग बेरोज़गार हो गए हैं।"

"मे बी ! बाज़ार में कंपीट न कर सको तो इसमें हमारी कंपनी का क्या दोष ?"

"क्षमा करना, अगर मैं आपको ग्लोबल दलाल कहूँ ?" अजित ने कहा। कुमार के चेहरे

का रंग ज़रा फक्क हुआ, फिर झेंप झाड़ते हुए बोल उठा, "ओह श्योर, एक क्या सौ बार कहिए।"

"तो दलाल साहब, आज वह कंपनी ही आपकी सब कुछ है, हम कुछ भी नहीं ?"

"हैं···लेकिन एक नंबर पर तो वही है। आपको मालूम है, चिप्स का फार्मूला और प्रबंधन के नए सूत्रों को लेकर जब मैं एक मंत्री से मिला तो देश के स्तर पर मेरी कोई सहायता करने में खुद को असमर्थ बताने लगे। हाँ, उन्होंने ग्लोबल से मेरा संपर्क ज़रूर करा दिया, जिसने मुझे स्पांसर किया और आज···। तो मैं किसका अहसान मानूँ ?"

नाश्ता लग गया था, मगर बहस नाश्ते पर भी चलती रही। नमक देखकर कुमार को नमक की उपमा याद आई, "वो क्या कहते हैं, आप लोग, जिसका नमक खाया है उसका···"

"नमक क्या उसी का खाया है ?" अनीता ने हँसते हुए सवाल किया।

"हाँ, यह भी एक सोचने की बात है।" कुमार के हाथ रुक गए। मम्मी और तुम लोगों का भी खाया है, लेकिन मैं अदा करता रहा हूँ, कर दूँगा।···यस। दैट इज़ नॉट इंपोसिबल फॉर मी।"

"बेटा, न हम कोई सूदखोर हैं, न तुम कोई आसामी। इस तरह के किसी गिल्टी सिकनेस की गिरफ्त में जाने की ज़रूरत नहीं।" जमनालाल बुझे अंदाज़ में हँस पड़े, "मगर संतानों से इस देश के हमारे जैसे बाप-माँ उम्मीद करते ही हैं, खासकर तब जब वह समर्थ हों, कि उसके सपनों को वह पूरा करेगा। मेरा गाँव, मेरा यह कस्बा, मेरे सपने, मेरे आदर्श, आज कहाँ हैं, किस हाल में हैं, कभी सोचा है तुमने ?"

"ओह !" कुमार ने विरक्ति ज़ाहिर की, "शेक ऑफ ओल्ड टिट-बिट्स पापा, शेक ऑफ !"

"ओह !" कुमार की माँ आकर खड़ी हो गई, "तुम लोग बंद भी करो अब यह सब।"

जमनालाल चुप हो गए, मगर उनके अंदर बहुत कुछ उमड़ रहा था। कुमार ने इसे लक्षित किया, "आप कुछ कहना चाह रहे हैं, पापा ? सॉरी, मैंने आपको रोका, कह डालिए प्लीज़।"

"नहीं।"

"नहीं, कुछ तो है, 'सशपीशन' में मत रखिए प्लीज़ !"

"संजू, तुम ग्लोबल के टॉप एक्ज़िक्यूटिव ही नहीं, हमारे बेटे भी हो। अपनी राह चुनने को स्वतंत्र हो। मैं भला तुम्हें क्या हिदायत दे सकूँगा ! मुझसे हर मायने में ज़हीन और काबिल हो। मुझे एक ही बात की आशंका है कि तुम जिस अंधी दौड़ में शामिल हो, उसमें कल को अगर तुमसे भी तेज़-तर्रार कोई आया तो तुम आब्स्लीट टेक्नोलॉजी की तरह कंपनी के द्वारा निकाल न दिए जाओ।"

"मे बी !" कुमार ने कंधे उचकाए, "मगर वह गलत नहीं होगा।"

"क्या सचमुच उससे तुम्हें कोई तकलीफ नहीं होगी ?"

"तकलीफ तो होगी, मगर इसमें गलत क्या है ? मैं, आप, मम्मी, भैया, बहनें, बहनोई, रिश्तेदार, यह कंसर्न—सभी अपने लिए ही तो जीते हैं, सिर्फ अपने लिए।"

"यह तुम क्या कह रहे हो, बेटा !" माँ ने टोका।

"वेट माँ, मुझे पूरी बात कह लेने दो," कुमार ने कहा। मगर माँ रुआँसी होकर धीरे-धीरे वहाँ से जाने लगी। कुमार ने फिर माँ को देखा, घड़ी देखी, "माँ, मेरे पास टाइम नहीं है, सुनती जाओ, प्लीज़।"

खड़ी हो गई माँ, तिरछे पीठ फेरकर, मगर करीब नहीं आई।

"हाँ, तो मैं क्या कह रहा था ?" कुमार ने छूटे हुए सूत्रों को याद करना चाहा।

"आप कह रहे थे कि आप अपने लिए जीते हैं···सिर्फ अपने लिए।"

अजित के स्वर के तंज से तिलमिला गया कुमार, "शायद मैं अप्रिय सत्य बोल गया···मगर मुझे लगता है, मेरा स्टैंड सही है। लेट मी इंटरप्रेटेट···यह दुनिया एक बाज़ार है। पहले जंगलों की तरह ग्रो करते थे लोग, जहाँ-तहाँ जैसे-तैसे। जैसे-जैसे हम सिविलाइज़्ड हुए, परिवार, समाज और देश जैसे इंस्टीट्यूशन बने, लोग नर्सरी···क्या कहते हैं, हाँ, पौधशालाओं में ग्रो कराए जाने लगे। अब परिवार को ही लीजिए, हमारे पेरेंट्स हमें ग्रो कराकर बाज़ार में ले जाते हैं। सिस्टम, आय मीन व्यवस्था उन्हें छाँटती है और वह छँटे हुए उन्नत किस्म के पौधों को अपने हिसाब से ग्रो कराती है। ग्रोथ, शार्टिंग एंड क्लासीफिकेशन एंड देन यूटिलाइज़ेशन···।" वह अपनी एकाग्रता में ऐसे बोले जा रहा था, मानो कोई क्लास ले रहा हो, 'टेस्ट ट्यूब बेबी' में क्या होता है, लाखों स्पर्म्स में से सिर्फ उन्हीं स्पर्म्स को ओवटी से मिलने दिया जाता है, जो स्वस्थ और गतिशील हों, उनको नहीं, जो 'मोर्टल' हों। 'इवेन' अगर वैसे स्पर्म्स वहाँ नहीं हैं तो बाहर से स्पर्म्स लेने में भी लोग हेजीटेट नहीं करते।" बोलते-बोलते अचानक कुमार को लगा, उसे अपनी बात यहाँ इस रूप में पेश नहीं करनी चाहिए थी, मगर तब तक देर हो चुकी थी।

सिर झुकाकर सुन लिया सभी ने, जमनालाल, अजित, अनीता और सुनीता चुपचाप वहाँ से खिसकने लगे, खड़ी रह गई थी सिर्फ माँ ! शायद न समझ पाने के कारण।

"तो माँ, चलूँ अब।" कुमार ने फिर घड़ी देखी।

"शादी के बारे में क्या सोचा तुमने ?" माँ ने जहाँ वह खड़ी थीं, वहीं से सवाल किया।

"बताऊँगा माँ, समय आने पर सब बताऊँगा।"

"घर तो आया-जाया करो।"

कुमार हौले से उठकर माँ के पास आया। उसने अपना सिर माँ के कंधे पर टिका दिया, "तुम धरती हो माँ, हमेशा अपने केंद्र की ओर खींचती हो···मगर हर पौधा सूरज की ओर भागना चाहता है माँ···मैं भी। मुझे मेरी बाढ़ से मत रोको। बाकी तुम जब भी बुलाओगी, मैं आऊँगा, ज़रूर आऊँगा।"

आश्वासन देकर चला गया कुमार।

आश्वासन न पूरे होने थे, न हुए। अलबत्ता पाँच लाख रुपए कुमार ने ज़रूर भेज दिए। तीसरे महीने जो वापस कर दिए गए। समय की हिलकोरों में जो जिस गड्ढे में समा सका, समा गया, जो न समा सके वे भी जहाँ-तहाँ धँसने की कोशिश करने लगे। इसी बीच एक दिन बड़े बाबू घर आए और इधर-उधर की बातों के बाद सीधे कुमार के प्रसंग पर उतर आए, "कुमार

के बारे में कुछ सुना आपने ?"

"नहीं तो !" जमनालाल के स्वर में हलकी बेगानगी थी।

"शायद ग्लोबल कंपनी को छोड़कर वह कोई दूसरी कंपनी ज्वॉइन कर ले।"

"ऐसा कैसे हो सकता है, ग्लोबल ने ही तो उसे स्पांसर और इस्टेब्लिश किया था।"

"सब हो सकता है जमनालाल, सब ! प्रेम, युद्ध और कूटनीति में सब कुछ हो सकता है। लगता है, इधर के डेवलपमेंट से आप वाकिफ नहीं हैं।"

"नहीं।"

"ज़रा साफ-साफ बताइए कि मुझ जैसे लोग भी बूझ सकें।" कुमार की माँ ने आते ही हस्तक्षेप किया।

"साफ-साफ तो मैं भी नहीं समझ पाता हूँ, भाभी जी ! ये जो व्यापारिक संस्थाएँ हैं, उनकी अंदर की दुनिया में ज़बरदस्त होड़, जोड़-तोड़, लंगीबाज़ी और उखाड़-पछाड़ मची है। ग्लोबल अचानक पिछड़ने लगा है, कारण चाहे इसके प्रतिद्वंद्वियों की साज़िश हो, या ग्लोबल का उनसे बराबरी न कर पाना, दोष मढ़ा गया आपके लड़के पर।"

"कंपनी की सरासर नमकहरामी है। मेरे बेटे ने दिन को दिन नहीं समझा, रात को रात नहीं। माँ-बाप, भाई-बहन, रिश्ते, अपनी ज़िंदगी सब कुछ तो दाँव पर लगा दी, अब क्या चाहती है कंपनी ?" माँ उत्तेजित हो उठी थीं।

"दाँव पर तो अभी भी लगा रखा है उसने अपना सारा कुछ, मगर बड़े-बड़े रैकेट्स हैं, हज़ार-हज़ार चालें हैं, हज़ार-हज़ार छिद्र। इस बार वह शायद ही पार पाए 'क्राइसिस' को।"

"आपको कैसे मालूम हुआ यह सब ?"

"सुबह-सुबह ही फोन आया था बेटी का, बंबई से। उसी से···।"

"और क्या कहा प्रज्ञा ने ?"

"कहा कि कुमार नर्सिंग होम में भर्ती था। वैसे ज़्यादा सीरियस मामला नहीं था, सिर्फ हाइपरटेंशन और नर्वस डिसऑर्डर जैसा कुछ। अब रिलीज़ हो गया है, आप लोग एक बार हो आइए।"

"लेकिन उसे ग्लोबल छोड़ना पड़ रहा है, यह आपने कैसे जाना ?"

"इसलिए कि इस बार नर्सिंग होम का खर्च 'न्यू एरा' नामक एक दूसरी मल्टीनेशनल कंपनी के एजेंट ने उठाया, जो ग्लोबल की राइवल है।"

सप्ताह बीतते-बीतते बंबई से सूचना आ गई कि कुमार हॉस्पीटलाइज़्ड है, चले आएँ। अब रुकने का सवाल ही नहीं रह गया था। खबर फैलते-फैलते फैल गई।

"दस आदमी !" कुमार को देखने जाने के लिए दस आदमियों को तैयार होते देख जमनालाल साँसत में पड़ गए। वह बंबई है—अनजाना महानगर। ठहरने, खाने-पीने से लेकर आने-जाने के पचासों प्रॉब्लम्स हैं। हम दो ही तो काफी थे, फिर बड़े बाबू भी जा ही रहे हैं।"

"हम अपने-अपने खर्च पर जा रहे हैं। आपका क्या ? संजू हमारा भी कुछ लगता है।"

उनके साले के लड़के गोकरण ने कहा तो कातर नज़रों से पत्नी की ओर ताकने लगे कि यही इन्हें समझाए, मगर वह क्या समझातीं। रोना छोड़कर उसे कुछ भी नहीं सूझ रहा था। एक तरफ वह रोए जा रही थी, दूसरी ओर विधवा बहन राधा। खैर, जैसे-तैसे ट्रेन में लद-फँदकर आ गए बंबई।

बंबई वी०टी० पर 'न्यू एरा कंपनी' के एजेंट मिस्टर बासवानी खुद हाज़िर थे उनकी अगवानी के लिए। इतने आदमियों का जत्था देखकर वह परेशान हो उठे, होटल में कमरे तो सिर्फ दो ही बुक्ड हैं, "ऐसा करते हैं, पैरेंट्स हमारे साथ चलें, बाकियों के लिए अलग से इंतज़ाम कर देंगे।"

जमनालाल ने अपना ज़ंग खाया चेहरा ऊपर उठाया, "साहब, हम किसी बारात में या तफरीह के लिए नहीं, अपने बेटे को देखने आए हैं। हम अपना इंतज़ाम खुद कर लेंगे, आप नाहक परेशान हो रहे हैं। आप बस इतनी-सी मेहरबानी कर दें, हमारी टैक्सियों को अस्पताल तक गाइड कर दें।"

मिस्टर बासवानी ने काफी अनुरोध किया, मगर वे टैक्सियों में ही अस्पताल पहुँचे। अस्पताल का आभिजात्य-भरा माहौल ही सबको आतंकित करने के लिए काफी था, फिर कुमार था भी इंटेंसिव केयर यूनिट में, जहाँ सिर्फ काँच की खिड़की से उसे देखा-भर जा सकता था।

"जो डॉक्टर कुमार का इलाज कर रहे हैं, उनमें से किसी से भी हम मिल सकते हैं ?" बड़े बाबू ने बासवानी से पूछा।

बासवानी उन्हें एक डॉक्टर के पास ले गए और उनसे फुसफुसाकर जाने क्या कहा। डॉक्टर ने एक उड़ती नज़र उनके पस्त चेहरों पर डाली और कहा, "देखिए, अभी तक तो उनका चेकअप ही चल रहा है। सिचुएशन आउट ऑफ कंट्रोल नहीं है। नर्वस टेंशन ही मेन है, दवा हम कर रहे हैं, दुआ आप कीजिए, दैट मच !"

"कोई ब्लड-व्लड की ज़रूरत पड़े तो बोलना साब, किडनी, हार्ट, लीवर, किसी भी चीज़ का।" पान की गुमटी चलाने वाला छोटे साले का लड़का गोकरण अपनी समझ से आदर्श बंबइया भाषा में बोल उठा, "हमारा भाई ठीक हो जाना चाहिए, बस।"

"नहीं, नहीं, ऐसी कोई बात नहीं।" डॉक्टर ने कहा और उसे संदेह की नज़रों से घूरने लगे।

लौटते हुए जमनालाल ने डॉक्टर को बासवानी से अंग्रेज़ी में कहते सुना, "विश्वास नहीं होता कि अजायबघर के ये जीव कुमार के रिश्तेदार हैं।"

एक अजीब-सी पीड़ा बेध गई जमनालाल के मन में।

आज दूसरा दिन बीत रहा था। अस्पताल की भव्य इमारत के पीछे समुद्र की लहरें छरर-छरर बज रही थीं। बगल के तटबंध के किनारे पड़ी सीमेंट के बेंचों पर बैठे थे लोग—पति-पत्नी, जमनालाल की थुलथुल बदन वाली विधवा बहन राधा, संजू के चचेरे भाई सुरेंद्र, विरेंद्र, ममेरा भाई गोकरण, परिवार के शुभचिंतक, एक-दो गाँव और कस्बे के लोग, बड़े बाबू सिन्हा जी एवं उनकी बेटी प्रज्ञा—कइयों में से कुछ लोग, जो संजू की विजय की शोभा यात्रा में कभी अनाहूत, अनामंत्रित, अवांछित तत्त्व-से शामिल थे और इनमें से कई आज संजू के सुरक्षा कवच

से बार-बार दुरदुराए जा चुके थे। बादल घने हो रहे थे, मौसम गुम्मी मारने लगा था। दूर कहीं समुद्र में कोई जहाज़ जा रहा था। सामने सड़क पर वाहनों का रेला था। अचानक बड़े बाबू दार्शनिक हो उठे।

"संजू में ही, मेरा खयाल है, इंसान की संभावनाओं और सीमाओं दोनों को समझा जा सकता है।"

जमनालाल ने अपनी खाली-खाली-सी नज़र उन पर टेक दी।

"दिमाग की संभावनाएँ अनंत हैं, अनंत। मगर यही अति या एक्स्ट्रीम ही उसकी सीमा भी है।"

उनकी बात पर किसी ने कोई टिप्पणी नहीं की, उनकी बेटी प्रज्ञा ने भी नहीं। बड़े बाबू ने जमनालाल के कंधे पर हाथ रखा, "क्या बात है जमना ?"

जमनालाल ने अपनी आँखें मिचमिचाईं, "कुछ तो नहीं।"

"उहूँ···कुछ तो है।"

"वो मैं सोच रहा था कि हम सभी, खासकर ये लोग क्यों आए हैं, यहाँ ? सिर्फ अपनी फजीहत कराने ? संजू तक को भी तो हम देख नहीं पाए, क्या तकलीफ है, जान नहीं पाए। हमारा क्या लगाव है उससे ? क्या दिया उसने···ये बेटी प्रज्ञा है, ये मेरी बहन—क्या मिला है उससे इन्हें ?"

प्रज्ञा ने सर झुका लिया। राधा देवी उनकी ओर खोई हुई नज़रों से ताकने लगीं।

यकायक माँ को जाने क्या हुआ, फफक पड़ीं अपने आप, "लगता है, निर्वंश ही रह जाएँगे हम।"

"तुम किस वंश की बात कर रही हो ?" जमनालाल उठकर पत्नी के सामने आ गए। उनका शब्द-शब्द जैसे उनकी वर्षों की घुटती आत्मा के निचोड़-सा बूँद-बूँद टपक रहा था—कुछ खारा, कुछ कसैला, कुछ तीखा, "वह हमारा था ही कब ? इंसानी नस्लों के जंगल में एक पौधा ही तो था वह, जहाँ से चुन लिया। उन्होंने गोद ले लिया, अपनी पौधशाला में ग्रो कराया—यह मैं नहीं, संजू कह रहा था। गलत नहीं कहा उसने। अब वह उन्हीं की वंशवृद्धि करता या हमारी ? हम सब तो खाद-पानी रहे या बाद में कचरे !" बोलते-बोलते वे एक क्षण को रुके, फिर सामने फैले विशाल समुद्र में धब्बे की तरह दूर होते जा रहे जहाज़ की ओर देखते हुए बोले, "जो प्रतिभा परिवार, समाज, देश, जाति या दुनिया को अँधेरों से निजात दिलाने या बेहतर बनाने में लगकर धन्य होती, वह एक-दो बनियों का कारोबार फैलाने में जुत गई···बाकी जो बचा—जंगल है, सिर्फ जंगल !"

मानपत्र

संगीत के शिखर पर दीप की तरह दीपित हे दीपंकर ! तुम्हें सैकड़ों मानपत्र मिले होंगे, एक मानपत्र और...!

यह आवाज़ विंध्य की उन घिसी हुई पहाड़ियों, दिल की तरह हज़ारों पान के पत्तों को छुपाए पनवाड़ियों, सूखते चश्मों और इंतज़ार में थके-बुढ़ाए कस्बे से आ रही है, तुम्हारे स्पर्शमात्र से जिनमें कभी जान आ गई थी। कामयाबी की इस बुलंदी पर पहुँच जाने के बाद, क्या पता तुम उसे पहचान भी पाओगे या नहीं, मगर वह भले ही तुम्हारे दृष्टि-पथ से ओझल हो, तुम एक बार भी उसकी नज़रों से ओझल नहीं हो पाए, दीपंकर !

वह कौन-सा दिन था, कौन-सी बेला, कौन-सा मुहूर्त, जब बागेश्वरी के स्टेशन पर पहली बार तुम्हारे मुबारक कदम पड़े थे ! याद आ रहा है कुछ—स्टेशन से ही दिखता हुआ पर्वत के कलश पर वह शुभ्र मंदिर, जिसे देखकर तुमने कहा था, "ऐसा लग रहा है, मानो काले, नीले गजराज के मस्तक पर किसी ने श्वेत शंख रख दिया हो।" घिसी हुई पहाड़ियों से अनेक राहें जाती थीं ऊपर को, मगर ऊपर तक पहुँचने के लिए पहले नीचे के मुकाम तय करने होते हैं न !

इक्के वाला घाटी के उस चँदोवे ताने हुई पगडंडियों और आगे कस्बे की तंग गलियों से गुज़र रहा था...और दूर से ही घाटियों में घुँघरू की आवाज़ सुनाई दे रही थी किसी को। ताँगे वाला तनिक चढ़ाई पर बने एक अलग-थलग मकान पर ले आया था तुम्हें। तुमने ऊपर से नीचे देखा और नीचे से ऊपर—अगर मंदिर वीणा का एक तंबूरा था तो यह मकान दूसरा, जिन्हें पहाड़ी रास्तों के तार जोड़ रहे थे। सहसा झन्न-सा बजा तुम्हारे कानों में, "आप दीपंकर जी हैं न ?" एक सोलह-सत्रह साल की लड़की सवाल कर रही थी।

"हाँ।"

"अब्बू आपका ही इंतज़ार कर रहे हैं, आइए !"

सादा-सा बैठकखाना, दाढ़ी, मूँछें सब सफेद, उस्ताद की आँखें चहक उठीं, "दीपंकर !"

तुमने पाँव छूकर प्रणाम किया था।

"मेरा खत मिल गया था गुरु जी ?"

"पूरा घर तुम्हारे स्वागत में, क्या कहते हैं, हाँ, पलक-पाँवड़े बिछाए यूँ ही बैठा है !" दो शब्दों पर विशेष ज़ोर दिया था उन्होंने—'पूरा घर' और 'पलक-पाँवड़े बिछाने' के धराऊँ शब्द ! तुम तनिक झेंप-से गए थे, मगर झेंपने की बारी तो अब थी—

"वो तो कहो, कैसे-कैसे तो मैं तुम्हें पहचान गया, वरना तुम तो कहाँ वो मलमल, मखमल,

ज़री और किमखाब ! कहाँ यह खद्दर का कुर्ता-धोती !" वो तुम्हारी बदली हुई हुलिया को मुग्ध भाव से निहार रहे थे, "अब तुम सीख लोगे, दीपंकर ! वो क्या कहा था कबीर ने, सीस उतारे भुईं धरे तब पैंठे घर माहि ! खैर छोड़ो, वो बातें तो होती रहेंगी, पहले यह बताओ, कोई परेशानी तो नहीं हुई यहाँ तक पहुँचने में ?"

"परेशानी··· ? काहे की परेशानी ? आप ही के दम पर तो आबाद है बागेश्वरी।"

"तुम्हारे घराने वालों में खुशामद की ऐसी बू भी क्या बर्खुरदार कि नाक ही फटी जाए है। अरे, हम तो हम, ये कस्बा, ये स्टेशन—सब के सब बागेश्वरी देवी के दम से ही तो आबाद हैं—आज से नहीं, सदियों से।"

तब तक वह लड़की चाय-नाश्ता ले आई थी।

"लो, चाय पियो। यह मेरी बेटी आयशा है। यहाँ तशरीफ लाने वाले सारे उस्तादों ने मिलकर इसके दिमाग को सातवें आसमान पर चढ़ा रखा है कि यह वीणा बहुत अच्छा बजाती है। खैर, तुम अपनी राय में तरफदारी न करना। चाय पी लो, गुसल-वुसल कर लो, फिर बताते हैं।"

बेटी की तरफ में उस्ताद की आवाज़ मृदंग-सी धिनक रही थी। लजाकर भागी थी आयशा, तुम्हारी चोर-नज़रें परदे तक पीछा करती रही थीं उसका।

तुम ट्रेन के थके-माँदे सोए तो ऐसे सोए कि वक्त तक का खयाल न रहा। उस्ताद ने ही जगाया था, "उठो दीपंकर, आओ चलें, वरना नसीब से मिली वो मुबारक घड़ी, क्या कहते हैं, हाँ, शुभ घड़ी हाथ से निकल जाएगी। सूरज डूबने के पहले ही पहुँचा जाना है देवी के मंदिर में, और अब ज़्यादा वक्त नहीं रह गया है सूरज के डूबने में—फकत घंटे-भर !" उस्ताद वाद्य यंत्रों की भी भाषा जानते थे, सो वाक्य गढ़ने, सँवारने में देर लगती उन्हें।

पहाड़ पर अच्छा-खासा रास्ता बन गया था। उस्ताद को सहारा देने को कोई आगे बढ़ा, मगर उन्होंने मना कर दिया, हालाँकि चढ़ने में उन्हें खासी मशक्कत उठानी पड़ रही थी। मंदिर नीचे से ही छोटा लग रहा था, जैसे तुम आगे बढ़ते गए, पत्थरों, पेड़ों, लताओं से आँखमिचौनी खेलता हुआ वह बड़ा होता गया। मौसिकी का यह काफिला जब ऊपर पहुँचा तो सूरज डूबने की तैयारी कर रहा था। उसकी लाली से दिशाओं के रोशनदान सुर्ख हो रहे थे और उसका गुलाल पहाड़ों और घाटियों में बिखर रहा था। परिंदे अपने-अपने बसेरों की ओर उड़े आ रहे थे और उनकी मिलीजुली चहचहाहट से फिज़ा गुलज़ार थी।

देवी को प्रणाम कर सामने के चबूतरे पर बैठकर उस्ताद ने पहले नमाज़ अता की, फिर वीणा सँभालने लगे। तुम्हें उनकी मशक्कत पर रहम आ रहा था, तभी उन्होंने टोका था, "पहले तुम कुछ सुनाओ, दीपंकर !"

तुम सकुचाए, "मैं भला क्या सुना सकता हूँ ?"

"कुछ भी, जो जँचे।"

"उस्ताद सबसे अच्छा तो 'विहाग' ही बजा सकता हूँ, लेकिन इस वक्त··· ?"

हँस पड़े थे उस्ताद, "कहीं परिंदों को सुबह का वहम हो गया तो··· ? वैसे तुम्हारा कसूर

नहीं, अभी-अभी तो जगे हो नींद से।"

फिर तो उस्ताद जैसे खुद में ही खो गए। तारों को कसकर समताल करने के बाद ठीक सूर्यास्त को उन्होंने राग यमन का आलाप साधा। 'जोड़' पर करामत ने तबले पर थाप दी। तब तक तुम्हें यकीन न था कि 'झाला' तक सब कुछ निर्विघ्न निभ ही जाएगा। लेकिन 'झाला' तक आते-आते तुम चकित रह गए थे। जो शख्स पहाड़ पर ठीक से चढ़ भी नहीं पा रहा था, उसके हाथ किस तरह उठती-गिरती उँगलियों के साथ ऊपर-नीचे दौड़ रहे थे। इन बूढ़ी उँगलियों में क्या इत्ता कमाल अभी छुपा पड़ा है। पहाड़ का ज़र्रा-ज़र्रा, फुनगी-फुनगी, पत्ते-पत्ते कान उठाकर कनमनाकर ताकने लगे थे। एक रूहानी झंकार थी कि पहाड़ से उतरते झरने की तरह झरती हुई पूरी घाटी में बह रही थी और अग-जग डूब-उतरा रहा था। घंटे-भर तक धरती गमकती रही, फिर उस्ताद ने वीणा पर सिर रखकर एक साथ ही साज और बागेश्वरी दोनों को प्रणाम किया था।

"आप कमाल के बीनकार हैं !"

उस्ताद हाँफ रहे थे, बोले, "अब बुढ़ापे में मुझसे नहीं होता। बागेश्वरी मेरी बेटी बजाएगी।"

और जब उस दुधमुँही लड़की ने राग बागेश्वरी बजाया तो "जैसे अँधेरे की परतों को चीरकर तारे छिटकने लगे—अगणित आकाशगंगाएँ नीहारिकाएँ खुल-खुलकर बिछने लगीं।" यह तुम्हारी ही टिप्पणी थी, याद है ?

उस्ताद को बाँह का सहारा देकर उतारने लगी आयशा, तो जैसे तुम्हारा कर्तव्यबोध जागा। आगे बढ़कर तुमने दूसरी बाँह पकड़ ली थी। उस्ताद ने अचकचाकर तुम्हें देखा और बोले, "लगा, जैसे तुम्हारी जिल्द में मेरा बेटा निसार ही लौट आया है विदेश से।"

रात दस्तरखान पर उस्ताद ने फिर वही बात उठा ली थी, "जब वीणा बजाता हूँ (उस्ताद की निगाह में वीणा और सितार एक ही थे। उनका वश चलता तो सरोद को भी वीणा ही कहते) तो पैंसठ-सत्तर का बूढ़ा नहीं, बीस-पच्चीस का जवान हो जाता हूँ···और वीणा बंद हुई नहीं कि भेड़िए की तरह दुबका हुआ बुढ़ापा अपने पंजों और दाँतों से घायल करने लगता है। अब बुढ़ापे में मुझसे बागेश्वरी देवी की सेवा नहीं होती, जी चाहता है, कोई इस सेवा और इस बेटी दोनों का भार थाम ले और मैं सुकून से रुखसत ले सकूँ। या अल्लाह !"

दिन-भर उस्ताद लोगों को लेकर व्यस्त रहते—विंध्य के लुप्त होते साज, लुप्त होती स्वर-संपदा। दूर-दूर से आए थे प्रशिक्षु। वे बारह-बारह घंटे तक एक-एक सुर का रियाज़ करते। तुम्हें हैरानी होती।

फिर वह शाम ! बूँदाबाँदी शुरू हो गई। उस्ताद को रोक लिया था आयशा ने। बागेश्वरी के पूजन के लिए सिर्फ आयशा थी, तुम थे, टप-टप बरसती बूँदें थीं और भीगी-भीगी पुरवाई के साथ थी जंगली फूलों की भीनी-भीनी मदमस्त गंध ! आते समय तुम जानबूझकर फिसले थे कामिनी-कुंज के पास। सँभाल लिया था आयशा ने।

"शुक्रिया !"

"किस बात का ?"

"वो कविता है न, 'सखि हौं तो गई जमुना जल को''इतने में आइ विपति परी''पानी लेने गई थी यमुना में, इतने में घटा घिर गई, दौड़ी बारिश से बचने को मगर बच न सकी। गिरी''लेकिन भला हो नंद के लाल का, जिसने इस गरीब की बाँह पकड़कर गिरने से बचा लिया—चिर जीवहुँ नंद के लाल अहा, धरि बाँह गरीब के ठाड़ि करी''' फिसले हुओं को सँभालने में आपका कोई सानी नहीं।" उत्साह में पूरी कविता ही का पाठ कर डाला था तुमने ? तुम्हें उम्मीद रही होगी कि आयशा कह उठेगी, 'हुज़ूर की ज़र्रानवाज़ी है, वरना मैं नाचीज़ किस काबिल हूँ !' मगर वह तो लत्ते की गुड़िया-सी सिमट गई—एकदम घरेलू किस्म की सपाट-भोली लड़की !

इतनी भोली तो नहीं थी आयशा ! तुम्हें शायद आज भी पता न हो कि अकेले में कितनी बार चूमा था उसने कामिनी के उस दरख्त को ! उसके नन्हे चबूतरे पर बैठकर कितने ही सुरभीले सपने बुने थे उसने !

गति और दिशा के हिसाब-किताब में तुम शुरू से सजग थे। एक दिन जा पहुँचे उस्ताद के पास, "उस्ताद मुझे शागिर्द बनाइएगा ?"

"तुम मेरे शिष्य बनोगे, दीपंकर ?" चकित वात्सल्य से छलछला उठी थीं आँखें उस्ताद की, फिर जैसे कहीं उलझने लगे खुद में ही, "देखो, घरानों की बात है, यहाँ तो सभी खुद को दूसरों से ऊँचा मानते आए हैं। ईगो टसल !"

"लेकिन बीनकार तो आपसे ऊँचा कोई है नहीं''! फिर घराने किसी फन से बड़े कैसे हो सकते हैं ?"

"सोच लो, बहुत कठिन है डगर पनघट की !"

"सोच लिया।"

"अच्छी बात है। फिर देर किस बात की ? पंडित हो ही, सगुन करो।"

और ठीक गुरुपूर्णिमा को बाबा ने गुरुवंदना के—"अखंड मंडलाकारं व्याप्तं येन चराचरं तद पदं दर्शितं येन, तस्मै श्री गुरवे नमः।" के बीच तुम्हारी कलाई में हरी-हरी दूब के साथ शिष्यत्व का काला धागा बाँधा। तुमने कहीं से कर्ज़ लेकर एक नारियल, पाँच सुपाड़ियाँ, शॉल और एक सौ एक रुपए उनके कदमों पर रख दिए।

"यह क्या ?" तनिक संजीदा हो आए उस्ताद, "पौध को ज़िंदा रहने के लिए पानी तो चाहिए, मगर वह पानी इतना ज़्यादा भी न हो कि पौध सड़-गल ही जाए।" फिर हँस पड़े उदास से, "बागेश्वरी में पंचम वर्जित है और पंचम ही तुम्हारा आधार है।"

हे बागेश्वरी के पंचम ! पता नहीं बाबा ने क्या कहा और तुमने क्या सुना। जो भी हो, शुरू हो गया विद्यादान। बाबा सैद्धांतिक बातें बताते जाते, आयशा उसे बजाकर दिखाती जाती।

उस दिन उस्ताद तुम्हें बताकर किसी काम से राजा साहब के यहाँ निकल गए। घर में आयशा थी और तुम थे। वह तुम्हें सिखा रही थी और तुम उसके चेहरे से लेकर नाखून तक सारी शख्सियत को मुग्ध भाव से देख रहे थे। अचानक ही बोल पड़े थे तुम, "आप बहुत सुंदर बजाती हैं।"

"झूठ !" शरमा जाती है आयशा।

"ओह ! ये उठती-गिरती उँगलियाँ, ये ऊपर-नीचे दौड़ते हाथ, यह पूरी देह से निकलती झंकार, जैसे कोई धारा पत्थरों पर ऊपर से नीचे बहती जाए— तरंगायित, उच्छ्वसित, उल्लसित, उद्‌दाम यौवन से मदमाती…"

"अगर मुझी पर सारी तारीफ खर्च कर डालेंगे तो बाबा के लिए क्या बचेगा ?"

बाबा में भी यही क्वालिटी है, मगर उनका बजाना पहाड़ के सीने से फूटती धारा है।"

"और मेरा ?"

"आपका…? आप जहाँ-जहाँ पोरों से गत को दबाती हैं, वहाँ-वहाँ रंगीन फौवारे फूट निकलते हैं। रक्स करती हैं, बेशक पैरों से नहीं, हाथ की उँगलियों से। कहाँ छुपी रहती है इत्ती मस्ती इन पोरों में ?"

तुमने एकांत पाकर बलपूर्वक आयशा की हथेलियों को अपने हाथों में ले लिया था। तारों के साथ निरंतर छेड़छाड़ से खुरदरी हो आई उँगलियों के पोरों को सहलाने लगे थे तुम।

"लेकिन आप सिखातीं नहीं ठीक से।"

"और आप…? आप सीख रहे हैं ठीक से ?"

"पहले मिजराब (नखी) लगाइए उँगलियों में।"

"वो ताके पर रख छोड़ा था, फिर मिला नहीं।"

"मैं बन जाऊँ मिजराब ?" और तुमने आयशा की उँगलियों को चूम लिया था। याद है ?

लुक-छिपकर मिलने लगे थे तुम और आयशा—कभी मंदिर में, कभी पनवाड़ियों में, कभी पहाड़ पर और जिस दिन अब्बू को इसकी भनक मिल गई, उस दिन…?

भरे-भरे-से बाबा ! पखावज़ लेकर बैठ गए थे।

धम्म !

लगा कोई ईंट गिरी हो किले की बुर्जी से !

एक ईंट, फिर दूसरी, फिर तीसरी…! खंड-खंड टूटकर गिरने लगे थे पत्थर, अर्राकर ढह रही थीं बुर्जियाँ, मेहराबें, अटारियाँ। थमते-थमते थम गया कोलाहल। श्मशानी शांति।

तुम सकते में आ गए। सहारे के लिए तुमने आयशा की ओर देखा। वह खुद सहमी हुई थी।

ढम्म !

अचानक फिर थाप पड़ी। स्वर बदला हुआ था इस बार। प्रलय के बाद सृष्टि का सुर ! एक-एक ईंट चिनी जाने लगी…! खड़ा होता गया किला। सजती गईं अटारियाँ, खिलती गईं मेहराबें, चमकने लगे कंगूरे !

आयशा की रुकी साँस फिर से चलने लगी। तुम्हारी जान में जान आई। पखावज का ऐसा बजाया जाना जीवन में पहली बार सुना था तुमने।

"साक्षात् शिव हैं अब्बू ! नाराज़ हो जाएँ तो संहार ! तांडव ! खुश हो जाएँ तो निर्माण के वरदान !" आयशा ने कहा था।

"मगर मैं पखावज का दूसरा अनुभव नहीं लेना चाहता। बाप रे ! मेरी तो रूह ही चाक

हो गई।"

"तब आपको सीधे बाबा से बात करनी पड़ेगी। उनकी रज़ा के बगैर अब मैं नहीं मिल सकती।"

बिस्तर पर क्लांत लेटे पड़े थे बाबा। तुमने जाते ही उनके पाँव पकड़ लिए। पर्दे की ओट में खड़ी थी आयशा।

"क्या बात है, पंडित ? पाँव तो छोड़ो।"

"छोड़ दूँगा, बस एक बात कहने की इजाज़त दे दें।"

"अमा इजाज़त की क्या बात ! कह भी डालो अब।"

"आपने कभी कहा था कि जी चाहता है, कोई बागेश्वरी देवी की सेवा और बेटी आयशा दोनों का भार थाम ले…"

"कहा होगा।"

"मैं दोनों का दायित्व सँभालने को तैयार हूँ, अगर आप चाहें।"

"हूँऽऽऽ !" एक छोटी-सी हुंकारी के बाद लंबी चुप्पी पसर गई थी उनके होंठों पर।

"क्या मेरे हिंदू होने की वजह से आप सोच में पड़ गए ?" तुमने उन्हें हौले से जगाया।

" 'हाँ' भी और 'ना' भी !" उस्ताद धीरे से उठकर बैठ गए, "मुसलमानों ने काफी पहले ही मुझे काफिर मान लिया है। मैं इस बात से परेशान नहीं हूँ कि ऐसा करने से उनकी राय पर ठप्पा लग जाएगा। धरम यहाँ क्या कहता है और मज़हब के फतवे क्या हैं—मुझे नहीं मालूम, जानना भी नहीं है। मौसिकी मेरे लिए सिर्फ मौसिकी है, फन सिर्फ फन। बागेश्वरी होती होंगी हिंदुओं की कोई देवी, मेरे लिए वे सिर्फ मौसिकी की देवी हैं। चाहता मैं सिर्फ इतना हूँ कि जिन हाथों में बेटी का हाथ दूँ, उन हाथों में उसका फन और उसकी खुशी दोनों सलामत रहें। कहाँ तुम ऊँचे खानदान के पंडित और कहाँ आयशा…? उस्ताद की शक्ल में हमें सर पे बिठाते हैं हिंदू, मगर एक दूरी से ही। फिर इस्लाम कुबूल करने के पहले हम भी तो छोटी कौम के हिंदू ही थे। इन चीज़ों को तुम्हारा हिंदूपना कतई बरदाश्त नहीं करता। यानी एक के लिए एक म्लेच्छ, दूसरे के लिए दूसरा काफिर। इनसे भागकर मैं मौसिकी की पनाह में आया हूँ तो यहाँ महफूज़ हूँ, मगर कब तक—? जब तक नीचे न उतरूँ…! अभी तो जवानी है, जज़्बा है, जुनून है, जीत लोगे जंग, मगर इनके उतरने के बाद…?"

"आप मुझ पर भरोसा कर सकते हैं, उस्ताद !"

"आयशा से पूछ ही लिया होगा ?" एक लंबी खामोशी के बाद बोले उस्ताद।

"जी।"

"माँ तो अब रही नहीं, अपने बाकी लोगों से…?"

"पूछने की ज़रूरत नहीं है।"

"इसे हिंदुआनी बनाओगे ?"

"मेरे लिए तो ये सिर्फ वीणा है ?"

शब्दों के सटीक उपयोग तो कोई तुमसे सीखता, दीपंकर ! बाबा को रिझाने के लिए तुम्हारे

लिए सितार और वीणा, वीणा और आयशा के लिए अलग-अलग संबोधन नहीं—सिर्फ एक संबोधन था वीणा। बड़ा रोमांटिक है न यह संबोधन !···और उसी बागेश्वरी देवी के मंदिर में आयशा वीणा बनकर हो गई तुम्हारी पत्नी ! याद है न वो दिन, उस्ताद ने दुआ दी थी तुम्हारे ही पुराने अंदाज़ में, "तुम दोनों दो तम्बूरों की तरह प्रेम के तारों से जुड़ गए आज—इसी तरह बँधे रहें तार, इसी तरह उठती रहे झंकार !"

और उस मधु चंद्रिका की मिलन यामिनी की सेज पर याद है वह मधु संवाद···?

"देखूँ कितनी राग-रागिनियाँ सोई पड़ी हैं मेरी वीणा में ?" यह तुम्हारा प्रश्न था।

"जितनी तुम जगा पाओ।" यह वीणा का उत्तर था।

तो हे वीणावादक ! शुरू-शुरू में तुमने अपनी साधना में कोई कोताही नहीं बरती। मगर गुरुकुल की शिक्षा पूरी होते ही तुम्हें ऐसा लगा, जैसे बंदीगृह से निजात मिल रही हो। उस्ताद का अहसास अब भी पहाड़ की तरह खड़ा था तुम्हारी राह में। तुम्हें जगह-जगह से बुलावे आ रहे थे। उस्ताद कहते, "चले जाओ।"

"मगर देवी की पूजा ?"

"ओह वीणा है न !" उस्ताद भी अपनी बेटी को आयशा नहीं, वीणा ही कहकर पुकारने लगे थे अब ! कलकत्ते वाले ही थे कि अड़ गए, "हमें दीपंकर तो चाहिए ही, साथ में वीणा भी चाहिए।"

"ठीक है, वीणा भी जाएगी।"

तुमने मुड़कर देखा, वीणा के पैर चलने से पहले तनिक काँपे थे। इस उम्र में घर से मंदिर तक घिसटना पड़ेगा अब्बू को। मगर हुक्म भी अब्बू का ही था, सो वह गई, मगर उसका जाना···!

कलकत्ते के उस संगीत-समारोह में वीणा ने मालकोश बजाया था और तुमने चंद्रकोश, फिर योगकोश पर दोनों की जुगलबंदी। तालियों की गड़गड़ाहट से गूँजता रहा ऑडीटोरियम !

दूसरे दिन अखबारों में वीणा ही वीणा छाई हुई थी, दीपंकर की चर्चा महज़ रस्मी तौर पर हुई थी। होटल के कमरे में ताश के शो किए गए पत्तों की तरह बिछे थे अखबार। तुमने एक उड़ती हुई नज़र डाली, फिर सुबह-सुबह ही सज-धजकर तैयार पत्नी पर आकर टिक गई तुम्हारी नज़र। नज़रों में सवाल था।

"वो अखबार वाले आने वाले हैं इंटरव्यू के लिए।" वीणा ने सफाई देनी चाही।

"हूँऽऽऽ !" यह 'हूँऽऽऽ !'न कोई ध्रुपद था, न धमार, यह कुछ और ही था। इस 'हूँऽऽऽ !' की गूँज-अनुगूँज में बहुत कुछ सुन लिया था वीणा ने।

वीणा को आश्चर्य होता, आखिर तुम चाहते क्या थे। पहले तुम्हें वीणा से यह शिकायत थी कि वह नितांत घरेलू औरत है, उसे तुम्हारी पत्नी के अनुरूप ढलना चाहिए, तनिक आधुनिक होना चाहिए। अब, जबकि वह हो रही थी तो तुम उसे घरेलू बनाने पर आमादा थे।

जैसे-तैसे समय बीता। बनारस के दो टिकट पकड़ाते हुए तुमने वीणा से कहा, "इन्हें पर्स में रख लो।"

"बनारस ?" वीणा हैरान थी।

"क्यों, बनारस के नाम से ऐसे क्यों चौंक गईं, जैसे तुम्हें मणिकर्णिका घाट ही भेज रहा हूँ।"

चौंक गई वीणा, "मैंने ऐसा कब कहा ?"

"फिर ?"

"वो बागेश्वरी में अकेले होंगे अब्बा।"

"तो फिर तुम बागेश्वरी चली जाओ, मुझे तो बनारस ही जाना है।"

"मैं तुम्हारी छाया हूँ, तुम जहाँ-जहाँ जाओगे, मैं तुम्हारे साथ जाऊँगी; लेकिन खुदा के लिए कम से कम यह तो बता दो कि बनारस में क्या काम है, कहीं भाई साहब के पास तो नहीं ?"

तुमने जवाब देना ज़रूरी नहीं समझा, खुद ही पता किया वीणा ने कि तुम्हारे भाई साहब की तबीयत खराब चल रही है। मान धुल गया। द्रवित हो आया मन। माँ का साया पहले ही तुम पर से उठ चुका था। ले-देकर एक भाई साहब ही तो बचे थे जो बीमार थे।

"तब तो मुझे भी बनारस चलना चाहिए। रास्ते में ही तो पड़ता है। पहले हम बनारस चलते हैं, फिर बागेश्वरी।"

भाई साहब की हालत वाकई नाज़ुक थी। वीणा अभी बनारस रुकना चाहती थी, मगर तुम उसे बागेश्वरी जाने पर ज़ोर दे रहे थे, "मैं इन्हें सँभाल लूँगा, तुम जाकर उन्हें सँभालो।"

"यह 'इन्हें' और 'उन्हें' कब से हो गए ? क्या बाबा सिर्फ और सिर्फ मेरे हैं और भाई साहब सिर्फ और सिर्फ तुम्हारे ?" वीणा को ठेस लगी लेकिन प्रकटतः उसने कुछ कहा नहीं, लौट आई बागेश्वरी।

अखबारों से ही पता चला कि बाद में तुमने बनारस और इलाहाबाद में कई कार्यक्रम किए और इन पर प्रतिक्रिया···उधर तुम्हारे भाई साहब तुम्हें सीख दे रहे थे कि तुम्हें अभी बाबा के पास रहना चाहिए था। इधर बाबा वीणा को सीख दे रहे थे कि तुम्हें दीपंकर के साथ ही रहना चाहिए था।

तुम बागेश्वरी आए तो कलकत्ते की काली छाया को धो-पोंछकर। इलाहाबाद ने नई चमक भर दी थी। सबको बताते फिर रहे थे कि कलकत्ते में क्या था, गुणी-जानकार तो दरअसल इलाहाबाद में ही थे।

पाँव छूते ही बाबा ने अपने अस्वस्थ घर्राते गले से पूछा, "कैसे हो बर्खुरदार ?"

"जी ठीक।"

"भाई साहब ?"

"वो भी ठीक हैं।"

"तो इलाहाबाद फतह कर आए ?"

"जी, आपका आशीर्वाद है।"

"रेडियों में नौकरी करने जा रहे हो ?"

"हाँ, मिल तो रही है, मगर मैं खुद दुविधा में हूँ।"

"कैसी दुविधा ?"

"वचनबद्धता—बागेश्वरी देवी और वीणा दोनों के प्रति दायित्व-निर्वाह की।

रीझ रहे थे उस्ताद तुम्हारी कर्तव्यपरायणता पर।

वीणा से मिलते ही तुमने उसे बाँहों में कस लिया और चुंबनों की बौछार कर दी।

"कैसे हैं भाई साहब ?"

"चंगे।"

"तुम्हारी संगीत-चिकित्सा से ?"

"इतनी क्रूर न बनो मलिका-ए-मौसिकी ! तुम्हारे बिना मैं नहीं रह सकता। जानती हो, इलाहाबाद में पंडित गुदई महाराज ने पूछा, 'आज क्यों तेरी वीणा मौन ?' तो मुझ पर क्या गुज़री ! भाई साहब ने तो सीधे छड़ी उठाई और यहाँ खदेड़कर ही दम लिया।"

वीणा को थकाकर तुम थककर सो रहे थे और वीणा···तुम्हारे सुंदर सलोने चेहरे को देख-देखकर रीझ रही थी और तुम्हें संबोधित करते हुए सोलहवीं शताब्दी की नायिका की तरह मौन संलाप कर रही थी, "मेरे नटखट शिशु, कलकत्ते में जो कुछ हुआ, उससे तुम रूठ गए न ? रूठना ही था। एक तो एक ही विधा के लोग, प्रतियोगी न भी हों तो तमाशबीनों द्वारा बना दिए जाते हैं, दूजे मैं नारी, तुम पुरुष। ईगो की चरमराहट ! अच्छा हुआ कि बनारस और इलाहाबाद ने भरपाई कर दी उसकी और तुम फिर ऊपर आ गए। तुम्हीं जीते, मैं ही हारी। 'ये लो मैं हारी पिया हुई तेरी जीत रे, काहे का झगड़ा बालम नई-नई प्रीत रे···' खुश···? तुम पर वारी जाऊँ मेरे सलोने राजकुमार ! तुम जैसे खुश रहो, मैं वही करूँगी—बस एक ही इल्तज़ा है मेरी, मुझसे रूठो मत !"

बाबा भी खुश थे अपनी बुढ़ापे की बीमारी के बावजूद ! और एक दिन मंदिर जाने से रोक लिया उन्होंने तुम्हें। स्नेह से गाढ़े हो रहे थे, बोले, "बेटे, मैं एक पका आम हूँ, कब टपक पड़ूँ, कोई ठीक नहीं। जाने से पहले मैं चाहता हूँ कि तुम्हें देवी की मूरत गढ़ने के हुनर में उस्ताद बना दूँ। तुम जानते हो कि यह हुनर कोई उस्ताद सिर्फ अपने खासमखास शागिर्द को ही देता है। गौर से सुनो, जिस तरह एक नायाब मूरतसाज माटी से मूरत गढ़ता है देवी की—पाँव, कमर, सीना, गर्दन, हाथ, उँगलियाँ, होंठ, नाक, कान, आँख···उसी काम को एक मौसिकार अपनी मौसिकी से अंज़ाम देता है।" और उस्ताद ने वीणा को सहायता से तुम्हें मूर्ति गढ़ना सिखलाना शुरू कर दिया।

चोरी-चोरी प्रेम के सुरभीले दिनों के बाद वे सबसे सुंदर दिन थे वीणा की ज़िंदगी के। मंदिर परिसर में पति-पत्नी मूर्ति गढ़ रहे होते—'तिन-तिन्न ! धिन्न-धिन्न !' की झंकार दूर-दूर की पहाड़ियाँ सूद सहित लौटा देतीं—ध्वनि भी, प्रतिध्वनि भी। जैसे पूरी प्रकृति, पूरे विश्व, पूरे ब्रह्मांड में सिर्फ मूर्ति रची जा रही थी उन दिनों।

"मुझे लगता है मूर्ति का हाथ-पाँव, चेहरा साफ हो गया, बस ज़रा आँखें नहीं सध पा रही हैं अभी। तुम सिखाने में कोताही बरतती हो।"

"आँख ही तो सबसे आखिर में खुलती है न ?"

"बहुत जानकार हो गई हो।"

"एक मूरत खुद भी गढ़ रही हूँ, जो इन दिनों।" वीणा का चेहरा गुलाबी हो उठा था।

"अरे बाप !"

उस्ताद ने परीक्षा ली तो बोले, "अभी खुरदरापन है, वीणा के साथ रियाज़ करते रहोगे तो बाकी बारीकियाँ भी आ जाएँगी।" तुमने खीझकर ताका था वीणा की ओर, जो दाँतों-तले जीभ दबा रही थी।

"फन और हुनर की कोई इंतहा नहीं होती, दीपंकर ! तुम इसे हमेशा आगे बढ़ाते रहोगे, दूसरों के फन को भी।" इसके साथ ही उन्होंने अपनी उखड़ी साँस को सम किया। तुम उनका सीना सहलाने लगे थे। उन्होंने अपना दाहिना हाथ तुम्हारे सिर पर रख दिया, "इसके साथ ही मैं अपने पहले वचन से तुम्हें आज़ाद करता हूँ—अब बागेश्वरी देवी की सेवा के लिए यहाँ बैठे रहना तुम्हारे लिए कतई ज़रूरी नहीं है, लेकिन दूसरा वचन··· ! इसे चाहो तो एक बाप की कमज़ोरी कह लो, वीणा को खुश रखना—वही मेरी सच्ची गुरुदक्षिणा होगी, तुम्हारा, वो क्या कहते हैं, पत्नीव्रत भी और प्रेमिकाव्रत भी···।"

हे पत्नीव्रता ! यह तुम्हारे जीवन का नया अध्याय था, वीणा के जीवन का भी। संगी समारोहों का दौर-दौरा फिर शुरू हो गया। वीणा की भूमिका तुम्हें सजा-सँवारकर मंच पर भेज देने की और सबसे पीछे तानपूरा लेकर बैठने तक ही सीमित हो गई। फिर हुआ कला का जन्म, मगर यह कोई उल्लेख्य घटना नहीं बन सकी। इलाहाबाद, बंबई, कलकत्ते, दिल्ली में बँधकर रहने वाले जीव तुम थे नहीं, सो जैसे ही मौका मिला, तुम उड़ गए अमेरिका, साथ ही वीणा और कला भी। वह तुम्हारा पत्नीव्रत नहीं तुम्हारी अनिवार्यता थी, कारण कौन-सी पोशाक किस महफिल के लिए मौजूँ है, यह सिर्फ वीणा को पता था—कभी मुगलिया, कभी नवाबी, कभी 'देसी' रजवाड़ों की तो कभी साफ शफ्फाफ सूफियाना, पर सुरुचिपूर्ण। कब क्या खाना है, क्या पीना है, क्या बजाना है, पुराने शास्त्रीय संगीत में किस हद तक 'देसी' पंच करना है—यह भी। तुम्हें दूल्हे की तरह या कहूँ जादूगर दूल्हे की तरह मंच पर सजा-सँवारकर बैठा देती और खुद तानपूरा लेकर पीछे बैठ जाती—स्वरों का आधार बनाती उसकी उँगलियाँ तानपूरे के तारों पर फिसल रही होतीं, मिजराब के अभाव में खुरदरे होते रहते पोर, मगर अब तुम्हें उन्हें चूमने की कौन कहे, देखने की भी फुरसत न होती। मिलने वाले काफी हो गए थे, खासकर गोरी, चॉकलेटी औरतें, जिनके संपर्क में आते ही तुम्हारा चेहरा खिल जाता। वीणा ने महसूस किया कि तुम उससे दूर होते जा रहे हो, मगर एक अजीब किस्म का ठंडापन उसे घेरने लगा था।

वीणा चुपचाप देख रही थी कि तुम संगीत पर कम, उसके मायावी प्रदर्शन पर ज़्यादा ध्यान देने लगे थे—मंच से लेकर लिबास तक। फिर तुमने समारोह के पूर्व अंग्रेज़ी, फ्रेंच या जर्मन में एक वक्तव्य रखना शुरू किया, जिससे तुम्हारे पांडित्य की धाक जमने लगी। निसार बीच-बीच में आते रहते। तुम दोनों की जुगलबंदी भी हुई, जो खासी चर्चित रही। ये वे दिन थे जब लोकप्रियता पर तुम छोटे-मोटे प्रयोग करते ही रहते। उद्देश्य सिर्फ एक होता, मंच पर छा जाना, भले ही बाकी कलाकार अँधेरे में चले जाएँ। वीणा को उस दिन तुम्हारा 'लाइफ' में इंटरव्यू पढ़कर

कोई हैरानी नहीं हुई, जब तुमने एक तरह से खुद को स्वयंनिर्मित प्रतिभा के रूप में पेश किया। प्रचार की चंग पर चढ़कर तुम भारतीयता के प्रतीक बनते जा रहे थे।

हे भारतीयता के महान् प्रतीक ! पत्नी न सही, भ्राता न सही, गुरु के लिए हमारी भारतीय संस्कृति में बहुत ही ऊँचा स्थान है, शिष्यत्व स्वीकार करते हुए तुम्हें अपनी गुरुवंदना याद है–

'गुरुर्ब्रह्मा, गुरुर्विष्णु, गुरुर्देवो महेश्वरः
गुरुत्साक्षात् परमब्रह्मः, तस्मै श्री गुरवे नमः !' ···?

उसी गुरु ने कई बार काँपते हाथों से कलम उठाई होगी, तुम्हें वीणा या निसार को खत लिखने को, फिर रख दी होगी। कई बार उड़ी-पड़ी खबरें मिलीं कि उनकी हालत नाज़ुक है, लेकिन तुमने उसे नज़रअंदाज़ किया।

यह तो निसार थे जो तुम सबों को जबरन वापस ले आए बागेश्वरी।

तुम्हें, वीणा, कला एवं निसार के बीवी-बच्चों को देखकर बूढ़े गुरिल्ला की तरह, अबूझ की तरह ताकने लगे थे बाबा। फिर बताए जाने पर एक-एक की कुशल-क्षेम पूछने लगे। आखिर में टिक गई वीणा पर नज़र, "क्या बात है वीणा, अखबारों में दीपंकर और निसार का नाम तो कभी-कभी झलक जाता है, लेकिन तुम्हारा नहीं !"

"अब कला के चलते फुरसत कहाँ मिलती है, अब्बू !"

"बजाना तो नहीं छोड़ा न ?"

"नहीं बाबा, वो कैसे छोड़ सकती हूँ !"

"मेरा पूरा कुनबा मेरे सामने है। क्या पता, कल क्या हो। मेरी ख्वाहिश है कि आज रात एक महफिल हो जाए, देवी के मंदिर में।"

पालकी पर ले जाया गया था उस्ताद को। सबने कुछ न कुछ पेश किया, मगर वीणा ने गायकी में अमीर खुसरो की वो ठुमरी उठाई, 'काहे को ब्याहे बिदेश अरे सखिया बाबुल मोरे' तो स्वर टूट रहा था। उस्ताद ने थोड़ी देर तक आँखों पर पलकों के परदे डाल लिए, बूँदों की धार भिंदगी रही दाढ़ी में। गीत बंद हुआ तो धीरे-धीरे पलकें खोलीं उन्होंने। कोई कुछ नहीं बोल रहा था। देखते-देखते आँखों की रंगत बदली, शिशु-सा चकित हो उठे, "निसार, शमा, दीपंकर, आयशा–ज़रा देखो तो हवा से हिलते पत्तों की झुरमुट से झाँकता चाँद। दुनिया के तमाम फरेबों, तमाम गलाज़तों के ऊपर पाकीज़गी के नूर-सी बरसती चाँदनी, चकमक करते पत्ते, क्या खुदा की इस नेमत को मौसिकी में नहीं ढाल सकते ···? तुम, तुम ? नहीं तू···" निसार और दीपंकर के बाद वीणा से इसरार···और उस रात वीणा ने अपनी सारी कला लगा दी प्रकृति के उस छंद को स्वर देने में···

वीणा रखकर वीणा ने जब सिर झुकाकर ऊपर उठाया तो फिर वही अब्बू की चकित शिशु-सी चितवन !

"अब्बू ?"

"अब्बूऽऽऽ ?"

अब्बू जा चुके थे।

'गोरी सोई सेज पे मुख पे डाले केस/चल खुसरो घर आपने रैन हुई चहुँ देस', 'चार कहार मिल डोलिया उठाए''' बागेश्वरी बैंड की करुण धुन पर महाप्रयाण !

"उस्ताद तो महायात्रा पर निकल गए।" तुमने कहा था। वीणा ने खोई-खोई पलकें ऊपर उठाईं।

"चलो पैक कर लो, परसों वापस चलना है।"

वीणा ने आहत नज़रों से तुम्हें देखा। वह गई तो ज़रूर, मगर कहीं जी न लगता था उसका। ये वे दिन थे जब तुम पॉप सिंगर्स से मिलकर अपने प्रायोजक ढूँढ़ते फिर रहे थे। तुम्हारा एक पाँव अमेरिका के लॉस एंजिल्स में, दूसरा भारत में–बीच में पूरी दुनिया थी'''और वीणा थी कि उसे अमेरिका भी सूना लग रहा था, भारत भी और बाकी दुनिया भी।

बहुत तेज़ी से बदल रहे थे तुम। अब तुम्हारी दुनिया बाख, बीथोवन, मोज़ाक और मैनहन तक फैल रही थी। अब तुम्हें बीथोवन के 'मूनलाइट सोना' में रात में समुद्री लहरों के टूटने जैसा नाद ज़्यादा सम्मोहित करने लगा था और उसमें तुम्हें रवींद्र संगीत की-सी दिव्यता दिखाई देने लगी थी, साथ ही बाबा के पत्तों के झुरमुट से झाँकती चाँदनी और चकमक करते पत्ते भी'''किस चीज़ का कब, कहाँ इस्तेमाल कर ज़्यादा से ज़्यादा लाभ बटोरा जा सकता है, इस पर तुम सदा सतर्क रहते। शास्त्रीय संगीत की समझ से रहित पश्चिम के दर्शकों, श्रोताओं ने अपने संगीत को लोकप्रिय बनाने के लिए तुमने आलाप की बोरियत से पल्ला झाड़ा, 'जोड़' को समृद्ध किया और सीधे उतर आए झाले पर। इसी तरह पश्चिमी और पूरबी श्रोताओं को लुभाने के लिए तुमने कई पगडंडियाँ तलाशीं और 'सवाल-जवाब' जो यहाँ फूहड़ और छिछला माना जाता रहा, को ज़्यादा से ज़्यादा महत्त्व देने लगे।

वीणा ने एक दिन टोका भी, "हमारे यहाँ; राग, ताल, लय या सुर एक-दूसरे को समृद्ध करते हैं। मिलित हंसध्वनि हो या जुगलबंदियाँ, यहाँ एक स्वस्थ प्रतिस्पर्धा के बावजूद मुख्य उद्देश्य परस्पर सहायक का ही होता है, प्रतिस्पर्धा का नहीं। इसी तरह भारतीय संगीत की बाकी महान् परंपराओं की भी तुम अनदेखी करने लगे हो। क्या तुम्हें नहीं लगता कि कहीं कुछ गलत हो रहा है ?"

हँसकर टाल गए थे तुम। बाद में प्रदर्शन के पूर्व दिए गए वक्तव्यों में तुमने इसका खुलासा किया, "कुछ शुद्धतावादियों को लगता है, भारतीय संगीत इतना महान् है कि उसे साधारण जनता के बीच उतारा गया तो अपवित्र हो जाएगा। पर मैं पूछता हूँ कि संगीत, कला या साहित्य सिर्फ मुट्ठी-भर पंडितों के लिए है ? जब तक कोई कला जनता के बीच नहीं उतरती, वह सार्थक तो नहीं ही होती, वह दीर्घजीवी भी नहीं हो सकती।"

बहुत तालियाँ बजीं थी तुम्हारे इस वक्तव्य पर। तुमने आगे कहा, "अब बात आती है प्रस्तुति पर–क्या पेश करें, कैसे पेश करें। प्रकृति को देखिए कि उसे एक फूल पेश करना है तो कैसे करती है। मान लीजिए, बोगनबेलिया है। मात्र लवंग जितने लंबे यानी नन्हे-नन्हे सफेद फूल, गिनती में तीन-तीन। उन्हें पेश करने के लिए वह अपनी तमाम झाड़, डालें, पत्ते, काँटे सबसे पिंड छुड़ा लेती है। यहाँ तक कि पुष्प को समोने वाली पत्तियाँ भी लाल, गुलाबी या श्वेत

यानी इतनी रंगारंग रहती हैं कि उन्हीं को लोग फूल की पंखुरी मान बैठें—भव्य से भव्यतम प्रदर्शन।"

और इतनी शानदार व्याख्याओं पर भला हथियार न डाल दे वीणा ?

फिर कुछ दिन पति के साथ साए की तरह डोलते रहने का सिलसिला। तुम्हें वह महफिलों में सजा-सँवारकर भेज देती और खुद अब्बू के रिकॉर्ड्स लगाकर बैठ जाती।

तुम कभी रातों को देर से लौटते, कभी सुबह। तुम्हारे अंदाज़ में कहें तो शाम-ए-अवध को जुदा होते तो सुबह-ए-बनारस को ही लौटते।

"आज किस घाट पर जल रहे थे ?" तल्ख पड़ती मानिनी वीणा। मगर उसके मान का तुम्हारी नज़र में कोई मूल्य न होता। मन होता तो तटस्थ, निरपराध, बेगानी आवाज़ में सुना देते, "आज डी०एम० पकड़कर ले गए थे, आज मंत्री, आज फलाँ तो आज अलाँ ! दम मारने की फुरसत नहीं।"

यूनिवर्सिटी या राजकीय कार्यक्रमों, युद्धराहत या कल्याणकोशों के लिए तुम सदा तत्पर रहते, आयकर देने में प्रत्यक्षतः कोई कोताही न बरसते। लोगों की नज़र में तुम्हारी छवि उज्ज्वल से उज्ज्वलतर होती रही। चीज़ों को अनुकूलित करने में तुम निरंतर सफल रहे। अब उनकी नज़र तुम्हारे व्यक्तिगत चरित्र और परिवार, सर्वोपरि 'फन' के प्रति तुम्हारे ऐटीट्यूट पर न जाती, उलटे तुम महान् से महानतम घोषित किए जाते रहे, ठीक उन सेठों की तरह जो चींटियों को शक्कर के दाने देते हैं, भिखारियों, ब्राह्मणों, विधवाओं, गरीब छात्रों, सामाजिक कल्याण की संस्थाओं को दान देते हैं और अपनी मिल में अपने मज़दूरों, घर में अपनी बीवी और नौकरों का शोषण करते हैं। व्यक्तिगत चरित्र में लंपट और जातीय चरित्र के स्तर पर प्रथम श्रेणी के अपराधी ! एक ही आदमी का बर्ताव एक स्थान पर एक जैसा, दूसरे स्थान पर दूसरे जैसा ! एक जगह उदारता की प्रतिमूर्ति, दूसरी जगह क्रूरता का पर्याय ! औरों के प्रति, उस्ताद के प्रति, बेटी कला के प्रति तुम उदार थे, मगर वीणा के प्रति वितृष्ण ! क्या कोई लेखा-जोखा लेने आएगा कभी ? कभी नहीं। नथिंग सक्सीड्स लाइक सक्सेज़, नथिंग फेल्स लाइक फेल्योर !

वीणा ने अपने ढीले पड़े तारों को फिर कसा, मगर वह सुर कहाँ, वह साज़ कहाँ ! नवीनाओं की तुलना में कहाँ टिकती प्रवीणा।

दूसरी विदेश यात्रा में तो तुम साथ भी नहीं ले गए उसे। पूरे चार महीने बागेश्वरी में अकेले गुज़ारे उसने—कभी अब्बू की कब्र पर, कभी बागेश्वरी देवी के मंदिर में। अकसर पहाड़ से देखा करती वह पश्चिम की ओर—कितनी दूर चले गए थे तुम ! पनवाड़ियों को देख-देखकर पंत की वह कविता याद आती, 'पत्रों के आनत अधरों पर सो गया निखिल वन का मर्मर, ज्यों वीणा के तारों में स्वर…' जिसे प्रेम के प्रारंभिक दिनों में दिलनुमा पान के पत्तों को देख-देखकर उस स्निग्ध आलोक छाया में तुम आवृत्ति किया करते ! वह कविता मारू विहाग के करुण रस में शिराओं में घुला करती अहरह !

लॉस एंजिल्स, वियाना, लंदन, पेरिस, म्यूनिख, कहाँ-कहाँ नहीं जगमगाने लगा था तुम्हारा सितारा। नए-नए कितने ही रागों का सृजन किया तुमने। प्राच्य और पाश्चात्य संगीत के मेल

में कितनी ही प्यारी-प्यारी धुनें दी हैं तुमने। अनायास ही तुम लोगों के दिलों में छाते जा रहे थे, मगर तुम्हें इतने-भर से संतोष नहीं मिला, तुम अनन्य, अद्वितीय होना चाहते थे। हिंदी के सबसे लोकप्रिय क़वि ने अपनी कृति को स्थापित करने के लिए जनभाषा, मंचन, अंधविश्वास, ढोंग और चमत्कार का सहारा लिया था। दीपक राग से दीप का जल जाना, मेघमल्हार से वर्षा की झड़ी लग जाना—संगीत में कुछ अंधविश्वास पहले से चले आ रहे थे। तुम्हारे चेलों ने भी प्रचारित करवाया कि एक पेड़ तो तेज़ पश्चिमी धुन पर जड़ से उखड़ गया था, तुम्हारा संगीत सुनकर फिर से खड़ा हो गया।

चमत्कार !

वैसे हे चमत्कारी बाबा ! तुम्हारा असली चमत्कार तो वीणा खुद है, तुम्हारे मारण मंत्र से जड़-मूल से उखड़ी हुई वीणा, जहाँ अहर्निश अंदर एक जलती हुई आग है और बाहर आँसुओं की झड़ी। पता नहीं, कैसे लोग कहते हैं कि प्रत्येक सफल पुरुष के पीछे एक नारी होती है, जबकि हिंदी के उस सफल कवि ने कभी अपनी उस पत्नी की ओर वापस मुड़कर भी नहीं देखा, जिससे उसने कविताई का ककहरा सीखा (कुछ सचमुच के महापुरुषों को ले लें तो हरिश्चंद्र, युधिष्ठिर या सिद्धार्थ ने भी नहीं) तुमने भी नहीं। पत्नियाँ शायद इसीलिए होती हैं कि सफलता के लिए उनकी बलि दी जा सके ! दोनों ही उत्कट प्रेमी थे। उत्कट प्रेम की यह कैसी परिणति ? शायद पति-पत्नी के बीच कोई तीसरा आ जाता है—सफलताजनित अहम्मन्यता का प्रेत !

याद है वह विवाह-वार्षिकी की रात ? तुम बंबई में थे, किसी फिल्म के संगीत के सिलसिले में। जब देर रात भी न आए तो स्टूडियो जाकर पता किया वीणा ने। तुम वहाँ से कब के जा चुके थे। पता करते-करते वीणा जा पहुँची थी उस होटल में। अंदर बेड पर कोई नंगी लड़की थी और बाहर दुलहन-सी सजी पत्नी ! दरवाज़े पर रास्ता रोककर खड़े तुम हड़बड़ाकर कमरे को फिर से बोल्ट करने लगे थे।

"प्लीज़, डोंट क्रिएट एनी सीन। अपने कमरे में चलो, मैं तुम्हारे कटघरे में खड़ा हो जाऊँगा।" तुम गिड़गिड़ाए थे।

वीणा उसी दम लौट आई बागेश्वरी ! उसे मनाने के लिए निसार को साथ लेकर आए थे तुम !

बहुत कुछ समझाते रहे थे निसार अपनी बहन को, "जो हुआ, उसे एक बुरे सपने की तरह भूल जाओ। इसी में तुम दोनों की भलाई है और तुम्हारी बेटी की थी।"

"कैसे भूल जाऊँ ?" बिफर पड़ी थी वीणा।

"बताऊँ ···? फिर से वीणा उठाकर !"

निसार भाई के साथ आई एक महिला पत्रकार ने वीणा से अकेले में कहा, "मैं भी एक औरत हूँ, इसलिए तुम्हारी पीड़ा को आसानी से समझ सकती हूँ। मगर सच कहूँ, यह कला की दुनिया ही अजीब है, वीणा ! पता नहीं, कौन-सी चीज़ किसका प्रेरणास्रोत या उद्दीपक बन जाए ! पिकासो को जानती हो न ! एक बार एक मॉडल उससे मिलने आई। उसे देखकर देखता रह गया वह। कहते हैं, दो घंटे तक भोगता रहा उसे। बाद में उसने जो पेंटिंग की, वह नायाब थी।

तो वह था उसका उत्प्रेरक तत्त्व ! लेखकों से लेकर कलाकारों, इवन ऋषियों तक में ऐसे उदाहरण भरे पड़े हैं। इसे एक आवश्यक बुराई के रूप में लगभग मान लिया गया है। पश्चिम में तो कोई परवाह भी नहीं करता ऐसी बातों की।"

"तो क्या एक कलाकार को एक हद के बाद स्वैराचार करने की छूट मिल जानी चाहिए, सिर्फ इसलिए कि वह कलाकार है ?"

"करीब-करीब ऐसा ही ···!" दीपंकर को भी तुम अगर एक महान् कलाकार के रूप में देखना चाहती हो तो इतना कुछ बरदाश्त करना ही पड़ेगा। वो कहावत सुनी है न, लैला को प्यार करो तो उसके कुत्ते से भी प्यार करो।"

कोई भी तर्क नहीं उतर पा रहा था मानिनी वीणा के गले से। न तुम बाज आए, न वह। पता नहीं वह खुदी थी या बेखुदी, तुमने उसी कमरे में, जहाँ कभी तुमने उस्ताद के पाँव पकड़कर आयशा की भीख माँगी थी, कहा, "आयशा, मैं तुझे तलाक देता हूँ—तलाक ! तलाक !! तलाक !!!"

"थू ! थू !! थू !!!" वीणा ने हँसकर 'थू-थू' किया, जैसे नज़र उतार रही हो, "किस नशे में तुम पंडित से मुल्ला बन बैठे यकायक ? आयशा मर चुकी क्या, दीपंकर ! यह जो औरत तुम्हारे सामने खड़ी है, वीणा है, वीणा ! अमा, उत्ती कवायद क़रने की क्या ज़रूरत है, प्रेमी या पति की निगाह से गिर जाना ही काफी होता है एक हिंदुस्तानी औरत के लिए। मैंने तुम्हें माँ की तरह पाला है, बहन की तरह नेह से नवाज़ा है, पत्नी बनकर तुम्हारे प्यार पर परवान चढ़ी—आज से नहीं, वर्षों से। यूँ ही तुम्हें उजाले में लाने के लिए अँधेरों में गुम नहीं हुई मैं। मुझसे प्यार का ढोंग रचाकर, मुसलमान से हिंदू बनाकर पतिव्रता का लबादा ओढ़ा दिया तुमने। मैंने लबादा हटाकर जब तुम्हारे आचरण पर टीका-टिप्पणी करनी शुरू की तो चिढ़कर मुसलमान की तरह तलाक दे डाला। तुम्हारी हवस किसी एक धर्म की खाल में समा ही नहीं सकती, तुम्हें चार नहीं, चार सौ नहीं, चार सहस्र औरतें भी कम पड़ेंगी। वही प्रेरणास्रोत है तो बन जाओ सहस्रयोनि। मैं इंतज़ार कर लूँगी। उम्र और देह की कोई तो हद होगी। सहस्रयोनि से कभी तो सहस्राक्षु बनकर लौटोगे !"

खैर, तुम अपने उजालों में लौट गए, वीणा अपने अँधेरों में। तुम दोनों के अलावा घर में एक तीसरा भी था—काठ की मूरत-सी खड़ी मासूम कला। उफ, ये पहाड़ियाँ थीं या अभिशप्त अहिल्याएँ ! ये पनवाड़ियाँ थीं या बंद ताबूत ! यह दुनिया थी या एक बेजान पेंटिंग ! खैर, धीरे-धीरे वक्त बीता।

उस दिन जैसे मन का सारा ज़हर उगलकर शांत पड़ गई थी वीणा और शिथिल भाव से तुम्हारे दूसरे पैंतरे की प्रतीक्षा करने लगी, मगर दिन पर दिन बीतते गए और तुम्हारी ओर से कोई वार न हुआ। उलटे इधर तुम्हारे साक्षात्कारों में बाबा की उच्छ्वसित प्रशंसाएँ आने लगीं तो खुद पर पश्चात्ताप का झीना-झीना आवरण छाने लगा। एक दिन तुम्हारे नाम से कोई पैकेट डाक से मिला। शायद कहीं भूल गए थे और तुम्हारे स्थायी पते के बहाने वीणा के पास आ गया था। तो इसका मतलब अभी भी स्थायी पता यही है और जो बीच में घटित हुआ, वह

मात्र दुःस्वप्न ! मान को हलके से सहलाया हो जैसे तुमने। खोलकर लगी देखने, तुम्हारी अखबारी रपटों, चित्रों और वी०डी०ओ० कैसेट्स का पुलिंदा था, तुम्हारी आत्मकथा की पुस्तक थी और एक सूची थी तुम्हें मिले पुरस्कारों और सम्मानों की। बहुत दिनों या कहें वर्षों से तुम्हें देखा न था, सो सबसे पहले वी०सी०आर० पर कैसेट्स लगा दिए।

तुम्हारी वही मोहिनी मुद्रा, मानो तुम एक पहुँचे हुए महात्मा थे और वह एक समस्याग्रस्त नारी, "बताइए महात्मन, ऐसे में मैं क्या करूँ ?"

तुमने कहा, "खूँटियों को इतना मत कसो कि तार ही टूट जाएँ।"

तुमने कहा, "वीणा को देह मत बनाओ। उसकी आत्मा को खोल दो। साधना से कहो कि तू अपना सीना खोल दे, फिज़ा में दूध घोल दे—दूध ! दूध !! दूध !!!"

तुमने कहा, "शब्द की ज्योति से ही विश्व उद्भाषित है। एक जीवित शब्द आत्मा को आह्लाद से भर देता है।"

तुमने कहा, "ब्रह्मनाद और संभोग का चरम—दोनों की आनंदानुभूति एक है और यह अनुभूति अद्वितीय है। म्यूज़िक इज़ ए सोल टु सोल रिफ्लेक्शन !"

तुमने कहा, "प्रकृति स्वायत्त रूप से रिद्मिक नृत्य कर रही है—तुम नृत्यरता, तुम उत्सवव्रता तरंगिणी ! उसमें एक निश्चित लय या व्यवस्था है। उससे सामंजस्य करो। संगति बैठाओ। आप पाओगे कि आप उस अनहद नाद को और सृष्टि के छंद को अनुभूत कर पा रहे हो। आप देखोगे कि सुरों से सुरभि फूट रही है, प्रकाश फूट रहा है।"

बंद कर दिया वी०सी०आर०, लेकर बैठ गई तुम्हारी आत्मकथा। पूरी पढ़ गई, उसमें वीणा का ज़िक्र सिर्फ एक जगह किया गया था, बाकी कहीं नहीं, जैसे न उसके साथ कोई तुम्हारा वर्तमान था, न अतीत और न भविष्य—एक उल्का पिंड की तरह जलकर बुझ गया था नाम ! खारिज !

"चलो अच्छा ही हुआ," वीणा खुद पर हँसी, "मन के किसी कोने में कोई लोभ था कि तुम्हारा कोई श्रेय-स्वीकार मिल गया तो मैं अपने रीतने और बीतने को कुछ तो जस्टीफाई कर सकूँगी, खुद को खुद के प्रति गुनहगार होने से थोड़ा-सा तो बचा लूँगी, मगर नहीं !"

तो हे परमहंस ! तुम्हारे आप्त वचनों को ही आदर्श मानकर खुद को फिर से पा लेने की कितनी ही कोशिशें कीं वीणा ने, मगर समय बीत चुका था और सब कुछ गलत होता चला गया। बाप का नाम भी बेच खाया। शराब तक पीने लगी, पीकर टुर्ऽऽऽ···! बेटी कला तक के साथ न्याय न कर पाई। बुत बनती जा रही है बेचारी ! वक्त का तकाज़ा था कि वीणा 'अग्निवीणा' में तब्दील हो जाती, मगर बनकर रह गई क्या—'महज़ असाध्य वीणा' ! तमाम उम्र का हिसाब माँगती है ज़िंदगी ! तुम्हारे हिसाब में क्या जाएगा—सीढ़ी और सीढ़ी···! और उसके हिसाब में साँप और साँप ! वह तुम्हारी सीढ़ी, तुम उसके साँप !

ज़माने के लिए ये सारे अभियोग व्यर्थ हैं। इतिहास बड़ी विचित्र वस्तु है, जो कल, बल, छल, संयोग या सहयोग से फॉर फ्रंट पर आ जाता है, वही इतिहारा बनता है, बाकी सब कूड़ा। तुम्हारे जैसे लोग ही आज पद, पीठ, पुरस्कार बटोर रहे हैं। तुम इंडिया टुडे (आज के भारत) हो।

हे आज के इंडिया ! हमें मालूम है, मानपत्र की यह भाषा नहीं है, कम से कम तुम तो इस भाषा (कहें, नाद) के अभ्यस्त नहीं। वह तो पुष्प, अगरु की गंध बोझिल हवा में शंख, घंटे, घड़ियाल, तुरही और मंत्रों के गहगहाते घमासान में कंचन थाल में नाचती लौ की नीराजना होती है, मगर तमाम उल्लासमयी ध्वनियों के आतंक के बीच उस रक्तपंकिल बलि की देवी के दोनों ओर कटकर तड़पते बलि-पशु की डूबती धड़कनों का भी एक मौन नाद होता है, वह भी एक मानपत्र ही होता है, कोई सुने, न सुने, बाँचे, न बाँचे।

नहीं, अब न कोई रार-तकरार, न कोई आरोप, न उलाहना ! सार्त्र ने कहा था, 'पति-पत्नी दो नहीं बल्कि एक ही सत्ता है, एक को दूसरे में विसर्जित हो जाना पड़ता है।' चलो ठीक है, विसर्जित हो गई वीणा दीपंकर में। घुल गई रंजक साबुन की तरह अपना सारा रंग तुम पर चढ़ाकर। उसे जलाओगे या दफनाओगे ? जला ही देना, नामो-निशान ही मिट जाए। और चिता के लिए लकड़ियाँ ? याद है, वह भीगी-भीगी पुरवाई, कामिनी के फूलों की वह भीनी-भीनी खुशबू, वह कामिनी-कुंज, जहाँ तुम दोनों का प्यार अंकुरित हुआ था। काफी होगा वह कामिनी-कुंज चिता के लिए।

—तुम्हारी
वीणा

पुनश्च : सोचा था, यह मानपत्र तुम्हें भेज दूँगी। इस बीच तुम आ गए। भेज न सकी। फिर सोचा, जाते समय तुम्हें हाथोहाथ दे दूँगी। दे न सकी। कारण··· ? इस बीच वह विस्फोट हो गया।

यह तो मालूम था कि तुमने फिर कोई शादी रचा ली है, मगर यह भी कोई बात नहीं। दिक्कत तो तब हुई जब तुम अचानक आ धमके और मुझसे कसम तोड़कर बोले, “शादी का यह मतलब कतई नहीं कि मैं तुम्हारी और कला के प्रति अपनी ज़िम्मेदारियों से भागना चाहता हूँ। चाहता हूँ कि उसकी शादी हो जाए। तुम उसके ज़्यादा करीब रही हो, पहल तुम्हीं करो तो अच्छा हो।”

मैंने बहुत सोचा, फिर तुम्हारी बात वाजिब लगी। कला कहीं बाहर जाने को तैयार हो रही थी कि पिछले दरवाज़े से उसे पुकारा, “बेटी, तुमसे एक बात कहनी थी।”

कला हमेशा की तरह मौन रही। धीरे-धीरे मैं अपने मकसद पर आई, “बेटी ! मेरी ज़िंदगी का कुछ भरोसा नहीं। तुम जवान हो चुकी हो और हम बूढ़े। मैं जीते-जी तुम्हारे हाथ पीले कर देना चाहती हूँ। तुम्हें कोई लड़का पसंद हो तो बता दो, वरना हम खुद ढूँढ़ लेंगे।”

कला ने जैसे सुना ही नहीं। वह चुपचाप जूती पहनती रही, बैग सजाती रही। फिर चल पड़ी, मगर उसे रुकना पड़ा, दूसरे दरवाज़े पर तुम खड़े थे रास्ता रोककर। एक दरवाज़े पर माँ थी, दूसरे पर पिता, दोनों तरफ से घेर रहे थे दोनों, जैसे वह कोई शिकार हो। ठिठक गई, माँ की ओर मुड़ी, “इस खानदान की एक गौरवशाली परंपरा सुनी है, माँ (पता नहीं क्यों सिखलाने पर भी उसने मम्मी, पापा नहीं कहा कभी !) कि बुजुर्ग जाते-जाते अपनी संतानों को मूरत गढ़ने की कला सिखाना नहीं भूलते। यह भी कुछ वैसा ही आयोजन है क्या ?”

"यही समझ लो।"

"कौन-सी मूरत–छिन्नमस्ता की ?"

"क्या कह रही हो ?" मैं जो पहली बार उसके खुलकर बोलने पर खुश हुई थी, सहसा चौंक गई।

"तो सुन लो माँ, मैं वह मूरत गढ़ने नहीं जा रही तुम्हारी तरह।"

लगा, कला ने बाबा की तरह पखावज उठा ली हो और किले की पहली ईंट गिरी हो हमारे सीने पर, ढम्म !

"वह विवाह प्रथा, जो किसी को बीहड़ और बंजर बना दे उसे मैं जूती की नोक पर रखती हूँ, थूकती हूँ महानता के उन चोंचलों पर, कला के नाम पर चलाए जा रहे तमाम ढकोसलों पर। आय हेट ! आय हेट !! आय हेट ऑल सच हीनियस हिपोक्रेशीज़, दीज़ मेल एंड फिमेल शोवेनिवम्स !"

"पागल न बनो बेटी ! ज़रा सोचो, तुम्हारी सामाजिक सुरक्षा का क्या होगा ! कहीं ऊँचे-नीचे पाँव पड़ गया तो क्या होगा ?" प्राण-पण से मैंने रोकना चाहा उस विध्वंस को।

"सुरक्षा···? यह तुम बोल रही हो माँ ? ऊँचे-नीचे पाँव ? च्च ! च्च !! इतनी फिक्र ! नाहक दुबली हुई जा रही हो माँ ! जब जिसके साथ जी आएगा, रह लूँगी, जिसके साथ मन करेगा, सो लूँगी। मुझे अहसास हो गया है कि देह ही ठोस सत्य है, बाकी कला, प्रतिभा, सृजन देह की ऊर्जा का विस्तार ! मुझे तुम दोनों की तरह न महान् बनने का लोभ है, न अमर बनने का ! सुनो माँ, मैं अपनी एंटिटी से किसी भी खुदगर्ज़ को खिलवाड़ करने नहीं दूँगी–चाहे वह माँ हो, बाप हो, पति हो, संतान हो या एक्स, वाई, जैड गैर कोई !"

बुर्जियाँ, मेहराबें, अटारियाँ और कंगूरे ही नहीं, किले की एक-एक ईंट, एक-एक पत्थर ध्वस्त हो चुका था···और उसकी जगह जो उभरकर आया था, वह क्या था ! कितना हौलनाक !

मैं सन्न रह गई थी।

तुम काँपे और लड़खड़ाकर गिर पड़े।

खट-खट जूतियाँ खटकाती हुई दरवाज़े से बाहर निकल गई कला। पीछे मुड़कर ताका भी नहीं।

जानते हो, पता नहीं क्यों, इन बर्बादियों के बावजूद मुझे अपनी कला पर नाज़ आ रहा था।

याद आया, सैकड़ों वर्ष पहले सेंट अगस्टाइन ने कहा था, "मैंने फूलों से निकलती हुई ध्वनियाँ सुनी हैं और वे ध्वनियाँ देखी हैं जो जल रही थीं।"

इति

कला की माँ

□□